신화 전설이 된
영웅의
이세계담 ③
타테마츠리 / 일러스트 미유키 루리아

오구로 히로

클라우디아
소녀는 손등을 입가에 대고
작게 웃은 뒤 즐거워하는
목소리로 말했다.
"혼자서 성을
빠져나왔기 때문이죠."

리즈
"줄게, 준다고!"
"나도 받고 싶어!"
후긴

# 신화와 전설이 된 영웅의 이세계담 3

**타테마츠리** 지음
미유키 루리아 일러스트
송재희 옮김

# INDEX

## 프롤로그

추운 하늘에 별은 없었다.

두터운 구름이 달빛을 어둠 속에 가두고 있었다.

지상에는 빛이 닿지 않았고, 강풍이 짐승처럼 포효했다.

"어서 이쪽으로!"

얼어붙는 바람에 섞여 흩날리는 눈이 시야를 덮는 가운데, 재촉하는 소녀의 목소리가 공기를 갈랐다.

검은 옷을 입은 소년이 얼굴을 들었으나 그 표정은 눈보라에 가려져 버렸다.

소녀는 황급히 달려와 손을 내밀었다.

"괜찮으신가요?"

소년의 발걸음이 무거웠다. 그렇게나 전투를 벌였으니 무리도 아닐 것이다.

"미안, 괜찮으니까 어서 가자. 여기 머물러 있다간 얼어 죽을 거야."

"그러네요. 추격자를 따돌리더라도 이 눈보라 속에서는……."

소년은 소녀의 손을 잡았다. 몹시 차가워져 있었다. 남은 시간은 얼마 없어 보였다.

몸을 녹이지는 못하더라도 최소한 바람을 피할 수 있는 장소를 찾아야 했다. 눈보라가 지나가면 다음은 추격자를 따돌려야 한다.

그때까지 가능한 한 체력을 온존해 둬야 했다.

"저기로 가자. 이 시간대라면 작업하는 사람도 없겠지."

소년이 가리킨 곳은 외양간— 저곳이라면 바람도 피하면서 체온도 그런대로 유지할 수 있을 것이다.

"아아, 하지만 네가 싫다면 다른 곳에서……."

소년은 말을 흐렸다. 소녀는 왕가 사람이었다.

그런 그녀가 외양간에서 하룻밤을 보낸다니 긍지가 허락하지 않을 것이다.

그렇게 생각했지만, 소녀는 소년의 손을 강하게 움켜잡았다.

"상관없어요. 왕녀가 외양간에서 묵었다니 아무도 안 믿을 거예요."

소녀는 솔선하여 걷기 시작하며 손가락을 입에 대고 미소 지었다.

"대신 비밀이에요. 백성들이 알면 졸도할 테니까요."

"물론, 알고 있어."

소년은 한 번 쓰게 웃은 후, 어깨를 으쓱였다.

앞으로— 어떤 고난이 기다리고 있든 간에 소녀와 함께 앞으로 나아갈 수밖에 없다.

그러나 그런 두 사람을 비웃듯 눈보라는 더욱 거세져 갔다.

# 제1장 새로운 문제

그란츠 대제국— 남방의 요점인 베르크 요새.

리히타인 공국과의 국경선에 지어진 요새는 외적에 대비하여 높은 성벽에 둘러싸여 있다.

한층 눈에 띄는 것은 사령실이 있는 중앙탑. 그 3층에 서재라고 불리는 방이 있다.

아침 햇살이 창문으로 쏟아지는 실내— 그곳에서 한 소년이 깨어났다.

흑발흑안, 온화한 인상의 얼굴은 반듯했다.

그러나 얼굴의 절반 이상을 덮은 안대 때문에 일그러진 인상을 주는 소년이었다.

이 세계(알레테이아)에 오기 전까지 쓰던 이름은 오구로 히로.

그란츠 황가에 양자로 들어가게 되어 제4황자라는 거창한 직함을 짊어지게 되었다.

현재는 히로 슈바르츠 폰 그란츠란 이름을 대고 있다.

"흐암……."

하품과 동시에 새의 지저귐이 창문을 두드리고 귀를 때렸다.

상체를 일으키니 부스럭 소리를 내며 몸 위에서 책이 흘러내렸다.

그 바람에 주위에 산맥처럼 겹겹이 쌓여 있던 책이 우르르 무너졌다.

"또…… 여기서 자 버렸나. 리즈한테 혼나겠네……."

방 안의 참상을 바라본 히로는 난처한 표정을 짓고서 머리를 긁적였다.

이제는 서재에서 먹고 자는 것이 일과가 되고 있었다.

방이 없지는 않았다. 히로의 방은 2층에 준비되어 있었다.

그러나 서재는 3층에 있어서 오가는 것이 귀찮다는 게으른 이유로 서재에서 보내는 날들이 이어지고 있는 상태였다.

"……조사할 게 잔뜩 있으니 말이지."

그렇게 누구에게랄 것도 없이 변명하자 발 근처에 산더미를 이루고 있던 책들이 무너졌다.

그곳에서 나타난 것은 하얀 털을 가진 늑대, 서버러스였다.

중앙(솔레이유) 대륙에 존재하지 않는 희귀한 생물이지만, 새끼 때 동쪽 제도에서 흘러든 것을 리즈가 주운 이후로 줄곧 그녀가 길렀다. 리즈가 말하길, 자매 같은 느낌이라고 한다.

"서버러스도 여기서 잤구나."

3층은 주로 서버러스의 놀이터로 변해 있었기에 여기 있는 것은 희한한 일이 아니었다.

오히려 터줏대감이 되어 가는 중이라고도 할 수 있었다. 병사들은 서버러스의 허가가 없으면 이곳에 발을 들일 수도 없으니 말이다.

"내가 얼어 죽지 않도록 따뜻하게 덥혀 준 거야?"

서버러스는 좌우로 꼬리를 흔들어 대답할 뿐이었다.

한동안 서버러스를 관찰했지만 결국 답은 얻지 못한 채, 히로는 어깨를 으쓱이고 일어섰다.

"그럼…… 리즈한테 들키기 전에 방으로 돌아가야겠다."

방의 출입구— 중후한 목제 문에 귀를 대고 통로에 아무도 없음을 확인했다.

"서버러스, 조용히 있어 줘."

히로는 뒤돌아 손가락을 입에 댔다. 등 뒤에 있던 서버러스는 커다란 입을 벌려 하품을 한 번 했다.

그 동작은 쓸데없는 짓이니 그만두라고 말하는 것 같기도 했다.

"지금은 아침 식사 시간이야. 리즈는 식당에서 식사하고 있을 테니 괜찮아. 성공할 거야."

히로는 서버러스의 머리를 쓰다듬고 미소 지었다.

고상한 흰 늑대는 어이없다는 눈길로 히로를 올려다보고 있었지만, 이내 코를 실룩이더니 크게 탄식했다.

그 의미를 알 수 없어서 곤혹스러워하던 히로는 곧 그 답을 알게 되었다.

"히~로~! 또 서재에서 잤지? 몇 번을 말해야 알아듣는 거야! 감기 걸려!"

엄마 같은 말과 함께 분주한 발소리가 통로에서 들려왔다.

"……어쩔까?"

서버러스에게 의견을 구했으나 흰 늑대는 귀를 픽 눕혀 버렸다.

친구에게 배신당한 히로는 창문에 시선을 주었다. 창문을 깨고 도망칠까 싶었지만 그렇게까지 하면서 도망칠 일인가 의문이 들었고— 그것이 치명적이게도 시간을 끌고 말았다.

"히로!"

문이 요란스럽게 벌컥 열렸다. 아침 특유의 한기가 서재로 들어왔다.

복도에는 양손을 허리에 올리고 뾰로통한 얼굴을 한 미소녀가 우뚝 서 있었다.

불꽃 같은 붉은 머리에 빨간 눈동자는 보석처럼 빛났다. 명장이 만들어 낸 조각같이 이목구비가 반듯했으며, 매끈하고 하얀 피부는 남녀노소를 불문하고 시선을 사로잡을 만했다.

그란츠 대제국의 제6황녀이자 베르크 요새의 사령관— 세리아 에스트레야 엘리자베스 폰 그란츠. 그녀와 친한 자는 그녀를 리즈라고 불렀다.

히로는 꾸며 낸 웃음을 리즈에게 보냈다.

"아, 안녕…… 뭐, 뭔가 용건이라도 있어?"

"응, 안녕."

리즈는 청량감이 느껴지는 미소와 함께 인사를 돌려주었다.

그러나 곧 언짢은 얼굴로 바뀌더니 노여움을 팽창시켰다.

"지금 그런 소리 할 때야?! 왜 자기 방에서 안 자는 거야? 서재에는 침대도 없으니까 바닥에서 잘 수밖에 없잖아. 허리도 아프고, 감기에 걸릴지도 몰라."

빠르게 말을 쏟아낸 리즈는 슬퍼하는 표정으로 눈을 내리떴다.

“나는 히로가 감기에 걸려서 힘들어하지는 않을까 걱정돼…….”

“하, 하지만 책에 둘러싸이면 의외로 따뜻해.”

“……뭐라고?”

리즈의 눈이 가늘어졌다. 말을 잘못 골랐다고 생각했을 때는 이미 늦었다.

그녀는 히로의 뺨으로 손을 뻗었다. 격통에 대비해 몸을 긴장시켰지만—.

“변명은 안 듣겠습니다. 앞으로는 방에서 자도록 하세요.”

“예에!”

조물조물, 부드럽게 뺨을 잡아당길 뿐이었다.

마음이 죄책감으로 가득 차올랐다. 차라리 맞는 편이 나았다.

이렇게 다정하게 주의를 주면 반론할 생각도, 거스를 생각도 할 수 없었다.

“좋아. 앞으로는 정말로 조심해야 해?”

리즈는 히로의 뺨을 몇 번 어루만지더니 평소와 다름없이 웃으면서 가벼운 발걸음으로 걷기 시작했다.

“그럼 아침 먹으러 가자!”

“……그래.”

히로는 쓰게 웃고서 리즈, 서버러스와 함께 서재를 뒤로했다.

베르크 요새의 식당은 1층에 있었다.

현재는 아침 훈련을 마친 제4황군 병사들로 북적였고, 식당 아주머니가 분주하게 주방 안을 뛰어다니고 있었다. 그 모습을 힐끗 본 히로는 서버러스와 함께 사관용 자리로 향했다.

그곳에는 트리스가 식어버린 요리를 슬프게 응시하며 앉아 있었다.

"애송이…… 내 식사가 식었네."

히로를 알아차린 노병이 원망스럽다는 표정으로 노려보았다.

그는 트리스 폰 타미에 3급 무관으로, 리즈가 어렸을 때부터 그녀를 섬긴 고참병이었다.

"죄, 죄송합니다."

"신경 쓰지 않으셔도 됩니다."

그렇게 말한 이는 등 뒤에서 나타난 도리쿠스 2급 무관이었다.

"앞을 내다보지 못한 트리스 경의 잘못이죠."

도리쿠스는 요리가 담긴 쟁반을 한 손에 들고 트리스 옆에 앉았다.

"안녕히 주무셨습니까. 히로 전하."

"예, 잘 잤나요?"

도리쿠스는 히로의 손을 보았다.

"식사는 아직 안 하신 모양이네요. 제가 가져올까요?"

"괜찮아요. 리즈가 가져와 줄 테니까요."

"애송이, 공주님을 하인으로 착각하고 있는 거 아닌가?"

트리스가 분노를 드러내며 몸을 떨었다.

그러자 도리쿠스가 그 어깨를 두드려 달래면서 말했다.

"원래는 황위 계승권을 가진 자들끼리 서로 으르렁거리는 것이 보통입니다. 그에 비하면 두 분의 사이가 좋은 건 흐뭇한 일 아닙니까."

"음…… 그건 그렇지만……."

아직 알게 된 지 얼마 되지도 않았는데 도리쿠스가 트리스 다루는 법을 숙지하고 있다는 것에 놀라면서 히로는 그들의 맞은편에 앉았다. 그때 리즈가 양손에 쟁반을 들고 자리로 다가왔다.

"히로, 가져왔어. 자, 많이 먹어."

쿵, 하고 눈앞에 놓인 쟁반에는 대량의 고기가 수북이 쌓여 있었다.

"아무리 그래도 너무 많아. 이걸 다 먹으면 체할 거야."

"히로는 서버러스한테 음식을 자주 뺏기니까, 그 부분도 고려한 거야."

"아아, 그렇구나."

확실히 최근 서버러스에게 식사를 뺏기는 나날이 이어지고 있었다.

이 정도 양이라면 서버러스라도 다 먹을 수는 없었다.

그것을 내다보고 행동하다니, 이것도 평소에 병법을 배우도록 한 덕분일까?

리즈의 성장에 히로는 감동했다.

"그럼 감사히 먹을게."

히로가 손을 마주하자 트리스와 도리쿠스도 식사를 시작했다.

한동안 음식을 먹고 있는데 도리쿠스가 손을 멈추고서 히로에게 말을 걸어왔다.

"히로 전하. 세리아 에스트레야 전하. 노예였던 자들에 관해 보고할 것이 있습니다."

노예였던 자들— 노예 해방군으로 싸웠던 노예들을 말하는 것이었다.

그들은 현재 베르크 요새 밖에 있는 가설 주택에서 지내고 있으며 리즈가 식량 등을 제공하고 있었다. 하지만 그들을 계속 부양할 수는 없었다. 그들은 조금이라도 빨리 자립해 줘야 했다. 히로는 그를 위한 일련의 작업을 도리쿠스에게 일임하고 있었다.

"정리한 서류와 함께 세리아 에스트레야 전하의 서신을 곁들여 글린다 변경백에게 보냈습니다."

"고마워. 외숙부님이라면 분명 나쁘게 대하진 않을 거야."

"글린다 변경백에 관해서는 저도 그다지 걱정하지 않습니다."

그렇게 리즈의 말에 반응한 도리쿠스는 히로에게 시선을 보냈다.

"하지만 리히타인 공국으로부터 빼앗은 영토 일부가 글린다 변경백에게 분배될 거라고 확신하는 건 위험하지 않을까요?"

도리쿠스는 물이 가득 채워진 잔을 들었다. 그리고 단숨에 들이켜 갈증을 해소하고 입술을 적신 뒤, 이야기를 계속했다.

"다른 남방 귀족에게 분배될 가능성도 있습니다. 그렇게 되면 계획이 틀어집니다만?"

"걱정되는 건 이해하지만, 반드시 원하는 토지를 얻을 수 있을 거예요."

히로는 도리쿠스의 불안을 웃어넘기고서 이유를 입에 담았다.

"남방 귀족들은 앞으로 바빠질 거예요. 왜냐하면 어떻게든 니클 가문의 영토를 손에 넣으려고 기를 쓸 테니까요."

니클 가문은 죽은 키로 장군의 집안이었다.

그의 영지는 남쪽에 있으면서도 기후는 중앙에 가까웠다. 하지만 남쪽의 영향이 강한 탓인지 강수량이 적은 건조 지역이었다. 그래서 키 큰 수목이 거의 존재하지 않는 초원은 방목에 적합한 토지였고, 자원이 부족하여 역마차나 군마 판매가 생업인 남방 귀족들이 절실하게 갈망하는 토지였다.

"남방 귀족들의 눈을 그리로 돌리는 겁니까……?"

도리쿠스의 질문에 히로는 고개를 끄덕였다.

히로는 지난 전투의 잘못을 전부 키로 장군에게 떠맡겼다. 니클 가문은 책임 추궁을 면할 수 없었고, 가주가 부재하게 된 현 상황에서는 제대로 처신할 수도 없었다.

남방 귀족들은 그 약점을 파고들어서 다 죽어 가는 니클 가문을 채찍질하려 들 것이다.

"그 밖에도 귀족들은 리히타인 공국에게 양도받은 오아시스 도시에 주목하고 있어요. 그에 비해 우리가 바라는 토지는 황폐한 땅이니 아무도 거들떠보지 않죠."

히로가 원하는 토지는 그란츠 대제국과 국경을 맞대고 있다는 점도 있어서, 리히타인 공국은 쓸데없는 분쟁을 피하고

자 오늘에 이르기까지 손대지 않았다.

황폐하기는 하지만 수도 공급만 잘 된다면 토지를 되살릴 수 있을 것이다. 글린다 변경백에서 물을 끌어오고, 해방한 노예들에게 토지 일부를 나눠 주어 개척시킨다.

그 밖에 우물을 파게 해도 좋았고, 광석을 얻고자 발굴시켜도 좋았다.

"해방한 노예들을 일꾼으로 고용할 수 있는 데다가 외숙부님의 영지가 풍족해지니까 일석이조네."

리즈가 히로의 마음을 대변해 주었으나 그뿐만이 아니었다. 키오르크가 힘을 기르면 남방 귀족 사이에서의 지위도 향상된다. 그것은 돌고 돌아 리즈의 힘이 되어 그녀를 옥좌 곁으로 더 가까이 보내줄 것이다. 신경 쓰이는 점이 한 가지 있었지만—.

"시간은 걸리겠지만 말이야."

히로는 걱정을 입 밖에 내지 않고 고개를 끄덕이는 데 그쳤다.

"그럼 그 전제로 글린다 변경백과 은밀히 연락하며 준비를 진행해 두겠습니다."

도리쿠스는 히로의 말에 납득했는지 그렇게 말하고서 얼굴을 숙여 다시 식사를 했다.

히로도 묵묵히 고기를 입에 넣기 시작했으나, 옆에서 꽂히는 시선을 알아차리고 손을 멈췄다.

리즈가 빤히 보고 있었다. 견딜 수 없이 쑥스러웠다.

고기를 삼킨 히로는 리즈를 향해 입을 열었다.

"어…… 먹을래?"

"그래도 돼?"

"응. 왠지 먹고 싶어 하는 것 같아서."

"맛있게 먹는구나~ 라고 생각하고 있었어."

"그렇구나. 자, 여기."

리즈에게 고기를 내미니—.

"아앙~."

치아가 가지런히 자리 잡은 입속으로 고기가 사라졌다.

히로는 그것을 지켜보다가 주위 시선을 깨달았다.

트리스가 과다 호흡이 일어났나 싶을 만큼 헐떡이며 가슴을 움켜잡고 있었다. 도리쿠스는 못 말린다는 얼굴로 고개를 흔들었고, 근처 자리에 앉아 있는 사관들은 휘파람을 불었다.

"히로, 히로, 하나 더!"

아기 새가 먹이를 조르듯이 리즈가 팔에 달라붙었다.

그러나 히로는 이렇게 많은 시선 속에서 다시 고기를 나누어 줄 용기를 가지고 있지 않았다. 리즈는 눈치채지 못했는지, 아니면 알면서 그러는 건지, 「응? 응? 하나 더!」라고 재촉했다. 어쩌면 좋을지 궁리해야 했다. 어설픈 책략은 리즈에게 간파당한다.

그렇다고 매정하게 딱 잘라 거절한다면 맞은편에 앉은 트리스의 벼락이 히로를 꿰뚫을 것이다.

'막다른 곳에 몰렸네.'

하지만 일찍이 『군신(마르스)』이라고 불렸던 남자는 한 가지 묘안에 도달했다.

고상한 흰 늑대, 서버러스가 발밑에 나타난 것이다.

'뒷일을 맡길게.'

시선이 교차했다. 말은 필요 없었다. 이것만으로도 서로의 마음은 통했다.

서버러스가 긴 테이블 위로 뛰어올라 히로의 식사에 코를 박았다.

"앗, 뭐야! 서버러스, 예의 없게!"

"뭐, 서버러스도 배고팠던 거겠지. 용서해 줘."

"아움—?!"

히로는 최후의 고기 한 점을 리즈의 입에 밀어 넣어 조용히 만드는 데 성공했다.

그사이에 수북했던 고기를 다 먹어 치운 서버러스는 바닥으로 내려가더니 시원스럽게 떠나갔다.

"정말, 어쩔 수 없네……. 나도 먹어야겠다."

도망쳐 버려서야 어떻게 할 수도 없었다. 리즈는 포기하고 자리에 앉아 식사하기 시작했다.

아침을 그다지 먹지는 못했지만 고난을 극복해 냈기에 히로는 안도하여 가슴을 쓸어내렸다. 그러나 리즈가 취한 행동으로 히로는 전율하게 되었다.

"히로, 고기에 대한 답례야. 아앙~."

"엇……."

고난은 아직 끝나지 않았다. 이렇게 히로의 떠들썩한 하루

가 시작되었다.

*

아침 식사를 끝낸 히로는 리즈와 헤어져 안뜰로 향했다.

안뜰과 가까워질수록 기운 찬 목소리가 들려왔다.

하나가 아니었다. 몇백은 되는 목소리가 합창이 되어 고막을 진동시켰다.

머지않아 발을 멈추자 질서정연하게 대열을 이루어 검을 휘두르는 병사 무리가 시야에 잡혔다.

"응. 꽤 그럴듯해졌어."

모의전을 하는 자, 봉술을 익히는 자, 활을 다루는 자 등 병사들이 다양했다.

장비도 경장갑, 중장갑, 혹은 로브까지 여러 가지였다.

그러나 모두 검은색으로 통일되어 기묘한 광경을 만들어 냈다.

여러 개로 구분된 부대 앞에서 부대장 한 명이 병사들을 지휘하고 있었다. 그와 떨어진 곳에 준비된 단상에는 병사들에게 엄격한 눈길을 보내고 있는 지휘관이 있었다.

단상으로 걸어간 히로는 그곳의 인물을 올려다보았다.

"순조로워 보이네."

온몸을 덮는 갑주— 검은색 막시밀리안 갑옷을 착용한 남자는 히로를 내려다보더니 그 거구를 날려 땅에 내려섰다.

"원래는 용병이었으니까. 기초는 되어 있어."

안뜰에 있는 병사들은 원래 노예 해방군에 가담했던 용병들이었다.

히로는 포로로 연행해 온 그들 중에서 지원자를 전부 받아들였다.

그러나 훈련이 시작되고 얼마 되지 않아 그 엄격함에 절반 이상이 제대를 청하고 말았다.

현재 남은 수는 3천 정도였다.

"하지만 장비 색깔을 똑같이 맞출 필요가 있었나?"

그들에게 준 장비는 켈하이트 가문의 미망인에게 받은 지원금으로 산 것이었다.

그러나 그들의 장비에 히로의 문장은 새겨져 있지 않았다. 이유는 몇 가지 있었다.

아무리 명장이더라도, 아무리 큰 공방을 가지고 있더라도, 장비를 발주하고 며칠 만에 몇천에 달하는 갑옷을 만들 수 있는 곳은 없었다. 그것이 문장을 새기는 작업이더라도 말이다.

그래서 우선은 근처 도시에서 검은색 장비— 즉, 비슷한 것을 사 모은 것이었다.

"적군이 통일된 장비를 본다면 그것만으로도 상대는 경계해. 저들이 정예였다면 그 반대도 가능해서 전술의 폭이 넓어질 텐데 말이야."

히로의 말은 신랄했다. 지금 저들은 이런 꾀를 부리지 않으면 전력이 되지 않는다— 넌지시 그렇게 말한 것이었다. 지휘관은 부정도 긍정도 하지 않았지만 투구 속에서 입꼬리를 삐죽 올렸다.

“금방 제4황군보다— 아니, 그란츠 대제국 제일의 정예로 만들어 주지.”

“그거 믿음직스럽네. 저들이 용병이었을 때 쓰던 장비는 창고에 넣어 뒀어. 쓸 때가 오기를 기도할게.”

“곧 올 거다.”

투구의 얼굴 가리개를 올리자 남자의 용모가 드러났다. 연보라색— 마족(조로스터) 특유의 피부색이었다.

날카로운 눈빛은 역전의 용사라도 주저할 만했고, 강인한 육체는 갑옷에 가려져 있지만 거구에서 배어 나오는 패기는 숨길 수 없었다.

그는 남열도(암비시온)에서 흘러든 순혈종 마족— 가더 메테오르였다.

그란츠 대제국 북쪽에 있는 레벨링 왕국이 마족의 나라라고 불리고는 있으나, 긴 역사 속에서 다른 종족과 계속 섞인 탓에 왕족도 순혈이 아니게 되었다.

즉, 정확히 말하자면 중앙 대륙(솔레이유)에 더 이상 마족은 존재하지 않았다.

그 희귀성 때문에 소란이 일 것은 쉽게 상상이 갔고 가더의 안전도 고려한 결과, 이마에 있는 마석이나 피부색을 가리기 위해 아무리 더워도 그는 전신 갑옷을 입기로 했다.

“그건 그렇고…… 앞으로 싸우러 가게 된다면 저들이 쓸모 있을까?”

"상대의 숙련도에 따라 다르긴 하겠지만 단독으로 움직인다면 문제없어. 하지만 제4황군과 연계하여 싸운다면 어렵겠지."

"그럼 문제는 없을 것 같네."

"……전란의 징조라도 있나?"

히로는 모르는 척 가더의 질문을 받아넘기고서 머리 위를 올려다보았다.

맑은 하늘에 색을 더하는 흰 구름. 그 틈으로 얼굴을 내민 태양이 대지로 햇빛을 내리쬐고 있었다.

지금은 아직 시원하게 느껴지는 바람도 곧 열을 내며 찌는 듯한 열풍으로 변모할 것이다.

오늘도 더워지겠다고 예감하며 가더에게 시선을 돌린 히로는 의미심장하게 웃었다.

"유사시에 대비하는 건 기본이야."

"그건 그렇지만…… 내 추측도 완전히 틀린 건 아닌 것 같은데?"

"살짝 신경 쓰이는 점은 있어. 정확하진 않지만 시간문제라고 해야 하려나?"

모호한 말이었으나 가더는 깊이 추궁하지 않고 고개를 끄덕여 주었다.

"그럼 시간이 허락하는 한 녀석들을 단련해 두지."

얼굴 가리개를 내린 가더가 훈련에 힘쓰는 병사들에게 시선을 보냈다.

많은 병사들이 구호와 함께 창을 찔렀다. 잘 모르는 자가 이 모습을 봤다면 압도되어 정예병이라고 생각할 것이다. 하지만 숙련자라면 조잡한 부분이 있다는 것을 놓치지 않으리라.

그러나 이 틈을 메우는 것은 지휘관의 실력— 살리는 것도 죽이는 것도 지휘관의 재량이었다.

"기대하고 있어. 가능한 한 무리한 요구에도 부응할 수 있게 되길 원해."

"단기간에 강해지려면 실전밖에 없다만?"

"그러네. 인간은 생사를 건 싸움에서 자신의 가능성을 깨달을 수 있지."

나쁜 짓을 생각해 낸 아이처럼 히로의 입술이 초승달 형태로 갈라졌다.

"그런 고로 상대로는 좀 부족하겠지만, 인근에서 도적과 산적— 리히타인 공국의 탈주병이 손을 잡고 도적단을 형성했다는 정보가 들어왔어."

"장소는 가깝나?"

"요전번 전쟁의 혼란을 틈타 동굴이나 황무지 협로를 근거지로 삼은 모양이야."

히로는 양피지 두 장을 가더에게 내밀었다.

"이 중에서 하나를 골라 줘. 남은 쪽은 제4황군이 맡겠다는 것 같아."

가더가 내용을 확인하는 것을 보고 히로는 말을 이었다.

"첫 번째는 여기서 동쪽으로 하루 거리에 있는 동굴, 수는 50 정도. 다른 하나는 미르에가 사는 스레스 마을 근처— 여기서 남쪽으로 하루 거리에 있는 황야 협로, 수는 300. 이쪽은 탈주병도 포함되어 있다는 모양이야. 지금도 합류하는 자가 끊이질 않는다고 하니…… 상대할 때는 300이상 있을지도 모르겠네. 어떻게 할래?"

"당연한 거 아닌가. 협로 쪽 도적을 토벌하지. 기간이나 조건은 있나?"

"되도록 서두르고 싶은 안건이니까…… 데려가는 수는 8백. 이틀 후에 귀환할 것. 말을 쉬게 하면서 가야 할 테니 싸울 수 있는 시간은 기껏해야 여섯 시간 정도려나."

"터무니없는 소리를 하는군."

"여러 가지로 제한해 두지 않으면 경험이 되지 않으니까."

"그 조건으로 『독안룡』, 너라면 어떻게 토벌할 생각이지?"

"상대는 3백밖에 없어. 혼자 돌입해서—."

섬멸한다는 말은 삼켰다. 왜냐하면 가더가 노려보았기 때문이다.

그런 짓을 할 수 있는 건 너뿐이라고 말하는 것 같기도 했다.

하지만 히로는 못 본 것으로 치고서 말을 정정했다.

"농담은 이쯤하고— 상대는 틀어박혀 있어. 이쪽이 수적으로 우위이긴 하지만 그걸 살리지 못하면 의미가 없지."

히로는 생각하는 모습을 보이면서 입을 움직였다.

"그리고 도적들이 근거지로 삼고 있는 장소— 지형도 파악하고 있을 테니까 지리적 이점도 상대편에게 있다고 생각하는 편이 좋아. 방심하면 생각지 못한 피해를 볼 수도 있어. 그러니 나라면 상대를 밖으로 끌어내서 입장을 역전시킬 거야."
말을 마친 히로는 손가락을 입에 대고 미소 지었다.
"뭐, 직접 보는 편이 빠르겠지. 당장 준비해 줄 수 있을까?"
"흥! 내가 단련시킨 병사들의 움직임을 보고 놀라 자빠지지나 마. 용병이었던 무렵과는 몰라보게 달라졌으니까."
오만불손— 황족을 상대로 거리낌 없는 말투였다.
그란츠 황가에 충성을 맹세한 자가 들었다면 가더를 향해 검을 뽑았을 것이 틀림없다. 늘 냉정한 것이 장점인 도리쿠스가 들었다면 졸도했으리라.
"하하! 그 말을 들을 수 있어서 기뻐."
하지만 본인이 아무렇지도 않게 생각하니 그들의 기분이 어떻든 상관없었다.
무엇보다 이 관대함과 친근함이 있기에, 제4황군에서 리즈 다음가는 인기를 확고히 다지고 있다고도 할 수 있었다.
그렇다고 병사들 앞에서 이런 태도를 보인다면 귀감이 되지 않는 것도 분명했다. 가더도 그것은 알고 있는지 주변에 듣는 자가 있으면 닭살 돋을 만큼 정중한 태도를 보였다. 그건 그것대로 재미있는 광경이었으나, 역시 마음을 터놓고 이야기를 나누고 싶은 경우에는 이렇게 방해받지 않을 때를 고르는 게 제일이었다.
"그럼 부탁할게."
"그래, 잠시 쉬게 한 뒤에 출발하도록 하지."
히로는 자리를 뜨려고 했지만 문득 어떤 생각이 떠올라서 가더를 돌아보았다.

“아아, 맞아……창고에 보관한 옛 장비도 가져가기로 했어.”

“뭐……?”

가더는 무슨 뜻인지 살피려는 것 같았으나 잠시 후 이해했는지 작게 고개를 끄덕였다.

“알겠다. 준비시켜 두마.”

“그럼 나도 준비하고 올게.”

뒤로 돈 채 손을 흔들고 걷기 시작하자 병사들에게 휴식을 알리는 가더의 큰 목소리가 들렸다.

*

기마 8백이 모래 먼지를 일으키며 황야를 달리고 있었다.

목적지까지 1셀(3킬로미터) 남은 지점에서 히로의 사병 『아군(鴉軍)』은 절벽 그늘에 숨으며 진군을 멈췄다.

숙련도는 아직 충분하다고 할 수 없지만, 그 박력만 보자면 제4황군 못지않았다.

“그럼 도적단을 끌어내도록 할까.”

히로는 후방으로 신호를 보냈다. 그러자 기마 대열이 갈라지며 용병 모습을 한 병사들이 100명쯤 나타났다. 거기에 농민 차림인 자가 20명 정도 있었고, 그들은 짐수레를 끌고 있었다.

그들은 이 앞, 절벽 사이로 난 좁은 길— 도적단이 근거지로 삼은 협로로 향했다.

"그럼 제1기병대, 제2기병대도 행동을 개시해."

히로의 명을 받은 각 부대장은 짐수레가 일으킨 모래 먼지 속에 숨어 좌우로 나뉘어 진군했다. 남은 것은 기마 1백— 그것을 지휘하는 이는 히로와 보좌를 맡은 가더였다.

"잘 풀리면 좋겠다만 상대도 문외한은 아니야. 그렇게 간단히 속지는 않을걸."

"의외로 인간은 간단히 속아. 때에 따라서는 숙련자가 초보자보다 못한 경우도 꽤 있지."

가더에게 그렇게 말한 뒤 히로는 눈을 가늘게 좁히고 먼 곳을 보았다. 가더도 따라서 똑같은 곳으로 시선을 주었다. 두 사람의 시야 끝에서는 농민 차림을 한 부대가 협로 바로 앞에서 정지해 있었다.

"지금쯤 질문받고 있으려나. 미끼를 본 상대는 어떻게 나올 것 같아?"

"함정을 의심하는 자가 많겠지."

"그래서 짐수레를 준비한 거야. 저기에는 대량의 무기를 실어 뒀으니까."

짐수레에는 방어구와 도검을 실었다. 도적단이 절실히 원할 만한 물건이었다. 그들은 장비를 조달할 수 있을 만큼 금전이 여유롭지도 않았고 약탈할 수단도 없었다. 앞으로도 식량을 정기적으로 약탈하려면 무기가 필요했다.

그래서 히로는 부하들을 행상으로 가장시켰다.

"하지만 호위로 100명은 너무 많지 않나?"

"의심받지 않으려면 필요했어."

"그 숫자 때문에 상대가 경계하여 협로에서 안 나오면 어쩔 셈이지?"

가더의 의견은 지당했다. 상대는 300명 정도밖에 없었다. 호위가 100명이라는 것을 안다면 겁먹고 공격해 오지 않을 가능성도 있었다. 그래도 소수는 협로에서 튀어나와 위협할 것이다. 이쪽이 수는 더 많다고 호언하며 짐수레를 내놓으라고 협박할 것이 틀림없다.

"그때는 망설이지 말고 상대를 공격하라고 지시해 뒀어."

"호오…… 그 후엔?"

"도발한 뒤에 우리가 있는 곳으로 곧장 도망치라고 했지."

그러면 동료가 당했다는 사실에 피가 거꾸로 솟은 도적단이 도망치는 사냥감을 쫓아 협로에서 뛰쳐나오리라. 그때 우회시킨 제1, 제2기병대가 배후로 돌아들어 출입구를 막고 공격하는 것이다.

"봐, 시작됐어. 우리도 갈까?"

전투가 시작되었다. 검이 맞부딪치는 소리가 바람에 실려 여기까지 전달되었다.

히로를 태운 마차가 천천히 달리기 시작했다. 가더가 전방을 바라보며 말고삐를 당겼다. 히로와 가더는 남은 기병 1백을 이끌고 절벽 그늘에서 빠져나왔다.

"상대는 이쪽이 예상한 대로 행동해 준 모양이네."

"이렇게나 쉽게 계략에 걸릴 줄이야…… 리히타인 공국이

질 만하군."

"그래도 웬만한 도적보다는 강해. 포위했다고 방심할 수는 없어."

그렇게 말한 뒤, 히로는 남은 기병들에게 전투에 참가하라고 지시했다.

명령받은 그들은 신속히 행동에 나서서 가더와 히로를 남겨 두고 돌격을 개시했다.

히로와 가더가 도착했을 무렵에는 싸움이 끝나 있을 것이다.

"투항한 자들은 살려 두라고 한 것 같은데…… 정말 그걸로 괜찮은 거겠지?"

"그거면 돼. 뭔가 문제라도 있어?"

"평소 너라면 전부 죽이라고 명령할 거 아니야. 그래서 투항했다고는 해도 살려 두는 게 이상해서 말이지."

"아아, 그 이유는 간단해. 그들을 전멸시키면 시체가 괴물(몬스터)을 불러들여. 그러면 인근 마을이 피해를 보게 되잖아."

도적단의 시체를 묻든 태우든, 피 냄새에 이끌려 괴물(몬스터)이 올 것이다. 그럼 협로에 자리를 잡을 테고, 먹이가 없어질 즈음에는 인근 마을들을 습격하기 시작하리라. 모처럼 도적단을 처리했는데 괴물(몬스터)이 만연하게 되면 본말전도였다. 그래서 투항 의사를 나타낸 자는 공격하지 말라고 모든 병사에게 지시해 두었다.

"전쟁에 패배한 지 얼마 안 됐으니까 금방 투항할 거야."

히로와 가더가 전장에 다다르자 예상대로 도적단 대부분이 투항해 있었다.

그러나 기마군에 희생된 자도 적지 않았다. 도적단의 수는 200 전후까지 줄어든 상태였다. 그 시체는 모두 짐수레에 실려 있었는데, 별동대가 멀리 떨어진 곳에서 처리할 예정이었다. 붙잡힌 자들은 그에 상응하는 벌을 받아야 했다. 그 부분은 베르크 요새에 남겨 두고 온 도리쿠스 2급 무관에게 맡길 생각이었다.

"여섯 시간도 필요 없었던 모양이군. 싱겁게 결판이 나 버렸어."

가더의 말에 히로는 미소 짓고서 고개를 끄덕였다.

고전할 것이라고는 생각하지 않았지만 그래도 『아군』은 예상보다 더 잘 해주었다.

"두 시간쯤 쉰 뒤에 베르크 요새로 돌아가자."

히로가 그렇게 말하니 가더가 병사들에게 명령을 날렸다. 그 모습을 본 히로는 하늘을 올려다보았다.

느릿하게 흘러가는 구름을 뚫고 나온 햇빛이 황야를 무덥게 비추고 있었다.

'머지않아 대제도로 오라는 호출을 받겠지. 그때 『아군』을 어떻게 해야 할까.'

평화로운 여행길을 행군시키는 것은 시간 낭비였다.

그럴 거면 히로가 돌아올 때까지 훈련에 열중하는 편이 나았다.

'하지만 페르젠에 가라고 한다면 데려가고 싶어.'

며칠 전 아우라의 편지가 도착했는데, 페르젠은 아직도 예측이 불가능한 모양이었다. 속이 탄 황제가 페르젠에 가라고 지시할 가능성이 컸다.

그것은 《아군》이 경험을 쌓을 절호의 기회라고 할 수 있었다.

'뭐, 지금 생각해도 별수 없나…… 그때 상황에 따라 판별하면 돼.'

히로는 뺨을 타고 흐르는 땀을 닦고 목깃을 느슨하게 풀었다.

그리고 눈을 감은 뒤, 기운을 회복하기 위해 편안한 숨소리를 내며 잠들었다.

*

베르크 요새에 귀환한 것은 다음 날이었다.

히로가 이끄는 『아군』이 베르크 요새 근처까지 다가가자 정문이 조용히 열렸다.

그곳에서 사령관 리즈가 나왔다. 그 옆에는 서버러스의 모습도 있었다.

"어서 와!"

환하게 웃으며 리즈가 달려왔다.

히로는 마차에서 내려 우선 흰 늑대의 머리를 쓰다듬고 리즈에게 다가갔다.

"기다려 준 거야?"

"응. 귀환이 늦었는걸."

입을 삐죽이는 그녀를 보고 히로는 쓰게 웃었다.

"예정보다도 빨리 돌아왔다고 생각했는데 말이지."

"그래도 늦은 건 늦은 거야."

두 사람은 나란히 정문을 지나 안뜰로 향했다. 가는 길에 히로는 리즈에게 말했다.

"내 쪽은 문제없이 끝났는데 리즈 쪽은 어땠어?"

"음, 간단히 붙잡을 수 있었어. 그래서 히로보다 빨리 돌아왔지."

리즈는 자랑스럽게 가슴을 쭉 폈다.

"흐흥, 내가 이겼네!"

"내 패배여도 상관없지만…… 어떻게 한 거야?"

"내가 마을 처녀로 변장해서 도적들 앞으로 갔어. 그랬더니 환장하고서 홀라당 벗기려 들더라고."

확실히 리즈처럼 예쁜 아가씨는 이런 변경에서 좀처럼 볼 수 없을 것이다.

한심한 이야기지만 그녀의 외모에 눈이 멀어 버린 도적들을 일망타진했다는 말이었다.

"그것참 허탈했겠네."

"맞아! 크게 강하지도 않아서 불만밖에 안 남는 싸움이었어."

어지간히 보람이 없었는지 리즈는 울분을 풀 듯이 발소리를 쿵쿵 울렸다.

그런 그녀를 보고 히로의 등 뒤에서 가더가 나타나 입을 열었다.

"그렇게 체력이 남아돈다면 내가 나중에 상대해 주지."

"흐응~ 오늘은 한 번도 질 것 같지가 않은데, 다칠 각오는 됐어?"

리즈가 도발하자 가더는 여유롭게 웃었다.

"문제없다. 네가 다치지 않을 수준으로 상대해 주마."

"호오, 말은 잘해……. 후회해도 난 몰라."

그렇게 불꽃을 튀기는 두 사람 사이에 끼어 히로는 어깨를 으쓱였다.

"뭐, 적당히 해 주면 좋겠어."

현재 두 사람의 대전 성적은 반반이었다. 처음에야 정령검의 가호를 받은 리즈가 연승했지만 가더는 경험이 많은 만큼 만만치 않았다. 감정적인 리즈를 어떻게 대처할지 알아내고서 전적을 비등하게 만들었다.

물론 리즈도 자신의 결점을 깨닫고 그것을 극복하고자 노력하고 있었다. 그 벽을 뛰어넘었을 때, 그녀는 더욱 비약할 것이다. 앞날이 기대된다고 히로는 생각했다.

세 사람이 안뜰로 향하자 후방 병사들에게서 안도의 한숨을 흘러나왔다.

"정말이지, 마지막 순간에 방심하는 건가."

가더가 그것을 보고 후방으로 물러나자 병사들이 긴장하여 등을 꼿꼿이 펴는 모습이 보였다. 그때 히로는 눈앞에 있는 중앙탑에서 도리쿠스가 뛰쳐나오는 것을 알아차렸다.

"히로 전하, 먼저 무사히 귀환하셔서 진심으로 기쁩니다."

도리쿠스는 정중한 태도로 땅에 무릎을 꿇고 히로 옆에 있는 리즈에게 눈을 돌렸다.

"그리고 세리아 에스트레야 전하께서는 히로 전하께 전달해 주셨습니까?"

"응? 뭘?"

리즈가 고개를 갸웃하니 도리쿠스가 뺨을 실룩였다.

"아뇨, 그…… 무엇이냐니— 아까 제가 건네 드린 편지 말입니다."

"아아! 그거 말이지…… 제대로 가지고 있어."

리즈는 그제야 이해하고서 편지를 내밀었다.

히로는 전에도 이런 일이 있었다고 기시감을 느끼며 그것을 받았다.

"이게 편지구나…… 쭈글쭈글하네."

"응, 아바마마가 보낸 거야."

리즈는 편하게 말했지만, 쓰레기가 된 편지를 본 도리쿠스의 얼굴에서는 핏기가 가셨다.

그 모습이 불쌍해 보였으나 리즈에게 편지를 넘긴 도리쿠스의 잘못이었다.

히로는 무슨 내용일지 대강 예상이 갔기에 편지 취급에 관해서는 솔직히 별생각이 없었다.

그러나 당장에라도 울 것 같은 도리쿠스를 보고 제대로 읽는 편이 좋겠다고 판단했다.

"으음…… 대제도로 오라네. 리히타인 공국과의 전투 공적을 칭찬하고 싶다나 봐."

미사여구가 죽 나열된 편지 내용을 간단히 간추리면 그런 뜻이었다.

히로의 말을 듣고 정신을 바로잡았는지 도리쿠스가 기뻐하며 웃었다.

“오오, 그거 좋은 일입니다! 당장 출발 준비를 시작하겠습니다.”

도리쿠스가 먼지를 털며 일어났다. 히로는 고개를 끄덕이고 입을 열었다.

“내일 출발하도록 할까요?”

개선하려면 갖춰야 할 것이 많았다. 병사를 얼마나 데려갈 것인지, 행정부터 식량 계산 등, 그리고 주변 귀족의 영지에 들어가게 되므로 침범 목적이 아니라는 취지의 서신도 필요했다.

“병사는 5천 정도 데려갈게요. 물자 계산 등은 부탁해도 될까요?”

정비된 가도를 사용할 생각이지만, 병사의 수가 많으면 많을수록 행군 속도는 극단적으로 떨어진다. 무엇보다 베르크 요새 주변의 치안 유지도 고려하면 데려갈 수 있는 병사는 5천이 한계일 것이다.

“알겠습니다. 당장 준비하겠습니다만, 그 밖에 또 시키실 일은 없습니까?”

“자세한 내용은 정리해 둘 테니 나중에 제 방으로 와 주세요.”

“알겠습니다. 그럼 실례하겠습니다.”

도리쿠스가 부하를 부르며 떠나갔다. 히로는 리즈 쪽으로 몸을 돌리고 입을 열었다.

"너는 드레스를 몇 벌 골라 두도록 해."

"히로가 입는 거야?"

왜 그런 발상이 나오는 것일까…… 히로는 동요하여 말문이 막혀 버렸다.

그러나 곰곰이 생각해 보면 리즈는 자신이 중심인 축하연을 체험한 적이 없었다.

그렇기에 이상한 반응을 보이는 것이었다. 지금까지 그녀가 귀족 제후들에게 어떤 취급을 받았는지 상상하기는 쉬웠다. 화가 부글부글 끓어올랐다.

하지만 히로는 분노를 억누르고 리즈에게 다정히 웃어 보였다.

"아니야. 네가 입을 거야."

이번에 대제도에서 열릴 축하연은 틀림없이 그녀가 중심이 될 터였다.

방으로 가면서 히로가 그렇게 설명하자 리즈는 당황했다.

"하, 하지만, 거의 히로의 공적이잖아. 나는 아무것도 안 했어."

"그렇지 않아. 너는 훌륭히 지휘관 역할을 다했어. 나는 그걸 보좌했을 뿐이지, 병사들을 승리로 이끈 건 네 인망이야."

그녀가 각 부대장과 은밀히 연락을 지속했기에 지휘권이 이동된 후에도 병사들에게 혼란을 주지 않고 원활히 일을 진행할 수 있었다.

히로는 이길 수 있는 군대에 책략을 준 것에 불과했다.

"알겠어? 우수한 자일수록 그 공적은 눈에 보이지 않아."

"눈에 안 보이면 누구에게도 평가받지 못하잖아."

"그 자리에선 그렇지. 하지만 보고서를 정리하면 누가 이 군대의 주역인지 알 수 있게 돼. 설령 그것이 묵살되더라도 병사들이 증언해 줄 거야. 사람의 입은 막을 수 없으니까."

그렇게 말하며 히로는 멈춰 섰다. 이야기하다 보니 어느새 방에 도착해 있었다.

안으로 들어간 히로는 책상으로 가서 종이와 필기구를 꺼내 의자에 앉았다.

"하지만 내가 드레스라니…… 절대 안 어울릴 테니까 군복이면 돼."

리즈는 침대에 몸을 날리고 베개를 끌어안으며 그렇게 말했다.

"그래도 한두 벌은 준비해 둬."

"음…… 로자 언니한테 받은 게 몇 벌 있던 것 같은데……."

리즈의 말을 듣고 히로는 떠올렸다. 로자에게도 협력을 청해 둬야 했다.

황제에게 올릴 헌상물 문제도 있지만, 모처럼 개선하는 것이니 대대적으로 하고 싶었다.

귀족 제후와 민중의 눈에 리즈라는 새로운 별을 각인시켜야 했다. 로자라면 그 부분을 잘 처리해 줄 것이다. 히로는 즉시 로자에게 보낼 편지도 쓰기로 했다.

한동안 펜촉이 종이를 스치는 소리만이 방에 울렸다.

천천히 시간이 흐르는 가운데, 노크 소리가 들려서 히로는 얼굴을 들었다.

"들어오세요."

"실례하겠습니다."

들어온 사람은 도리쿠스였다. 그는 가볍게 인사하고 책상 쪽으로 걸어왔다.

"물자 준비가 끝났습니다. 이게 그 서류입니다. 허가해 주셨으면 합니다."

도리쿠스가 건넨 서류를 훑어본 히로는 사인했다.

그리고 로자에게 보내는 편지를 흰 봉투에 넣고 봉랍을 떨어뜨린 뒤 인새를 찍었다.

서류와 함께 내민 편지를 보고 도리쿠스가 의아해하며 눈썹을 찌푸렸다.

"음, 이건…… 누구에게 전해드리면 됩니까?"

"켈하이트 가문에 전해 줬으면 해."

도리쿠스의 눈이 한순간 번뜩인 것을 히로는 놓치지 않았다. 그러나 도리쿠스는 곧 표정을 다잡고 뒤통수를 긁적이며 살피는 시선을 보내왔다.

"이야, 깜짝 놀랐습니다. 그러고 보니 켈하이트 가문과 면식이 있으셨지요."

"전에 대제도를 방문했을 때 대화할 기회가 있었거든. 그리고 저번 싸움에서는 여러 가지로 협력도 받았으니까, 답례의 의미도 담아서 이번 개선에 참가시키자고 생각한 거야."

특별히 숨길 일도 아니었기에 히로는 대수롭지 않게 이유를 말했다.

"그렇군요, 멋진 생각입니다. 즉시 파발을 보내겠습니다."

"부탁할게."

도리쿠스가 퇴실하는 것을 지켜본 히로는 문득 리즈가 조용하다는 것을 깨달았다.

침대로 눈을 돌리자 리즈가 베개를 끌어안은 채 행복하게 잠들어 있었다.

히로는 쓰게 웃고 의자에서 일어난 뒤, 침대로 다가가 리즈에게 이불을 덮어 주었다.

"뭐, 드레스는 내일도 고를 수 있으니……."

데려갈 병사의 수는 제4황군에서 3천, 히로의 사병『아군』에서 2천이었다.

트리스와 가더 같은 측근들은 전부 데려갈 예정이다.

돌아올 때까지 베르크 요새의 지휘는 키오르크에게 부탁할 생각이었다.

"할 일은 다 했고…… 나도 잘까 싶은데……."

히로는 하품을 죽이면서, 행복하게 잠든 리즈를 보고 자신은 어디서 자야 할까 고민했다.

*

제국력 1023년 9월 15일.

아침 안개도 가시고 태양이 중천을 가리킬 무렵, 서늘한 바람이 링크스 거리를 한바탕 훑으며 지나갔다.

점심시간이라 북적이는 중앙대로를 쌍두마차가 내달렸다. 그 안에는 히로와 리즈, 그리고 그녀의 외숙부인 루젠 키오르크 폰 글린다 변경백, 이렇게 세 사람이 승차해 있었다.

"아……."

창문으로 바깥을 바라보던 히로는 거리 모습이 바뀌었음을 알아차렸다.

전에 방문했을 때도 북적거리기는 했지만 그 이상으로, 노점상도 포함하여 사람이 늘었다.

신기하다는 얼굴로 밖을 바라보는 히로의 모습을 눈치챈 키오르크가 입을 열었다.

"자네가 베르크 요새에 취임했다는 얘기가 눈 깜짝할 사이에 퍼져서 말이지. 그래서 남쪽을 중요시하는 상인이 늘어난 모양이라 많은 사람이 방문하게 됐어."

기쁘게 말하는 키오르크를 보고 히로는 약간 쑥스러워서 코끝을 긁적였다.

그러자 옆에 있던 리즈가 히로에게 몸을 가까이 대고 창밖으로 시선을 주었다.

"옛날에는 아무것도 없었어. 노점상도 한두 사람 나와서 장사하는 정도였으니까, 그렇게 생각하면 링크스도 커졌네. 그쵸? 외숙부님!"

"그래. 조부 대부터 이 땅을 계속 지키고 있지만 이렇게나 사람들이 찾아온 적은 한 번도 없었어. 선스피어가 가까워서 리히타인 공국의 상인조차 들르지 않았으니까."

남방의 대도시 선스피어를 다스리는 것은 5대 귀족 중 하나— 무주크 가문이다.

어떤 황위 계승자도 지지하지 않으며 추세를 지켜보고 있는 대귀족이었다.

가주는 젊다고 들었다. 그러나 젊어도 상당한 수완가인 모양이었고, 보필하는 측근들도 하나같이 우수한 자라는 것 같았다.

"하지만 앞으로는 괜찮아요. 글린다 변경백령에 히로가 왔는걸! 외숙부님의 영지는 더욱 풍족해져서 선스피어에도 지지 않을 대도시가 될 거예요!"

리즈가 자신 있게 말하자 키오르크는 흐뭇하게 조카를 바라보았다.

"그렇군. 그러려면 나도 열심히 해야겠지. 너희가 여기를 떠나 있는 중에도 긴장을 늦추지 않고 반드시 대임을 완수해 보이마."

여기 있는 이유가 그것이었다. 히로와 리즈는 남방을 떠나 있는 동안 키오르크에게 베르크 요새 등을 맡기고 싶어서 링크스를 찾아온 것이었다.

물론 키오르크는 흔쾌히 받아들여 주었다. 그리고 링크스 교외에서 대기 중인 부하와 합류하려는 히로와 리즈를 배웅하고자 마차에 동승해 있었다.

"그렇게 부담 가지지 않으셔도 돼요. 리히타인 공국이 이상한 움직임을 보일 일은 없을 테고, 베르크 요새 주변의 치안도 꽤 좋아졌으니 귀찮은 일은 일어나지 않을 거예요."

"히로 말이 맞아요, 외숙부님. 이제 나이도 있으니 무모한 짓은 하면 안 돼요."

두 사람에게서 힘 빠지는 소리를 듣고 키오르크는 섭섭하다는 얼굴로 고개를 숙였다.

"……나는 그렇게 미덥지 못한가?"

"아뇨…… 그런 생각으로 말한 건……."

히로의 말을 리즈가 이상하게 해석한 탓에 일이 묘해졌다.

분위기를 바꾸고자 히로는 필사적으로 머리를 굴리며 말을 찾았지만—.

"아!"

리즈가 갑자기 외치며 의자에서 일어났다.

"마부 아저씨! 마차를 멈춰 줘! 얼른, 얼른!"

앞쪽에 달린 창문을 두드려 리즈가 마부에게 명령하자 마차는 급정지했다.

그에 히로는 한순간 몸이 무중력 상태가 되는 감각을 느꼈다.

그리고 균형을 잡았을 때는 리즈에게 팔이 붙들려 마차 밖으로 뛰쳐나가고 있었다.

"리, 리즈? 갑자기 왜 그래?"

"됐으니까, 얼른 따라와."

당황하는 히로의 팔을 잡아당긴 리즈는 어떤 노점상 앞에 멈춰 섰다.

세공된 장식품을 파는 가게였다. 팔찌나 반지가 적당한 가격으로 판매되고 있었다.

"전에 히로가 그랬잖아. 사죄하는 의미에서 뭔가 사 주겠다고."

확실히 리히타인 공국과의 싸움 종반에 그런 약속을 했던 것 같다.

"응, 말한 기억은 있지만……."

"그럼 이거 사 줄래? 아까 스치면서 봤는데 예쁘다 싶었거든."

그녀는 은제 팔찌를 집어 들고서 히로에게 보여 주었다.

섬세한 의장이 들어가 있었다. 그 때문인지 나름대로 비쌌다.

히로가 가격표를 지그시 바라보고 있자 리즈는 조심스럽게 작은 목소리로 말을 꺼냈다.

"음? 비싸니까 다른 걸로 할까?"

리즈는 아쉬워하며 말했지만 엄두도 못 낼 가격은 아니었다.

히로가 고민하는 것은 가격이 아니라 그녀에게 주는 선물이 이런 값싼 물건으로 괜찮은가 하는 부분이었다.

보석 종류와 비교하면 역시 가격은 천양지차였다.

황녀인 그녀가 착용하기에는 조금 부적합했다.

"아니, 그런 게 아니야. 일단 확인하겠는데, 정말 이걸로 괜찮아?"

"응. 왜?"

"그게, 너한테는 이쪽 반지나 목걸이 쪽이 어울리지 않을까

싫어서."

히로는 은제 팔찌보다도 비싼 물건을 가리켰지만 리즈는 고개를 가로저었다.

"아니야. 이게 좋아."

소중하게 품는 것을 보자 히로도 이 이상은 아무 말도 할 수 없어서 가게 주인을 불러 팔찌를 샀다. 그리고 그것과는 별개로 다른 장신구 세 개 정도를 골라서 주머니에 넣어 달라고 했다.

"어? 히로는 뭘 산 거야?"

"비밀이야. 그보다 얼른 마차로 돌아가자."

히로가 주위를 둘러보니 리즈의 존재를 알아차린 민중이 모여들고 있었다.

변장도 하지 않았기에 들키는 것은 당연한 일이었다.

"이거 도망치지 않으면 위험하겠네. 히로, 가자!"

리즈가 당황하며 마차를 향해 달려갔다.

"혼자 먼저 도망치다니 그건 아니지……. 아니, 딱히 상관없지만."

폭도에게 둘러싸여 있는 것은 아니었다.

"후후, 그런가, 리즈는 팔찌를 골랐군."

히로는 그녀의 뒤를 느긋하게 쫓으려다가 등 뒤에서 들린 목소리에 발을 멈췄다.

"……언제부터 계셨습니까?"

돌아보니 언제 왔는지 키오르크가 있었다.

"응? 자네들이 마차에서 내렸을 때부터지. 그보다 무사히 선물도 샀으니 마차로 돌아갈까."

키오르크가 히로의 어깨를 두드리고 먼저 걷기 시작했다.

하지만 잠시 후 히죽이는 얼굴로 돌아보았다.

"아, 그렇지. 자네는 모를 수도 있지만, 이 근처 지역에서는 소중한 사람에게 선물할 때 먼저 팔찌부터 주는 게 관례라네."

"그런가요?"

"오랜 풍습이지만 말이야. 리즈의 엄마가 자주 말했으니 충실히 지키는 거겠지."

"리즈의 어머니가…… 하지만 왜 팔찌인가요?"

"팔찌뿐만 아니라 고리 형태의 물건은 묶어 둔다는 의미가 있네. 하지만 가장 중요한 건 그 팔찌에는— 등꽃이 그려져 있었지. 그게 답이야."

"죄송합니다……마지막 부분이 잘 안 들렸는데요."

민중이 술렁이기 시작한 탓에 키오르크가 마지막에 중얼거린 말은 히로에게 들리지 않았다.

"아니, 듣지 못해서 다행이군. 내가 할 말이 아니니까."

"네? 무슨 뜻인가요?"

"신경 쓰지 말라는 뜻이야. 자, 리즈가 마차에서 기다리고 있어. 민중에게 에워싸이면 대제도로 가는 게 늦어질 게야."

키오르크의 재촉에 히로는 다시 걷기 시작했다.

만족스러운 답을 얻지 못한 채, 히로는 얼떨떨한 상태로 마차에 올라탔다.

*

제국력 1023년 9월 20일— 중앙 지역 동부, 호렌 근교.

키오르크에게 배웅 받은 히로 일행은 샤인 대공로(大公路)에서 동쪽으로 벗어난 가도를 나아가고 있었다.

켈하이트 가문의 미망인과 합류하기 위해서였다.

"로자 언니랑 만나는 건 오랜만이야. 편지는 주고받고 있지만."

마차의 진동이 편안하게 느껴지기 시작할 무렵, 리즈가 히로에게 말을 걸어왔다.

"너에 관해 말하는 로자는 무척 즐거워 보였어."

"정말? 기쁘다. 로자 언니는 내 교육 담당이었어. 그래서 그런지 옛날부터 날 귀여워해 줬거든."

그란츠 황가의 여성은 일정 기간 언니가 동생의 교육 담당을 맡는다는 모양이었다. 남성의 경우, 황위 계승권 등의 문제가 있어서 괜한 분쟁을 피하고자 그런 관례는 없다는 것 같았다.

그래서 자매는 꽤 사이가 좋다고 하지만— 제1황녀는 병약하여 지방 신전에서 요양 생활 중이었고, 제2황녀는 어릴 적 요절해서 면식이 없다고 했다. 제4황녀와 제5황녀는 쌍둥이인데 리즈와 나이가 비슷하기도 해서 사이는 좋았지만, 브루탈 제3황자와 어머니가 같았으므로 리즈가 『염제(레바테인)』의 총애를 받음과 동시에 사이가 소원해졌다고 한다.

"그래서 지금은 로자 언니랑만 편지를 주고받고 있어."

리즈의 음성에는 슬픔이 약간 섞여 있었다.

『염제』의 총애를 받은 뒤로 그녀가 잃은 것은 많았고 얻은 것은 적었다.

그러나 향후 그녀의 움직임에 따라 잃어버린 것을 되찾을 기회도 찾아오리라.

그것을 위해서라도 우선은 언니와 재회하여, 잃어버린 것을 조금이라도 되찾았으면 했다.

"그럼 로자와 만나는 게 기대되겠네. 조금 있으면 그녀와 합류할 테니까 편지로는 전하지 못했던 얘기를 나누도록 해."

"응, 얘기하고 싶은 게 잔뜩 있어. 하루 이틀로는 모자랄 만큼."

"분명 로자도 하고 싶은 얘기가 잔뜩 있을 거야."

히로가 그렇게 말했을 때, 마차가 멈추고 밖에서 누군가가 창문을 두드렸다.

창문으로 눈을 돌리니 도리쿠스 2급 무관이 안을 들여다보았다.

"켈하이트 가문의 사자가 이쪽과 합류하고 싶다며 허가를 구하고 있습니다."

"로자 언니가 온 거구나! 허가할게. 당장 합류시켜."

"알겠습니다."

도리쿠스가 떠남과 동시에 리즈는 창문을 열었다.

"히로, 저것 봐! 동방 귀족의 문장기가 가득해!"

리즈의 시선 끝에는 또 다른 가도가 있었다.

켈하이트 가문을 필두로 한 동방 귀족의 군세가 그곳을 행군하고 있었다.

그런 동방 귀족의 군세에서 기마병이 100기쯤 떨어져 나오더니 리즈 일행에게 다가왔다.

그 선두에 있는 이는— 미스테 칼리아라 로자 폰 켈하이트.

젊어서 남편을 잃고 5대 귀족 켈하이트 가문의 가주 대리를 맡게 된 여걸이었다.

백마에 탄 그녀는 보라색을 기조로 한 군복을 입은 탓인지 전보다 더 용맹해 보였다.

그러면서도 세련된 아름다움은 사그라지지 않았고, 거기에 요염함이 더해져 보기 드문 미모를 더욱 부각시켰다.

"오오, 리즈! 오랜만이구나!"

로자는 말에서 내려 곧장 리즈를 끌어안았다.

"건강히 지냈느냐? 병을 앓지는 않았고? 편지로는 건강해 보였지만, 이렇게 가까이서 봐야 알 수 있는 것도 있으니 말이지."

"나는 완전 건강해. 로자 언니도 건강해 보여서 다행이야."

인사를 나눈 두 사람은 한동안 포옹하고서 떨어졌다.

그리고 문득 로자가 히로에게 시선을 보냈다.

"오오, 당신도 건강해 보이는군. 내가 없어서 외롭진 않았나?"

풍만한 가슴이 얼굴을 뭉갤 기세로 다가왔다.

갑작스러운 일이었지만— 히로는 피하려고 했다. 그러나 지금 이 분위기에 찬물을 끼얹을 필요는 없겠다고 판단하여 포기하고 양팔을 들어 로자의 품에 안겼다.

"응응. 여전히 체향이 옅군. 그란츠인은 떨어져 있어도 체향이 코를 찌르는 자가 많은데 당신은 전혀 신경 쓰이지 않아."

로자가 목덜미 냄새를 맡아서 히로는 쓰게 웃으며 말했다.

"뭐…… 일본인의 체향이 옅다는 말은 자주 들으니까."

본인의 냄새는 적응해 있는 탓에 잘 알 수 없지만, 로자의 냄새는 향수가 적당히 섞이고 색기와 어우러지면서 머리를 어질어질하게 했다.

"그럼 재회를 기뻐하는 것도 여기까지 해 두지."

로자는 만족했는지 몸을 떼고 허리에 손을 올려 진지한 표정을 지었다.

"보고하고 싶은 게 몇 가지 있어. 우선 마차로 돌아가기로 할까."

로자가 후방 마차를 가리켜서 리즈와 히로는 얌전히 고개를 끄덕이고 마차로 걸음을 옮겼다.

자리에 앉은 세 사람 가운데 제일 먼저 입을 연 이는 로자였다.

"너무 심각해질 필요는 없을 것 같지만 북방 귀족이 대규모 군사 연습을 한다는 모양이야."

그란츠 대제국은 다섯 영역— 북방, 서방, 동방, 남방, 중앙으로 구분되어 있다.

흔히 5대 영역이라고도 불리는데, 다스리는 것은 황제지만 그 운영을 맡은 것은 5대 귀족이라고 불리는 대공들이었다.

"샤름 가문의 가주가 움직였다는 거야?"

"아니, 그 뒤에 있는 제2황자야."

제2황자의 모친이 샤름 가문 출신이라 제2황자는 북방 귀족의 지지를 받고 있었다.

그러나 제2황자는 병약하다는 이유를 들며 공공연하게 움직이지 않았고, 황위 계승권 싸움에 관심이 없는지 중앙에 오는 일도 적었다.

"어떤 심경 변화가 있었던 걸까……."

"글쎄, 공적을 원하더라도 북방과 접한 나라는 레벨링 왕국밖에 없어. 황제 폐하가 중앙 대륙 통일을 노리고 있다고는 하지만, 그래도 오랜 우호국을 공격하지는 않겠지."

그렇다면 목적은 무엇일까. 지금껏 가만히 있던 제2황자가 갑자기 움직이기 시작했다.

거기에는 반드시 의미가 있을 터…… 그러나 제2황자에 관한 정보가 너무 적었다.

'당분간은 모습을 지켜볼 수밖에 없겠어.'

히로가 고개를 좌우로 흔들어 생각을 중단하자 리즈가 무언가를 떠올렸는지 옆에서 손뼉을 쳤다.

"아, 맞다! 레벨링 왕국이라고 하니 생각났는데 곧 왕녀의 성인식이 있지 않았어?"

레벨링 왕국은 흔히 마족(조로스터)의 나라라고도 불렸다. 마족은 1000년 전에 중앙 대륙을 석권했던 종족이다. 그러나 압정에 항거한 인족(휴먼)이 반기를 들었고, 다른 종족들도 그 뒤를 따르며 대전(大戰)으로 이어졌다. 그 결과, 마족은 패배하여 남열도(암비시온)

로 쫓겨났다.

하지만 일부 마족들은 미처 도망치지 못한 동포를 구하고자 중앙 대륙에 머물기를 선택했다.

그 남은 마족들이 건국한 것이 레벨링 왕국이었다. 그러나 오랫동안 다른 종족들과 섞인 탓에 지금은 태어나는 아이 대부분이 마력을 가지고 있지 않았고, 왕족에조차 순혈이 존재하지 않았다. 대를 이어갈수록 인족에 가까워지고 있는 것이 현재 상황이었다.

"그렇군. 무척 아름다운 여성이라고 들었어. 『자은희(紫銀姬)(베르네스)』라고 불리는 모양이야. 게다가 부럽게도 피부가 눈처럼 하얗다고 해."

리즈의 말에 반응한 로자가 히로에게 의미심장한 눈길을 보냈다.

"옛 맹우(盟友)의 자손에다 미녀라면 『군신(마르스)』의 후손으로서 관심이 있겠지?"

1000년 전— 영웅왕이라고 칭송받던 히로 밑에 『흑천오장』이라는 자들이 있었다.

그중 한 사람인 로크스 반 레벨링이라는 남자는 인족의 편에 선 다정한 마족이었다. 그런 그가 만든 나라이니 관심이 있기는 하지만, 리즈의 부루퉁한 얼굴을 보고서 그 아름답다는 왕녀의 이야기를 할 수 있을 리 없었다.

어떻게 말하면 좋을까 망설이는 히로의 곤혹스러워하는 얼굴을 즐겁게 바라본 로자가 화제를 바꾸었다.

“뭐, 북방은 일단 내버려 두기로 하고— 다음은 중앙 귀족에 관해 이야기하지.”

“뭔가 움직임이 있었어?”

“무파벌 녀석들에게 기대했지만 잘못된 생각이었어. 조금 행동하나 싶더니 위압되어 입을 다물어 버렸지. 그런대로 힘이 있는 자들도 단결되지 못한 채 비판만 하며 공격하지 못하고 있어.”

낙담했다는 얼굴로 로자는 깊이 한숨을 쉬었다.

“내가 동방 귀족들을 모두 아우를 즈음, 크로네 가문은 이전보다도 더 지위가 견고해져 있겠지. 물론 얌전히 보고만 있을 생각은 없지만 취할 방법이 없다는 것도 분명한 사실이야.”

동방을 담당하는 켈하이트 가문은 로자가 가주 대리를 맡고 있지만, 히로의 이름을 빌리고 있는 현재에도 모든 동방 귀족들의 신뢰를 얻지는 못했다.

다른 가문을 이용하려고 해도, 서방 귀족은 페르젠 잔당과의 싸움에 집중하고 있어서 중앙 귀족에게 간섭할 여유가 없었다. 남방 귀족은 무슨 생각을 하는지 움직일 기미가 없고, 북방 귀족은 중요한 시기에 군사 연습 중이었다.

그래서 중앙 귀족을 아우르는 크로네 가문은 느긋하게 파벌을 다시 다잡고 있었다.

“다음 수단은 준비해 뒀어. 그걸 위해 부르스트 자작의 영지를 지나기로 한 거야.”

히로가 자신만만하게 말하자 로자가 날카롭게 눈을 빛냈다.

"분명 오늘은…… 그 녀석의 저택에서 신세 지기로 했지?"

"한스 폰 부르스트 자작. 그의 영지에는 도시가 하나, 촌락이 세 개 있어. 조사해 보니 주민들에게 무거운 세금을 강요하고 있는 모양이야. 그래서 대제도에 가는 김에 개선을 요구하려고."

"그건 좋은 생각이지만, 부르스트 자작이 순순히 들을까?"

리즈가 불안한 얼굴로 말하자 로자가 어이없다는 듯이 손을 흔들었다.

"들을 리가 없지. 최근 중앙에 틈이 생기기 시작했다고는 해도 크로네 가문의 영향력은 여전히 건재해. 뭐, 약점이라도 하나 쥔다면 그걸로 무너뜨릴 수 있겠지만."

"거기서 부르스트 자작이라는 약점이 활용되는 거지. 베르크 요새를 출발하기 전에 중앙 귀족들과 그 주변의 유력 귀족에게 서신을 보내 뒀으니까 뭔가 움직임을 보일 거야."

"……으음, 응? 혹시 서로 물고 늘어지게 하려는 거야?"

리즈의 말에 히로는 눈을 가늘게 좁혔다. 로자도 흥미롭게 동생을 보았다.

분위기가 바뀌었음을 깨달았는지 리즈가 곤혹스러운 표정을 지었다.

"어라, 내가 이상한 말 했나?"

미안해— 하고 사과하기 시작했기에 히로는 황급히 고개를 가로저었다.

"아냐, 네 말대로 중앙 귀족들이 서로 물고 늘어지게 할 거야."

서신에는 부르스트 자작의 저택에서 휴식하겠다는 취지도 적어 두었다. 그것을 읽은 중앙 귀족들은, 혹시 부르스트 자작이 배신하지는 않을까 의심을 품고서 저지하기 위해 뭔가 수를 쓸 가능성이 컸다. 그 밖에도 무파벌 귀족, 혹은 다른 영역을 다스리는 대공들이 방해 공작을 펼칠 가능성도 있었다.

그렇게 예측하고 있었지만, 설마 리즈가 그 진의를 눈치챌 줄은 몰랐다.

"리즈도 성장하고 있는 것 같아서 언니는 기쁘구나!"

"잠깐, 로자 언니— 괴로우으?!"

히로는 달라붙어 장난치는 자매에게 쓴웃음을 보내고서 중얼거렸다.

"그런 고로, 그 귀족 제후의 움직임을 중앙 귀족을 무너뜨릴 수단으로 쓸 거야."

"하, 하지만, 간단히 될까?"

리즈는 언니를 밀어내고 히로에게 얼굴을 돌렸다.

"나도 알 정도니까 분명 그 밖에도 간파한 사람이 있을 거야."

"뭐, 적어도 서신의 진의를 눈치챈 자는 있겠지. 하지만 읽지 못하는 자도 많아. 특히 평소 자기밖에 안중에 없는 부패한 귀족들은 말이야."

만약 아무도 움직이지 않더라도 만일을 위해 보험은 들어뒀기에 실패할 일은 없었다.

"슬슬 즈이크에 도착하겠네."

히로가 창밖으로 시선을 돌리니 부르스트 자작이 다스리는 도시— 즈이크가 보였다.

즈이크는 5대 영역이 정해진 뒤에 생긴 중도시다.

대도시와 가깝기도 하여 전쟁과는 무관한 지방이었고, 그래서 성벽이 구축되지 않은 채 확대되어 현재 모습이 되었다. 또한 대도시에 가는 모험가나 상인이 많이 들렀기에 야간에도 거리에 사람이 많아 위성 도시로서도 번성하고 있었다.

그렇게 원을 그리듯 만들어진 거리 중심에 영주인 부르스트 자작의 저택이 있었다.

100기가량의 호위를 데리고 히로 일행이 방문하자 저택의 2층— 밖으로 튀어나온 발코니에서 음악대가 요란하게 연주를 시작했다.

"히로 전하, 세리아 에스트레야 전하, 기다리고 있었습니다!"

그리고 양팔을 벌리고 히로 일행을 환영하는 인물이 있었다.

"저는 황제 폐하께 즈이크를 일임받은 한스 폰 부르스트라고 합니다."

보석으로 몸을 장식한 중년 남성— 부르스트 자작이 히로 일행 앞에서 신하의 예를 올렸다.

그의 주위에는 많은 사용인이 서 있었는데 전부 미남미녀였다.

"수고가 많네."

리즈는 작게 치하하고 눈길도 주지 않은 채 그의 옆을 지나갔다. 아까 합류한 서버러스가 그 뒤를 따랐다. 리즈는 멈춰 서서 서버러스의 머리를 쓰다듬으며 부르스트 자작에게 시선을 날렸다.

"갑작스럽지만 식사와 목욕을 준비해 주겠어?"

리즈의 고압적인 말투에 기분 상한 모습도 없이 부르스트 자작은 기뻐하며 일어났다.

"물론입니다! 만찬회 준비는 막힘없이 다 되어 있습니다! 자자, 이쪽으로 오시지요."

그런 두 사람을 바라보고 있으니 로자가 히로의 어깨에 손을 얹었다.

"꽤 뚝심 있는 남자인 모양이군. 리즈의 태도에 불만을 드러낼까 싶었는데."

"아니, 저건 그냥 익숙해서 그런 거야. 리즈를 다루기 쉽다고 생각하지 않았을까?"

속으로 어떻게 생각하고 있는지는 확실하지 않지만 부르스트 자작 같은 남자는 처세술에 뛰어났다. 주위 하인들을 미남미녀들로 갖춰 둔 것도 그의 취미라기보다 유력자를 농락하기 위한 것이리라.

"마음에 든 아가씨는 있나? 나보다 두세 단계 뒤떨어진다만."

로자의 말은 뻔뻔하게 들렸으나 틀린 말도 아니었기에 히로는 솔직한 심정을 입에 담았다.

"아니, 로자보다 예쁜 아가씨는 이 중에 없어."

"솔직하군. 그럼 오늘은 내가 침실을 같이 써 주도록 하지."

그렇게 되면 그 안에 리즈도 포함될 것이 틀림없다.

"하하! 생각해 둘게."

히로는 어떻게 위기를 모면할지 궁리하면서 저택 안으로 발을 들였다.

부르스트 자작에게 안내받은 곳은 커다란 홀이었다. 청결해 보이는 시트가 깔린 테이블 위에 호화로운 식사가 가득 차려져 있었다.

늘어선 의자에는 각각 하인이 붙어 있었는데 이들도 열렬히 환영해 주었다.

"자자, 자리에 앉으시죠. 중앙의 명산품만을 모았습니다. 식기 전에 드시기 바랍니다."

부르스트 자작에게 그런 말을 듣고 히로 일행은 자리에 앉았지만…….

"엇, 이건 이상하지 않아?"

히로는 무심코 소리 내어 말해 버렸다.

리즈를 위해 상석을 비우고 테이블 중앙 근처에 앉았으나 그녀는 히로 오른쪽에 자리 잡았을 뿐만 아니라 로자마저 히로 왼쪽에 앉은 것이다.

"이상할 거 전혀 없어."

"그렇군. 평소와 똑같아."

"엇, 하지만, 이대로는……."

원래대로라면 부르스트 자작이 준비한 미남미녀들이 히로 일행 사이를 메우듯이 앉았을 터였다. 그들도 어쩔 줄을 모르며 당황한 감정을 여실히 드러내고 있었다.

마찬가지로 부르스트 자작도 동요했지만 곧 정신을 다잡고서 미남미녀를 물린 뒤, 히로 일행 맞은편에 앉았다.

그리고 비게 된 상석은 서버러스가 차지해 버렸다. 리즈의 애완동물이라 쫓아내지도 못하고 부르스트 자작은 뺨을 실룩이며 입을 열었다.

"그, 그럼 만찬회를 시작하지요. 우선은 두 전하를 뵙게 되어 그란츠 열두 대신에게 감사드리며, 그란츠 황가와 저희 부르스트 가문의 연을 맺어 준 정령왕께……."

와인잔을 한 손에 든 부르스트 자작의 장황한 인사말이 시작되었다.

"이렇게나 마음이 안 담긴 인사말도 보기 힘들 텐데. 신들도 이딴 남자한테 감사받아 봤자 귀가 썩기만 할 거야."

"로자 언니는 말이 너무 심해. 확실히 장황해서 귀찮긴 하지만."

"리즈도 의외로 단호하게 말하는구나. 뭐, 얼마 안 가 그의 취기도 깨겠지."

히로 일행은 부르스트 자작의 말을 적당히 흘려들으며 요리를 먹기 시작했다.

*

만찬회는 특별한 문제 없이 끝났다.

부르스트 자작의 쓸데없는 이야기를 별개로 친다면 대체로 만족스러웠다.

그리고 히로 일행을 방으로 안내한 그는 들뜬 발걸음으로 돌아갔다.

"그럼 잘 곳을 정하도록 할까?"

"왜 로자 언니도 같이 자는 거야?"

"아니, 리즈도 여기서 자는 건 이상하니까."

현재 히로는 잘 곳을 두고 다투는 자매 사이에 끼어 있었다.

"히로의 말이 맞아. 오랜만에 재회했으니 리즈도 나도 같이 자야지. 그리고 내일도 일찍 일어나야 할 테니 사이좋게 셋이서 자는 게 좋겠어."

그런 말은 한마디도 하지 않았지만 끼어들 새도 없이 리즈가 말했다.

"음…… 그것도 그런가. 로자 언니는 여전히 창가를 좋아해?"

"그래, 역시 밤하늘이 보이는 곳에서 자는 건 운치 있으니까."

"흐응, 나는 문 쪽이 무슨 일 생겼을 때 반응할 수 있어서 좋다고 생각하는데……."

"그럼 히로가 가운데서 자면 되겠군."

"응. 그게 좋을 것 같아."

그렇게 말한 두 사람은 침대로 올라가더니 각각 누워서 히로에게 눈길을 보냈다.

"아아, 나는 살짝 해 두고 싶은 일이 있으니까 두 사람은 먼저 자도 괜찮아."

"흐암…… 그런가, 그럼 먼저 쉬도록 하지."

자매라서 닮았다고 해야 할까, 두 사람은 이불 속에 들어가면 금방 잠들었다.

리즈는 벌써 행복한 얼굴로 고른 숨소리를 내고 있었다. 두 사람 다 긴 여행으로 지치기도 했겠지만, 거기에 술까지 마셔서 몸이 수면을 우선했을 것이다.

두 사람이 잠든 것을 확인하고 히로는 조용히 방 밖으로 나왔다.

그리고 통로에 서린 어둠을 응시하며 입을 열었다.

"어땠어?"

목소리에 반응하여 어둠 속에서 철이 맞부딪치는 소리가 들렸다.

"최악이야. 무거운 세금뿐이라면 그나마 구제할 길이 있었어."

나타난 이는 거대한 체구를 지닌 가더였다. 주위가 어두워서 그의 표정은 엿볼 수 없었으나 그 음성을 들으면 기분이 안 좋다는 것을 알 수 있었다.

"호오, 어떤 멍청한 짓을 했길래?"

히로는 미리 가더를 보내서 즈이크 주변을 조사하도록 명령했다.

"녀석은 세금을 착취한 후에 병사들을 도적으로 가장시켜서 마을을 습격하고 있었어."

"……증거는?"

"우리가 마을에 들렀을 때 감시하던 무리가 있었거든. 좀 거친 방법을 쓰게 됐지만 실토하게 했지. 그것만으로 부르스트 자작의 짓이라고 단정하는 건 경솔하긴 하지만 말이야."

"그럼 강압적인 수단이긴 해도 그 무리와 부르스트 자작을 대면시키도록 할까?"

"모르쇠로 버틸 텐데, 괜찮나?"

"자백하게 만드는 방법은 얼마든지 있어."

히로는 그렇게 말하고서 부르스트 자작의 방에 가려다가 이변을 눈치채고 발을 멈췄다.

"가더, 뒤쪽은 맡길게."

그렇게 말하자마자 히로는 『천제(엑스칼리버)』를 불러내 어둠 속으로 달려들었다.

그 순간— 불꽃이 튀었다. 검이 부딪치는 소리가 늦은 밤 복도에 날카롭게 울려 퍼졌다.

검이 서로를 밀어내다가 이윽고 날이 부러지는 소리가 복도에 메아리치더니 거슬리는 음과 함께 무언가가 쓰러졌다.

그러나 히로는 멈추지 않고 몸을 틀어 『천제』를 왼쪽으로 휘둘렀다.

"으윽?!"

"당신은 살려 둘게. 묻고 싶은 게 있으니까."

창문으로 들어온 달빛이 복도를 비추자 히로에게 밟힌 남자의 모습이 나타났다.

그 옆에는 목 위쪽을 잃은 몸통이 선혈을 뿜으며 쓰러져 있었다.

"훌륭한 솜씨군."

가더가 감탄하며 히로 곁으로 다가왔다.

"이쪽에서도 한 명 처리했어. 암살자는 세 명뿐인 모양이야."

가더의 말에 고개를 끄덕인 히로는 왼팔을 잃은 암살자에게서 발을 치우고 얼굴을 들여다보았다.

"뭔가 유익한 정보를 제공해 준다면 이 이상 아무것도 잃지 않을 텐데, 어떻게 할래?"

지독히 차가운 음성에 암살자는 몸을 떨었다. 그리고 입가를 경련하면서도 웃는 형태를 만들었다.

"우리의 「아버지」시여, 어리석은 자에게 영옥(永獄)의 고통을 주시옵소서. 우리의 「아버지」시여, 어진 자에게 평안을 주시옵소서!"

느닷없이 외친 남자의 얼굴에서 선혈이 솟구치더니 지탱할 힘을 잃은 머리가 앞으로 고꾸라졌다.

순식간에 피 웅덩이가 바닥에 퍼져 갔다.

히로는 경악하여 눈을 크게 뜨고 곧장 생사를 확인했으나 암살자는 절명해 있었다.

"……단순한 암살자가 아니네."

"맞습니다. 그는 『흑사향(黑死鄕)(오르쿠스)』이라 불리는 암살 집단의 일원입니다."

목소리가 들린 방향— 통로 안쪽으로 눈을 돌리자 도리쿠스 2급 무관이 서 있었다.

"그 이름이 세상에 나온 것은 300년쯤 전입니다. 당시 그란츠 대제국은 사상 최대의 기근이 든 상태였습니다. 귀족 제후는 영지민에게 무거운 세금을 강요하여 무장봉기를 유발하거나 남의 영지를 침공하는 등 악행이 횡행했고, 거기에 당시 황제가 암살당하는 사건이 일어난 겁니다."

도리쿠스는 히로에게 다가와 벽에 등을 기대고 그대로 주저앉아 버렸다.

"그란츠 대제국의 역사를 살펴봐도 황제 폐하가 암살당한 것은 전무후무 그때뿐. 그래서 『흑사향』이라는 이름은 중앙 대륙 전체로 단숨에 퍼졌습니다."

대량의 땀을 흘리는 도리쿠스를 보고 히로는 눈썹을 찡그렸다.

"어디 다치기라도 했어?"

"다치기는 했습니다만 스친 정도입니다. 이 땀은 『흑사향』한테서 필사적으로 도망치느라 흘린 겁니다."

"그럼 그들이 노리던 건 우리가 아니라 도리쿠스 2급 무관인가?"

"예, 그렇습니다. 여러 가지로 뒤적이다 보니 그들과 조우해서 말이죠. 목적이 똑같았던 모양이라 느닷없이 덤벼들더군요."

도리쿠스는 노끈으로 동여맨 종이 다발을 히로에게 건넸다.

"부르스트 자작이 노예 상인과 주고받은 계약서와 인신매매 기록입니다. 또한 행상에게 뇌물 등도 받은 모양이고, 그 밖에도 훑어보면 이것저것 나올 겁니다."

이만큼이나 증거가 갖춰졌으니 부르스트 자작을 쥐고 흔들 수 있었다. 쉽게 목적을 달성할 수 있을 것이다. 히로는 도리쿠스에게 감사를 표하려고 했지만— 어둠을 가르는 비명이 히로의 고막을 진동시켰다.

"설마—?!"

불안을 느낀 히로는 순식간에 판단을 내리고 바닥을 박찼다.

"가더는 나랑 같이 가고, 도리쿠스 2급 무관은 로자와 리즈를 깨워 줘!"

비명이 들린 방향으로 달려가자 이윽고 어둑한 복도를 비추는 빛이 보였다.

부르스트 자작의 방문이 열려서 불빛이 새어 나오고 있는 듯했다.

히로가 방에 도착하고 보니 다리가 풀린 하인이 문 앞에서 파랗게 질린 얼굴로 주저앉아 있었다.

"늦었나……."

방에 발을 들인 히로가 본 것은 부르스트 자작이 무참히 죽어 있는 모습이었다.

"양쪽 눈을 짓이김과 동시에 뇌를 파괴하다니, 상당한 재주군."

히로를 따라잡은 가더가 그렇게 말하고, 숨을 고른 후에 다시 입을 열었다.

"도시를 봉쇄할까? 아마 이 짓을 한 건 아까 그 삼인조가 아닐 텐데."

"아니, 이 도시에는 성벽이 없으니까 어디로든 빠져나갈 수 있어. 시간 낭비야."

히로는 부르스트 자작의 시신에 천을 덮었다. 그러다 그 옆에 무언가가 떨어져 있는 것을 발견했다. 머리가 없는 진흙인형이었다. 히로는 그것을 주워 의아한 표정으로 바라보았다.

"이건 뭘까? 가더는 알아?"

"부르스트 자작의 아이가 만든 진흙인형 아닌가?"

"그에게 아이는 없어."

만약 아이가 만든 물건이라고 하더라도 섬뜩할 만큼 정교했다.

두 사람이 진흙인형을 응시하고 있는데 복도에서 분주한 발소리가 들렸다.

잠시 후 나타난 것은 로자였다. 그 뒤에는 경호병과 도리쿠스가 있었다.

"당신! 무사한가?!"

로자는 몹시 당황한 모습으로 갑자기 히로에게 안겨 들었다.

"아아…… 다행이야. 다치진 않은 것 같군. 아픈 덴 없나?"

"괜찮아. 왜 그렇게 허둥대는 거야?"

"『흑사향』이 나타났다고 하잖는가. 도리쿠스 공에게 들었어."

로자는 히로가 다치지는 않았는지 확인하다가 진흙인형에서 눈을 멈췄다.

그것을 알아차린 히로는 진흙인형을 들어 로자에게 물었다.

"로자는 이게 뭔지 알아?"

"그건 『흑사향』이 신으로 받드는 「아버지」를 모방한 진흙인형이야. 자기주장이 심한 무리라서 말이지. 녀석들은 자신들이 죽였다는 증거로 암살 현장에 반드시 그걸 놓고 가."

그렇다면 가지고 있어도 의미는 없을 듯했다. 귀족 제후가 방해 공작을 펼칠 것이라고는 생각했지만 이토록 과격한 수단으로 나올 줄은 몰랐다.

앞으로 어떻게 해야 할까…… 계획이 틀어져 버린 것은 확실했다. 원래대로라면 부르스트 자작의 약점을 잡아 꼭두각시로 만들어서 중앙 귀족을 와해시킬 준비를 했을 텐데―.

"부르스트 자작이 살해당할 줄이야. 이래서는 중앙 귀족 중에서 새로운 영주가 선출되어 버려."

로자가 불안한 얼굴로 말했기에 히로는 그녀의 어깨를 쓰다듬으며 안심시켰다.

"괜찮아, 도리쿠스 덕분에 아직 이쪽이 유리해."

암살은 성공했으나 증거 인멸에 실패했다.

"애초에 간단할 거라고는 생각하지 않았으니까. 그들이 『흑사향』을 고용한 덕분에 진심이란 것도 확인할 수 있었어. 상황이 나쁘기만 한 건 아니야."

직접 키운 자를 쓰지 않고 『흑사향』을 고용한 것은 꼬리가 잡히는 것이 무섭다는 이유도 있겠지만, 암살과 증거 인멸의 확실성을 높이기 위해서라는 이유도 있을 것이다.

"가더, 도리쿠스."

히로가 이름을 부르자 두 사람이 다가와 바닥에 한쪽 무릎을 꿇었다.

"가더는 밖에서 야영 중인 군대와 합류해 출발할 준비를 해 줘."

"존명."

가더는 일어나 발길을 돌려 복도를 달려갔다.

"도리쿠스는 호위를 데리고 먼저 대도시로 가 줬으면 해. 가면서 이걸 보고서로 정리해 기리시 재상에게 넘겨 줘."

히로는 중앙 귀족의 약점인 종이 다발을 다시 도리쿠스에게 건넸다.

"목숨과 맞바꾸더라도 반드시 전달해 보이겠습니다."

얼굴을 굳힌 도리쿠스도 병사 몇 명을 데리고 복도를 달려 나갔다.

방에는 히로와 로자, 경호병만 남게 되었다.

"그런데 리즈는 어딨어?"

"일어나자마자 병사를 데리고 저택을 둘러보러 갔어. 당신을 걱정했지만 자기 역할은 따로 있다면서 말이지."

로자가 그렇게 말하자마자 리즈가 서버러스를 데리고 방 안으로 들어왔다.

"하인들을 모두 깨워서 홀에 모아 뒀어. 그리고 병사는 4인 1조로 저택 안을 순회시켰고. 수상한 인물이 있으면 곧장 연락이 올 거야."

"고마워, 도움이 됐어. 가더를 밖에 보냈으니까 곧 지원군이 올 거야."

"그래…… 응, 다친 덴 없는 것 같네. 무사해서 다행이야."

히로를 바라보던 리즈는 다친 곳이 없음을 확인하고서 안겨 들었다.

"사실은 이쪽을 도와주고 싶었어."

입을 삐죽이는 그녀에게 히로는 웃어 보였다.

"이쪽은 문제없었어. 네가 참아 줘서 다행이야."

어떤 상황인지 파악도 못 했으면서 리즈가 하인들의 안전 확보를 소홀히 하고 히로에게 달려왔다면 질책해야만 했다.

"히로는 내가 바본 줄 알아?"

"아냐, 그런 건 아닌데 가끔 얼빠진 행동을 하니까……."

"너무해…… 그렇게 생각하고 있던 거야?!"

황족이니 당연하지만 그녀에게 소양이 없지는 않았다. 히로가 보기에 소질도 충분했다. 예전에 그녀가 목표했던 대장군 못지않았다.

"미안, 농담이야."

히로가 쓰게 웃으며 말하자 리즈는 언짢은지 볼을 부풀렸다.

"우우, 그럼 됐지만……그래서, 앞으로 어쩔 거야?"

"즈이크의 비서관에게 이곳을 맡기고 내일 아침 출발할 거야. 이상한 소문이 나기 전에 떠나야지. 물론 감시는 놔둘 거지만……."

사실은 동방 귀족 중 한 명에게 임시 영주를 맡기고 싶었으나, 그랬다가는 중앙 귀족을 쓸데없이 자극할 수도 있었다. 인사 판단은 기리시 재상에게 맡기는 편이 좋을 것이다.

"그럼 두 사람은 내일을 위해 이만 자도록 해. 나머지는 나한테 맡겨."

"하지만……."

"리즈, 달게 받아들이도록 하자. 조금이라도 자 둬야 화장도 잘 먹을 테니 말이지."

로자의 말에 히로는 고개를 끄덕였다.

"대제도에 개선하면 많은 민중이 두 사람을 볼 테니까, 수면 부족 때문에 인상이 나빠지는 건 피해야지."

히로는 두 사람에게 나가길 재촉하여 혼자 방 안에 남게 되었다.

"……『흑사향』이라."

히로의 시선이 자신의 손으로 향했다. 그곳에는 암살자가 두고 간 진흙인형이 있었다.

## 제2장 새로운 임무

끝없이 펼쳐진 선명한 푸른 하늘.

그 밑에 뻗어 있는 것은 대제도로 이어지는 주요 도로 중 하나— 샤인 대공로였다.

그곳을 인마(人馬) 무리가 질서정연하게 막힘없이 행진하고 있었다. 강인한 병사가 입은 갑옷이 햇빛을 받아 이채를 발했다. 검과 방패도 예외 없이 반짝이며 군화 소리와 함께 대지를 석권했다. 그런 그들이 내건 깃발은 실로 다양했다.

태양 문장기, 백합 문장기, 흑룡 문장기, 장미 문장기.

눈에 띄는 큰 깃발만 하더라도 열 개 이상, 중소형 깃발을 포함하면 마흔 개는 넘었다.

그중— 태양, 백합, 흑룡, 이렇게 대형 깃발 세 개가 한데 모인 곳이 있었다.

그 밑에서 달리는 것은 화려하게 장식된 4두 마차였다.

안에는 짐승 한 마리와 남녀 세 명이 타고 있었다.

"슬슬 대도시다만."

창밖을 보고 있던 로자가 무언가 떠올렸는지 그렇게 입을 열었다.

"말하는 걸 깜빡했는데, 중소 귀족들은 한발 먼저 대제도로 보내 두었어."

로자가 팔짱을 끼자 자기주장을 하듯 가슴이 솟아올랐다.

풍만한 육체를 아낌없이 강조하는 군복은 이성의 시선을 사로잡을 수밖에 없었다.

그러나 가벼운 마음으로 말을 건다면 매서운 독설을 듣게 될 것이다.

“거금을 들였으니 리즈와 히로를 요란하게 맞이해 주겠지.”

“리즈는 그렇다고 쳐도…… 나까지 요란하게 맞이해 줄 필요는 없지만 말이야.”

로자의 말에 반응하여 쓴소리한 것은 히로였다.

안 그래도 『군신』의 후손이라며 시끄러운데 최근에는 『독안룡』이라는 최신 별명까지 급격히 퍼지기 시작했다.

히로보다도 리즈가 각광을 받아야 하지만, 이래서야 본말전도였다.

어쩌면 좋을까 싶어서 깊이 탄식하는 히로를 보고 로자가 고개를 기울였다.

“그 모습으로 그런 말을 하는 건가?”

로자는 흑발흑안뿐만 아니라 지금은 사용되지 않는 구 제국식 군복과 용 의장이 들어간 검은 외투를 지적하고 있었다.

“내가 『군신』의 후손이야, 더 주목해 줘— 라고 말하는 거나 마찬가지 아닌가……?”

히로는 말문이 막혔다. 확실히 로자의 말대로 『군신』의 후손이라고 주장하는 것처럼 보이기도 했다. 아니면 극도의 팬이 가장(코스프레)한 것이라든가.

“『흑춘희(흑동백 공주)』를 벗으면 조금은 주목을 피할 수 있지 않나?”

로자가 제안했다. 하지만 히로는 고개를 가로저었다.

호기심 어린 시선이 신경 쓰인다고 해서 벗을 생각은 없었다. 『흑춘희』는 변덕스럽지만 결코 히로를 배신하지는 않았다. 1000년 전부터 오늘에 이르기까지 그녀가 얼마나 많은 위기에서 히로를 구해 줬는지 세어 보자면 끝이 없었다. 앞으로도 그럴 것이라고 믿고 있었다.

그래서—.

"벗을 생각은 없어."

히로는 분명하게 말했다. 하지만 불안했는지 『흑춘희』가 저항하듯 목깃을 조였다. 히로는 쓰게 웃고 가슴을 부드럽게 두드리며 그럴 생각은 없다고 전했다. 목깃이 느슨해지는 것을 느낀 히로는 문득 고개를 들었다.

"……리즈?"

평소라면 대화에 끼어들 텐데 묘하게 조용했다.

히로가 옆으로 시선을 돌리니—.

"……쿨."

들린 것은 희미한 숨소리. 붉은 머리 황녀가 등을 둥글게 말고 자고 있었다.

서버러스를 베개로 삼았기 때문인지 그 얼굴은 무척 행복해 보였다.

후후, 하고 숨죽인 웃음소리가 들렸다.

그쪽을 보자 로자가 흐뭇한 눈길로 리즈를 바라보고 있었다.

"피곤했겠지. 뭐, 무리도 아니지만."

여기까지 오는 동안 리즈 곁으로 많은 귀족들이 인사하러 찾아왔다. 상대의 이름과 얼굴을 기억하느라 필사적이었던 탓인지 그들에게서 해방됐을 때 리즈의 얼굴은 일주일은 못 잔 것처럼 초췌했었다.

"대제도에 도착하면 알현과 축하연도 있으니 더 피곤해질 텐데."

히로가 그렇게 말하자 로자가 고개를 끄덕였다.

"그렇겠지. 다양한 의도를 가진 귀족들이 리즈와 당신에게 다가올 거야."

누구나 뭔가 의도를 가지고 있다. 귀족이라면 더더욱 그럴 것이다.

고귀하기에 지닌 의무— 영지민, 자신의 영지, 짊어지고 있는 것은 많고 지키기 위해서라면 황족마저 이용한다. 탄로 난다면 참수되겠지만 귀족이란 생물은 능구렁이 같은 자들뿐이었다. 꼬리가 간단히 잡히지는 않았다.

"리즈는 맡길게."

"당신은 필요 없나?"

"뭐, 저번에 여러 가지로 배웠으니까."

히로는 어깨를 으쓱였다. 로자는 모르겠지만 히로는 1000년 전에 이것저것 경험했다.

작법이나 예의에 약간 변화는 있겠으나 문제는 없을 것이다.

"아무튼 리즈를 부탁할게."

리즈도 황녀다. 사교계 경험은 몇 번 있을 것이다. 하지만 오늘 축하연은 종류가 달랐다. 지금까지는 황녀로서 참가했지만 앞으로는 황위 계승자로 취급된다.

그녀의 말에는 무게가 생긴다. 황녀의 잡담이 아니라 황위 계승자의 정치적 발언이 되는 것이다. 신중하게 말을 고르지 않으면 금세 귀족들에게 이용되리라.

히로의 생각을 알았는지 로자가 의젓하게 고개를 끄덕여 주었다.

"돌보기는 하겠지만, 그 뒤에는 어쩔 거지?"

그녀가 하는 질문의 의미를 이해할 수 없어서 히로는 물음표를 띄웠다.

그녀는 보란 듯이 고혹적으로 입술을 핥았다. 몹시 선정적인 광경이었다.

"축하연이 끝나면 나는 당신과 같은 침실에서 함께 잘 텐데, 리즈에게는 어떻게 설명할 건가 싶어서 말이야."

"……설명할 것도 없이 당연히 따로 자야지."

"뭐? 동침하지 않는 건가?"

깜짝 놀라는 로자를 보고 히로는 눈꺼풀을 누르며 크게 숨을 토해 냈다.

"전에 조금만 더 기다려 달라고 한 건 그쪽이잖아."

"그 뒤로 얼마나 지났는지 아는가? 나는 이미 각오했어."

로자가 가슴을 쭉 펴고 말해서 히로는 입꼬리를 실룩였다.

"저기 말이지…… 리즈도 그렇고, 수치심 같은 거 없어?"

리즈는 리즈대로 성(性) 지식이 몽땅 결여되어 있었다. 그란츠 대제국에서는 황족을 어떻게 교육하는 것인지 매우 의문스러웠다.

"……응?"

왜 거기서 리즈가 나오는가, 로자는 곤혹스러워했다.

하지만 그것도 한순간이었고, 무언가 생각되는 바가 있는지 머뭇거리며 시선을 이리저리 옮겼다.

"리즈라면 전부 내게 책임이…… 있는 것 같군."

"무슨 말이야?"

"제4황녀 밑으로는 전부 내가 교육했어."

전에 그런 말을 리즈에게 들었던 히로는 수긍했다.

"그, 뭐냐…… 순진무구한 여동생을 원했기도 해서 그녀들에게는 철저히 거짓을 가르쳤지. 하지만 언제까지고 돌봐 줄 수는 없었거든. 가정교사를 붙이게 됐을 때는 꽤 고생했어. 어떻게 이 녀석들을 해고시킬까 하고……."

그때가 즐거웠다며 로자는 마지막에 덧붙였으나 잠시 후 유감스럽다는 얼굴로 탄식했다.

"즐거운 시간도 그리 오래 이어지진 않았지만 말이지. 제4황녀가 제일 처음 거짓말을 간파하고서 「언니는 최악이야!」라고 말한 이후로 내 앞에 모습을 나타내지 않게 됐어. 제5황녀는 원래부터 날 상대해 주지 않았는데, 언제였더라…… 자료를 만들어서 남자란 이런 생물이라며 내게 설명했었지."

로자는 아득한 눈을 하고 창가로 시선을 주었다.

"내 얘기를 즐겁게 들어 준 건 리즈뿐이었어. 그 다정함에 그만두지 못했던 거겠지. 신 나서 여러 가지로 거짓을 불어넣어 버렸어."

좋은 이야기로 만들려 하고 있지만 어떻게 포장해도 감동을 이끌어내기는 어려웠다.

히로가 수상쩍다는 눈으로 로자를 보자 그녀는 당황하여 손을 내저었다.

"하지만 걱정할 필요는 없어. 이상한 남자한테 속지 않도록 그 부분은 분명하게 가르쳤으니까."

"리즈를 보고 있으면 그렇게 생각할 수가 없는데……."

어이없어하며 말하니 로자가 고개를 갸웃했다.

그리고서 히로와 리즈— 두 사람을 번갈아 보고 손뼉 쳤다.

"아아…… 그런 건가—."

로자가 이어서 입을 열려고 했을 때, 밖에서 창문을 두드렸다.

"곧 대제도입니다."

병사의 목소리— 너무 작지도 크지도 않은 적당한 음성이 실내에 울렸다.

로자가 뒷얘기는 나중에 하자는 듯이 입술에 손가락을 댄 후에 병사에게 말했다.

"그럼 갈아타겠다. 개선 마차를 가져오라고 후방에 전해 다오."

"알겠습니다."

창밖에 있던 병사의 기척이 멀어져 갔다.

로자가 창문에 달린 커튼을 쳤다.

"당신은 리즈를 깨워 줘. 나는 먼저 옷을 갈아입도록 하지."

로자가 군복 단추를 풀고 천천히 옷을 벗기 시작했다.

매끄러운 흰 피부가 외부에 노출되었다.

가슴이 드러나고, 몸에 걸치고 있던 것을 전부 벗자 로자는 알몸이 되었다.

왜 속옷까지 벗는 걸까— 여러 가지로 하고 싶은 말은 있었지만 로자에게서 수치심은 일절 느껴지지 않았다. 당당했다. 오히려 자신의 몸에 절대적인 자신감을 가지고 있는 것 같았다. 그녀는 몸을 웅크려 드레스가 든 케이스를 열었다.

히로는 탄식했다. 감탄……이 아니라 체념이 다분히 포함된 탄식이었다.

밖에서 기다리겠다며 허둥지둥 도망쳐 봤자 수상쩍다는 병사의 눈길을 받을 사람은 히로였다. 애인의 알몸을 보고 도망치는 남자가 세상 어디에 있을까.

"후후, 보는 건 상관없어. 오히려 기쁘다고 해야 하려나. 매우 아쉽지만…… 지금은 리즈를 깨워 주지 않겠어?"

로자가 유혹하듯 달콤한 음성으로 말하자 히로는 어깨를 으쓱여 보였다.

흑심이 전혀 없었다고 하면 거짓말이지만, 생각에 잠겨 있었을 뿐이지 응시하던 것은 아니었다. 하지만 변명해 봤자 농락당할 것이 뻔했다.

그래서 히로는 항의하기를 포기하고 리즈를 깨우기 위해 옆으로 눈길을 주었다.

"……일어나 있었구나."

붉은 눈동자가 히로를 빤히 바라보고 있었다. 히로는 고양이 앞에 쥐처럼 경직되었다.

언제부터, 어디서부터, 묻고 싶은 것은 많았으나 입이 생각대로 움직이지 않았다.

그러는 사이에도 리즈의 손이 느릿한 동작으로 히로의 얼굴을 향해 다가왔다.

예쁜 손가락은 얼굴의 절반을 덮은 안대를 쓰다듬은 후에 다른 곳을 가리켰다.

"히로…… 입이 헤벌어져 있어."

히로는 무심코 손으로 얼굴을 가렸다.

*

대제도 클라디우스— 중앙(솔레이유) 대륙에서 가장 영화로운 대도시다.

처음 방문한 자는 우선 도시를 에워싼 성벽의 높이에 압도된다.

이어서 중앙대로를 가득 메운 많은 사람— 또는 노점상 수에 눈이 휘둥그레진다.

혹은 방문자를 맞이하는 그란츠 열두 대신의 거대한 동상과 마주하고서 기가 죽을 것이다.

마음을 진정시키기 위해 하늘을 올려다보려고 하면 황궁이 눈에 보이는 구조였다.

1000년이 지났어도 쇠퇴하지 않은 황궁은 그 아래 펼쳐진 거리— 그곳에 사는 사람들에게는 위엄을, 타국에서 방문한 자에게는 경탄을 선사했다.

제국력 1023년 9월 24일.

사람들이 활발하게 오가는 중앙대로— 라는 것은 평상시 이야기였고, 현재는 병사들이 벽이 되어 도로를 봉쇄하고 있었다. 그 탓에 사람들은 가장자리로 밀려났지만 그 표정에 불만이나 불평은 보이지 않았다. 오히려 기대와 긴장이 섞인 표정으로 한결같이 정문을 향해 시선을 던지고 있었다.

그런 정문을 히로 일행이 지나자— 마음이 따뜻해지는 성원, 온화한 환성이 그들을 맞이했다.

히로 일행이 타고 있는 것은 백마 두 마리가 끄는 개선 마차였다.

지붕도 없으며 창문도 없었다. 있는 것은 낙하 방지 난간뿐.

황족을 태운 마차치고는 광택이 억제되어 있었고 장식도 수수했다.

이것에는 이유가 있다— 주역은 탑승자이지 마차가 아니기 때문이다.

그래서 일부러 눈에 띄지 않도록 탑승자를 부각하는 수수한 사양으로 만들어져 있었다.

마차에는 세 남녀가 민중을 향해 손을 흔들고 있었다.

빨간 드레스를 입은 이가 리즈, 검은 드레스를 입은 이는 로자였다.

히로는 두 사람 사이에 낀 형태로 의자에 앉아 있었다.

'굉장하네……. 저번보다 많은 것 같아.'

도로 양옆을 가득 메운 사람, 사람, 사람, 사람— 빈틈 따위 보이지 않았다.

머리 위로 팔을 들고서 손뼉을 쳐야 할 정도로 중앙대로는 남녀노소로 넘쳐 났다.

"세리아 에스트레야 님~ 예뻐요~!"

"고마워~!"

무엇보다 히로가 놀란 것은 리즈의 인기였다.

민중의 입에서 나오는 것은 리즈의 이름, 그다음이 히로였다.

로자는 주로 남성들에게 인기가 있는 것 같았는데, 그 열광은 무시무시했다.

미망인의 색기에 대제도 남자들은 다들 헤벌쭉한 얼굴을 하고 있었다.

"후후. 남자들의 저 꼴사나운 얼굴을 봐라."

로자가 미소를 유지한 채 마왕 같은 말을 했다.

그러자 리즈의 눈초리가 험해졌다— 실언한 언니를 책망하는 것 같았다.

"그런 말 하면 실례야. 그들은 우리를 위해 모여 준 거잖아."

동생에게 주의받은 로자는 장난치다 들킨 아이처럼 어깨를 으쓱였다.

"미안. 앞으로는 주의하마."

그런 그녀들의 한쪽 손에는 민중에게 받은 선물이 가득했다. 전부 병사를 거쳐서 전달받은 물건이었다. 주로 꽃다발이었지만 개중에는 다양한 크기의 상자도 있었고 — 보석 종류가 들어 있을지도 모른다 — 거기에 편지가 붙어 있는 것을 보면 귀족이나 상인이 민중에 섞여 있는 모양이었다.

히로는 어떤가 하면—.

"자, 또 받았어."

로자가 즐거워하며 꽃다발을 건넸다.

그것을 받아 든 히로는 쓰게 웃었다. 주위에 꽃다발을 둘 만한 장소는 이제 없었다.

히로 주위는 노랑, 파랑, 보라, 하양 가지각색 꽃들로 가득했다.

그러나 그 대부분은 진흙이 묻어 있거나 꽃잎이 떨어져 있는 등 가게에서 파는 상품이라고는 보기 힘들었다. 길가에 핀 들꽃이었다.

"미래의 대제국을 지탱할 자들이 주는 선물이야. 소중히 여기도록 해."

로자가 살짝 부러워하는 목소리로 말했다.

뜻밖에도— 히로는 아이들에게 압도적으로 인기가 있었다.

즉, 히로 주변에 있는 꽃다발 대부분은 어린아이가 준 것이었다.

히로가 쑥스러움을 감추려고 볼을 긁적이니 리즈가 시선을 보내왔다.

"나도 지지 않아!"

어린아이에게 받았는지 화관이 리즈의 머리를 장식하고 있었다.

대항하려고 하는 리즈가 사랑스러워서 히로는 살포시 미소 지었다.

그리고 민중에게 시선을 돌렸다가— 한 소녀를 발견했다.

지저분한 복장을 하고 있었다. 그 작은 양손에는 빨간 꽃 한 송이가 들려 있었다.

소녀는 안절부절못하며 히로에게 시선을 던지고 있었다.

마차로 다가오려는 것인지 한 발자국 내디뎠다가 어른들의 벽에 막혀 이러지도 저러지도 못했다.

"멈춰 줘."

히로가 마부에게 말했다. 리즈와 로자가 의아한 시선을 보내왔다.

하지만 히로는 설명도 하지 않고서 뒤쪽 난간을 잡고 흑의를 펄럭이며 마차에서 뛰어내렸다.

민중이 술렁이면서 노골적인 시선을 던졌다. 그에 히로가 제지하듯이 팔을 옆으로 휘둘렀다.

물을 끼얹은 것처럼 주변이 고요해졌다. 사람들은 너무나도 간단히 입을 다물었다.

특별히 마법을 써서 강제한 것도 아니었고, 정령의 힘이 작용한 것도 아니었다.

히로의 위풍당당한 모습을 보고 민중이 넋을 잃은 것이었다.

잠잠해진 중앙대로에 서늘한 바람이 불었다.

히로의 앞머리를 실컷 가지고 논 바람은 얼굴의 왼쪽 절반을 덮은 안대를 부드럽게 어루만지고 갔다.

바람이 지나감과 동시에 호위병들이 퍼뜩 정신 차리고 히로를 에워싸기 시작했다.

"히로 전하. 마차로 돌아—."

병사가 말을 마치기 전에 히로는 그에게 손을 들어 조용히 시켰다. 그리고서 민중 앞으로 한 발자국 나아갔다.

"아무쪼록 길을 열어 줄 수 없을까?"

반론을 허락하지 않는 박력에 민중이 한 사람, 또 한 사람 틈을 벌려 갔다.

조금 시간이 필요했지만 성인 한 명이 지나갈 수 있을 만한 공간이 생겼다.

시야가 트인 앞쪽에는 지저분한 소녀가 당황한 표정으로 서 있었다.

히로는 미소를 지으며 안심시켰다. 손으로 소녀를 부르고 허리를 굽혔다.

종종걸음으로 다가온 소녀와 시선을 맞춘 히로는 의젓하게 말했다.

"그 아름다운 꽃을 내게 주겠니?"

"……아, 네!"

잠시 간격을 두고서 소녀가 활짝 웃으며 빨간 꽃을 내밀었다.

그것을 받아 든 히로는 일어나 소녀의 머리를 한 번 쓰다듬었다.

"고마워."

감사를 표하자 소녀는 쑥스러움을 감추듯이 등을 돌려 골목으로 달려갔다.

그 등이 사라지는 것을 지켜본 히로는 마차로 돌아와 의자에 앉았다.

순간— 민중에게서 환성이 폭발했다.

평민, 귀족, 황족— 신분 차이는 있어도 똑같은 인간이다.

당연한 것 같지만, 실상 황족은 신이나 마찬가지인 존재였다.

그래서 마음 한편으로 생각하는 것이다.

—사는 세계가 다르다고.

그런 황족인 제4황자가 평민조차 피해 갈 듯한 빈민 소녀를 주목했다.

심지어 진흙투성이 꽃을 받고 감사를 표했을 뿐만 아니라 머리를 쓰다듬었다— 그 동작은 너무나도 자연스럽고 아름다웠다. 이런 기적은 공상의 세계에나 존재하는 것이었다.

그것을 현실에서 보여 주니 사람들이 들뜬 마음을 멈출 수 없는 것도 무리는 아니었다. 히로가 손을 들어 민중에게 호응하자 더욱 큰 환성이 터져 나왔다.

다시 개선 마차가 달리기 시작한 가운데, 부드럽게 미소 지은 로자가 시선을 보내왔다.

"이거 참…… 후후, 생각보다 훌륭한 자질이야."

음성에서 친애가 묻어났다. 소녀를 꼭 끌어안고 싶다— 그런 충동을 억누르는 것처럼 양팔로 자신의 몸을 끌어안고 있었다. 히로는 말없이 꽃다발로 재빨리 방벽을 만들었다. 그리고 리즈가 빨간 꽃을 빤히 바라보고 있음을 깨달았다.

"응…… 이건……."

"리즈, 왜 그래?"

"그 꽃은 연꽃(아나트)이라고 해. 특수한 곳에서만 피는 보기 드문 꽃이야."

설명을 끝낸 리즈는 고개를 기울이고 끙 소리를 냈다.

"음…… 하지만 이상하네. 이건 —야."

그녀의 말은 민중의 목소리에 끊겨 버렸다.

히로는 되물으려고 했다가 황궁 정문이 보였기에 입을 다물었다.

시야 끝자락에서 로자가 즉각 움직이기 시작했다.

"황제 폐하와 알현하는 건 예정대로 밤이 되겠지. 끝나면 축하연으로 돌입할 터—."

로자가 빠르게 전달했다. 히로는 고개를 끄덕여 대답하고서 머리 위를 보았다.

해는 아직 높았다. 앞으로 네 시간쯤 뒤에야 질 것이다.

그럼 그때까지 어떻게 할지 정해야 하는데…….

"우으……."

옆에서 리즈가 신음하는 것이 들렸다. 히로가 눈을 돌리니 반듯한 얼굴에 긴장감이 어려 있었다.

좌천당했을 때를 떠올렸을지도 모른다.

하지만 지금 그녀에게는 믿음직한 언니가 있다. 너무 부담스럽게 여길 필요는 없다고 생각하지만…….

그래도 불안해지는 것이 인간의 성질인가, 히로는 그렇게 판단하고 리즈의 어깨를 두드렸다.

"괜찮아. 리즈가 생각하는 일은 일어나지 않을 테니까. 오히려 반대되는 상황에 당황할지도 모를걸?"

말뜻을 이해할 수 없는지 리즈가 눈썹을 찌푸렸다.

"즐겁게 기대하면 돼."

히로가 웃으며 그렇게 중얼거리자 눈앞에서 황궁 정문이 엄숙하게 열렸다.

마중 나온 것인지 많은 사람들이 기다리고 있었다. 제복을 보니 황궁에서 근무하는 고관들임을 추측할 수 있었다. 그 선두에 서 있던 남자가 한 발자국 앞으로 나왔다.

그란츠 대제국의 재상, 비잔 기리시 폰 샤름. 고지식해 보이는 풍모에 은테 안경을 쓴 탓인지 차가운 인상을 주는 남성이었다.

"히로 슈바르츠 전하. 다시 뵙게 되기를 기대하고 있었습니다."

"맞이해 주셔서 감사합니다. 여러모로 바쁘지 않으신가요?"

그렇게 말하며 개선 마차에서 내린 히로가 기리시 재상에게 손을 내밀었다.

"우수한 자들이 황궁에서 열심히 일하고 있기에 제가 할 일은 그다지 없습니다."

기리시 재상은 히로와 악수를 나누고서 쾌활하게 웃으며 리즈 쪽으로 몸을 돌렸다.

"세리아 에스트레야 전하. 이전부터 소문은 듣고 있었습니다. 조금 키가 크신 것 같군요."

"조금은. 그건 그렇고 기리시는 여전히 수염을 기르고 있구나."

"전에 안 어울리니까 그만두라고 조언해 주셨지요. 그래도 여기까지 길렀으니 조금 더 노력해 보려고 했습니다만 좀처럼 자라지 않는군요."

울적하게 턱을 문지르는 기리시 재상을 보자니 어중간하게 기른 수염은 그냥 방치한 것이 아닌 모양이었다.

특별히 관심도 없었기에 수염을 깎을 시간도 없을 만큼 바쁜가 보다고 멋대로 단정 짓고 있었다.

리즈가 안 어울린다고 한 것이 언제인지는 모르겠지만 두세 달 지나서 이 상태라면 차라리 깎는 편이 나았다. 말해야 할까, 말하지 말아야 할까, 망설인 끝에 나온 말은—.

"어……음, 알현은 예정대로인 거죠?"

사람에게는 각자 사정이 있는 법. 히로는 깊이 파고들면 안 된다고 결론을 내렸다.

"네, 예정대로 밤에— 앞으로 네 시간 후입니다. 그때까지는 자유롭게 보내셔도 됩니다."

"알겠습니다. 그때까지 자유롭게 보내도록 하겠습니다."

"시간이 되면 사자를 보내드릴 테니 잠시 기다려 주십시오."

기리시 재상은 히로에게 그렇게 알린 뒤 가볍게 인사하고서 고관들을 데리고 황궁으로 돌아갔다.

그 뒷모습이 사라지는 것을 지켜본 히로의 팔에 리즈가 매달려 왔다.

"있지, 있지, 거리에 나가자!"

"응. 원래부터 거리에 나갈 생각이었으니까 그건 상관없는데……."

말을 흐린 히로가 뒤를 돌아보니 커다란 짐이 마차에서 차례차례 내려지고 있었다.

"신중히 내려다오. 황제 폐하께 헌상할 중요한 물건이니까."

모래 먼지가 이는 가운데, 병사들에게 지시를 날리고 있는 사람은 로자였다.

"그러고 보니 히로가 가져온 저 짐은 뭐야?"

짐 대부분이 한군데에 모이고 있지만 리즈가 가리킨 짐은 조금 떨어진 곳에 놓여 있었다. 히로는 장난을 생각해 낸 아이처럼 웃었다.

"저건 말이지, 거리로 나가면 알게 될 거야."

"가르쳐 줘도 되잖아."

"지금 말하면 놀람이 반감될지도 모르니까."

"우우…… 그렇게나?"

확인하는 리즈를 보니 「그렇지 않으면 어쩌지?」 하는 불안이 마음속을 차지해 갔다.

"……아, 아마도."

히로가 자신 없이 말하자 팔에서 떨어진 리즈가 얼굴을 들여다보았다.

"그럼 기대할게. 놀랍지 않으면 『염제』를 날릴 테니까 각오해."

그렇게 무서운 말을 마지막으로 남기고 리즈가 로자에게 달려갔다. 그리고 히로를 돌아보았다.

"자, 우리도 돕자! 로자 언니한테 혼나기 전에 히로도 빨리 와!"

어깨를 으쓱인 히로는 눈 아래로 시선을 돌렸다.

약간 높은 언덕에 지어진 황궁에서 내려다본 곳에는— 다채로운 거리가 펼쳐져 있었다.

*

짐을 내린 히로와 리즈는 뒷일을 로자에게 맡기고 동쪽 구획의 정령 신전으로 향했다.

저번에 방문했을 때와 마찬가지로, 동쪽 대로는 여전히 모험가와 용병들로 넘쳐 났다.

그 도중에 있는 경비소와 여관 사이를 지나 어둑한 골목을 걸어갔다.

하늘에서 빛이 쏟아지는 곳으로 나오자 아름다운 흰 빛을 내는 정령 신전이 히로와 리즈를 맞이해 주었다. 안뜰에서는 아이들이 즐겁게 뛰노는 모습이 보였다.

"예쁘다! 자연이 가득해!"

그렇게 기뻐하며 외친 이는 리즈였다.

"리즈는 온 적 없어?"

히로가 고개를 갸우뚱하고 묻자 리즈는 어렵게 입을 열었다.

"몇 번 황궁을 빠져나오려고 했지만 로자 언니의 감시가 삼엄했거든. 그리고 당시에는 이렇게 치안이 좋지도 않았으니까 나 혼자 올 수는 없었어."

아직 『염제』도 없었고— 라고 마지막에 덧붙인 리즈는 잔디밭 위에 누워 뒹굴었다.

"그렇구나. 그럼 오늘은 즐겁게 보내도록 해. 분명 아이들도 환영해 줄 거야."

그렇게 말한 히로는 뒤돌아 두 인물에게 시선을 보냈다.

"히, 히로 님. 여기다 내려놓으면 될까요? 아무리 튼튼한 저라도 기진맥진입니다……."

대량의 짐을 안고 있던 남자가 그렇게 말하고서 땅에 주저앉았다.

그의 이름은 무닌— 갈색 피부에 얼굴은 온통 상처투성이인 우락부락한 남자였다.

그런 겉모습과는 반대로 성격은 자유로워서 약간 긴장감이 부족한 남자이기도 했다. 그래도 노예 해방군에 있을 때는 가더의 한쪽 팔로 활약했을 만큼 검 실력은 확실했다.

"한심한 소리 하지 마! 히로 님 앞에서 추태 보이지 말고!"

화를 내고 있는 이는 무닌의 기가 센 여동생, 후긴이다.

노예 해방군에서는 미르에— 기두(旗頭)였던 소녀의 경호와 수발 등을 담당했었다.

활을 잘 다뤘고, 가뿐히 움직이기 위해 경장비를 착용하고 있는데, 민첩성을 추구하여 특수하게 개조한 독자적인 장비였다.

그 탓에 피부를 노출한 부분이 많아서 눈을 어디에 두면 좋을지 곤란하지만, 근육이 대부분이기 때문인지 관능적이라기보다 건강한 아름다움이 느껴지는 여장부였다.

"나도 지쳤단 말이야! 가볍게 받아들였지만 상상했던 것보다 더 힘들었어! 하지만 불평 한마디 없이 힘냈다고! 그런데 이놈의 오빠라는 작자는—!"

"저항하지 않는 사람을 발로 차지 마! 그런 야만스러운 아이로 키운 적 없다고!"

"시끄러워!"

평소와 같은 남매 싸움을 보고 히로는 쓰게 웃었다.

그들이 땅에 내린 마대 안에는 과자와 장난감이 들어 있었다.

정령 신전에 맡겨진 전쟁고아에게 나눠 주기 위한 것들이었다. 수십 명분의 양은 결코 가볍지 않았고, 황궁에서 여기까지 꽤 거리가 있었다. 아무리 단련되어 있다고는 해도 힘들었을 것이다.

이렇게나 큰 짐이었다. 히로도 처음에는 마차를 쓰려고 했다.

"헤헷, 히로 님은 저희를 뭐라고 생각하시는 겁니까? 이런 중노동이 필요할 때야말로 저희를 쓰셔야죠! 이 정도 짐은 마차를 쓸 것도 없습니다. 돈이 아까워요!"

"맞습니다. 이 정도는 문제없습니다! 그러니 저도 데려가 주세요!"

하지만 두 사람이 머리 숙여 간청해 왔다. 딱 잘라 거절하기도 미안해서 데려온 것은 좋았지만…….

다시금 두 사람을 보니 표정에 피로가 역력히 나타나 있었다.

"어…… 두 사람 다 지쳤을 테니 나머진 내가 할게."

그렇게 말하자 후긴이 짐을 땅에 놓고 허둥지둥 히로에게 달려왔다.

"아뇨, 그, 그럴 생각은 없어요! 전혀 지치지 않았어요! 지금이라면 하늘도 날 수 있을 만큼 기운이 남아돌아요!"

잘 모르겠지만 그렇다는 모양이다.

그런 동생을 보며 무닌은「하!」하고 코웃음 쳤다.

"사랑하는 히로 님한테는 강하게 나갈 수 없다는 건가~?"

"하아?! 갑자기 무슨 소리야! 히로 님은 소중하지만 그런 게 아니라, 아니, 그런 것도 조금은— 으아! 무슨 말을 하게 하는 거야!"

"그러니까 엉덩이 차지 말라고! 오빠의 엉덩이는 이미 한계라고!"

생각보다 쌩쌩해 보여서 안심한 히로는 떠들썩한 두 사람에게서 시선을 돌려 앞을 보았다.

"그렇게 느려서야 나한테서 도망칠 수 없을걸!"

"누나 발 엄청 빨라?!"

리즈가 아이들과 섞여 노는 모습이 시야에 잡혔다.

"……빨리 친해지네."

히로가 리즈의 적응 능력에 놀라고 있는데 외투 자락이 잡아당겨지는 느낌이 들었다.

"있지, 있지, 오빠."

흙장난을 하고 있었는지 얼굴이 더러워지긴 했지만 낯익은 소녀가 서 있었다.

지난번에 이곳을 방문했을 때 아우라가 머리를 쓰다듬었던 소녀였다.

“응? 왜 그러니?”

“아우라 언니는?”

“아…… 아우라는 오늘 바빠서 못 왔어.”

“그렇구나. 아쉽다…….”

눈에 띄게 침울해하는 소녀를 보고 양심에 찔린 히로는 그녀의 머리를 쓰다듬어 주었다.

그리고 손을 들어 엄지로 뒤쪽을 가리켰다.

“저기 있는 오빠랑 언니가 과자와 장난감을 줄 거야.”

“정말?!”

소녀는 기뻐하며 눈을 반짝이더니 그 자리에서 양손을 들고 몇 번이나 폴짝였다.

“응. 받— 아아…… 가 버렸네.”

히로의 말이 끝나기도 전에 소녀가 달려갔다.

“가슴 큰 언니, 과자 줘~!”

“히익! 진흙투성이 소녀가 덤벼들었어?!”

느닷없이 소녀가 안겨들자 후긴이 비명을 지렀다.

“과자 주세요. 부탁이에요!”

“줄게, 줄 테니까! 옷 벗기려고 하지 마! 어디서 그런 기술을 배운 거야?!”

“허허, 덕분에 눈이 호강하는군.”

"이 자식, 웃으면서 보고 있지 말라고!"

"으익?!"

본래 성격을 드러낸 후긴이 무닌의 엉덩이를 걷어찼다.

소녀가 과자라고 한 말을 들었는지 많은 아이들이 후긴에게 쇄도했다.

"뭐, 뭐야?!"

"히익! 소녀만으로도 벅찬데! 이쪽으로 오지 마!"

말은 그렇게 하지만 아이들을 거칠게 다루지는 않았다.

왜냐하면 후긴과 무닌 역시 예전에는 아이들과 비슷한 처지였기 때문이다.

"나도 과자 받고 싶어!"

어째선지 붉은 머리 소녀가 후긴에게 안겨 들었지만 착각일 것이다.

히로는 못 본 것으로 치고 신전 안에 발을 들였다.

바깥과는 딴판으로 안은 조용했다. 숨을 들이키자 청결한 공기가 폐를 가득 채워 주었다.

몸 안쪽이 정화되는 감각을 기분 좋게 느끼며 히로는 주변을 둘러보았다.

신전 안에는 드문드문 참배 중인— 정령왕 대좌를 향해 손을 마주하고 기도를 올리는 사람들이 보였다. 그 한편에는 참배자를 지켜보는 무녀 한 명이 있었다.

무녀는 히로를 알아차렸는지 미끄러지듯이 조용히 다가왔다.

"히로 전하. 여기까지 일부러 찾아와 주셔서 감사합니다."

"실례하게 됐습니다. 이걸 건네드리고 싶어서……."

히로는 품을 뒤적여 주머니 하나를 꺼냈다.

"감사합니다. 정말로 큰 도움이 됩니다."

무녀는 양손으로 소중하게 주머니를 감쌌다.

잘그락 소리가 울렸다. 안에 있는 금화와 은화가 부딪치는 소리였다.

정령 신전의 주된 수입원은 참배자들의 헌금이었고— 나머지는 그란츠 대제국과 바움 소국에서 주는 보조금이었다. 하지만 그것들은 전부 신전 유지비라서 아이들의 식비 등은 포함되어 있지 않았다. 그래서 무녀는 자신의 급여로 아이들을 위한 비용을 충당했으며, 여유 없는 상황을 알게 된 히로는 정기적으로 기부하기로 했다.

"무녀공주님께서 말씀하신 대로 무척 고매하신 분이군요."

감동했다고 말하고 싶은 것처럼 무녀는 눈물을 글썽거리며 히로의 손을 꼭 쥐었다.

"정령왕의 가호가 히로 전하께 있기를—."

히로는 기도하기 시작한 무녀에게 쓴웃음을 보내고서 이곳을 방문한 이유를 입에 담았다.

"혹시 무녀공주에게서 편지가 오지는 않았나요?"

히로는 베르크 요새를 출발하기 전에 무녀공주에게 편지를 보냈는데, 그 답장을 여기서 받기로 되어 있었다.

무녀는 말없이 고개를 갸웃했다가 이윽고 작게 손뼉 치며 고개를 몇 번 끄덕였다.

"예, 맞아요, 확실히 편지가 와 있어요. 어젯밤 정령 기사분이 가져오셨죠."

히로의 손을 놓은 무녀는 어딘가로 모습을 감추더니 현란한 봉투를 들고 돌아왔다.

"이거예요. 내용은 읽지 않았으니 안심하세요."

"괜찮습니다. 다른 사람이 보면 곤란한 내용은 아니니까요."

가더가 어떻게 중앙 대륙에 나타났는가— 남열도는 사납게 날뛰는 파도에 막혀 나갈 수도 들어갈 수도 없었다. 일반인이라면 죽었을 것이다. 하지만 그는 산 채로 리히타인 공국에 흘러들었다. 본인도 그 부분은 잘 모르는 모양이라 히로는 수수께끼를 해명하기 위하여 무녀공주의 능력을 의지해 조사를 의뢰한 것이었다.

"가능하다면 내 예상이 빗나갔으면 좋겠는데……."

인식할 수 없는 테두리 밖 존재와 관련되어 있다면 그녀에게는 버거운 사안이리라.

그렇게 생각하며 봉투를 뜯은 히로는 안에 든 편지를 훑어보았다.

유감스럽게도 예상대로— 감지할 수 없었다고, 짧게 적혀 있을 뿐이었다.

"역시나……. 그래도 그녀의 눈을 속일 수 있다면 귀찮은 일이 될 것 같네."

무녀공주는 특수한 눈을 가지고 있었다. 세계 3대 비안 중 하나이자 『천리안』이라고 불리는 눈이었다.

대대로 무녀공주는 특수한 의식을 통해 선대로부터 능력(눈)을 물려받는다.

그러나 그 내용은 문외불출이라 히로도 알지 못했다.

“가까운 시일 내로 정령왕묘(프리덴) 쪽에 가 봐야겠어.”

더 자세히 조사해 달라고 하기 위해서라도 무녀공주와 직접 이야기하는 편이 좋을 것이다.

히로는 편지를 품에 넣고 무녀에게 고개를 숙였다.

“이만 실례하겠습니다. 슬슬 황궁에 돌아가야 해서요.”

“어머, 그러신가요? 차라도 한 잔 하심이…….”

“아뇨, 밖에서 기다리는 사람들도 있으니까요.”

“그런가요…… 그럼 차는 다음에 마셔야겠네요.”

아쉬워하며 탄식하는 무녀와 헤어진 히로는 다시 밖으로 나왔다.

안뜰에는 선물 받은 장난감으로 노는 아이들과, 약간 떨어진 곳에 놀다 지친 리즈와 무닌 남매가 주저앉아 있었다. 히로는 리즈에게 다가가 말을 걸었다.

“다 나눠 줬어?”

“응, 전부 마음에 든 모양이야.”

“그럼 황궁으로 돌아가자. 후긴이랑 무닌도 괜찮지?”

“예……이.”

“네! 언제든 달릴 수 있습니다!”

“아니, 달리지 않아도 괜찮아. 아직 시간은 충분해.”

오빠와 달리 쾌활하게 대답한 후긴을 향해 히로는 밝게 웃었다.

*

황궁 베네자인— 이라고 해도, 사람에 따라서는 부지 내 어딘가를 가리킬 때가 있다.

광대한 부지의 동쪽에는 제1황군 중에서도 정예인 『금사자 기사단』의 주거와 훈련장이 마련되어 있었다. 늘 모의 훈련이 펼쳐지며, 울분을 푸는 것처럼 공기를 진동시키는 굵은 목소리가 종일 들리는 곳이기도 했다.

그들은 황제 직속 기사였고, 친정 같은 예외를 제외하면 평상시에는 대제도를 수호했다.

그러나 최근 200년쯤, 대제도에서 전쟁이 일어난 적 따위 없었다.

그래서야 아무리 실력이 있어도 썩어 버린다. 실전 부족이라고 욕을 먹어도 별수 없었다. 사냥을 모르는 사자는 무섭지 않으니까.

그래서— 황제는 친정이라는 명목으로 사자들을 들에 풀어 사냥을 상기시켰다.

어떤 자는 이렇게 말했다.

『우리에서 풀려나온 사자만큼 무서운 것은 없다. 왕에게 적은 없으므로.』

그렇기에 전장에서 무서운 전과를 올리는 것이라고—.

아직 보지 못한 적을 쓰러뜨리기 위해 오늘도 기사들은 훈련에 열중해 있었다.

그런 금사자 기사단을 바라보는 자가 있었다. 사자 같은 금발에 그 짧은 머리를 갈기처럼 세웠다. 잘 단련된 근육은 넉넉한 귀족 옷 안쪽에 숨어 있지만 뿜어져 나오는 위압감은 감출 수가 없었다.

그는 바로 근신 처분을 받은 제1황자, 라인 하트 슈트벨 폰 그란츠였다.

"한가해 보이십니다."

그렇게 말한 이는 슈트벨이 아니라 그의 등 뒤에서 다가온 인물이었다.

5대 장군 중 한 사람, 트라이 흘린 폰 로잉이었다.

"옆에 앉아도 되겠습니까?"

아무 말도 하지 않으니 로잉은 비어 있는 의자에 멋대로 앉았다.

노장군은 올해로 57세지만 그렇게 여겨지지 않을 만큼 젊은 패기를 휘감고 있었다.

"손녀가 성인이 됐을 텐데……. 이런 곳에 있어도 괜찮은가?"

그에게는 외아들이 있었고, 그 딸이 어제 성인이 되었다.

"슈트벨 전하와 마찬가지로 근신을 명받은 몸입니다. 그런 자가 축하 자리에 참가할 수 있을 리 없지요."

"흥! 천하의 대장군한테 쓴소리할 자는 없을 것 같다만."

슈트벨이 콧방귀를 뀌며 말하자 로잉이 난처한 얼굴로 수염을 어루만졌다.

"아내가…… 손녀의 장래에 지장이 생기면 곤란하다면서 거절했습니다."

"그 말은 즉 남방에서 근무하길 희망한다는 건가?"

슈트벨의 말에 로잉이 고개를 끄덕였다. 그렇다면 축하 자리에 나오지 말라는 것도 무리는 아니었다.

로잉은 제4황군의 사령관이었지만 근신을 명받음과 동시에 그 직책도 잃었다.

그래도 그의 생가는 남방이고— 남방 귀족이라는 점은 변함없다.

남방에서는 제4황자와 제6황녀의 영향력이 날로 높아지고 있었다.

그런데 로잉 가문의 가주는 중앙 귀족이 지지하는 슈트벨 제1황자와 친했다.

그 탓에 로잉 가문은 불편하게 눈치 보는 상황일지도 몰랐다— 가령 그렇지 않더라도 남방 귀족을 아우르는 무주크 가문이 제4황자 혹은 제6황녀 지지를 표명하기라도 한다면 그것은 현실이 될 것이다.

"내가 주선하면 중앙에 배속할 수도 있다만?"

그러나 노장군은 고개를 가로저었다. 잠시 후, 말하기 어려운지 입을 우물거렸다.

"그것이…… 손녀는 세리아 에스트레야 제6황녀를 동경해서 말이지요."

슈트벨은 납득했다. 장래의 지장이라는 것은— 그런 이유 때문이었다.

요컨대 제6황녀가 있는 베르크 요새에 배속되고 싶다는 말이었다.

자진해서 변경에 가고 싶어 하다니, 그런 부분은 노장군과 성격이 닮은 모양이었다.

"역경을 좋아하는 건 네놈과 닮았군. 필시 실력에도 자신 있겠지."

"성격은 그렇습니다만…… 얼굴은 저와 닮지 않은 듯합니다."

외모는 닮지 않았다— 그런데도 로잉은 기뻐하며 말했다.

생각하는 바는 대강 알 수 있었다. 그 점은 슈트벨도 동의하지 않을 수 없었다. 이 노장군이 여자가 된다면 보기 흉한 것을 넘어 괴물이라고 생각할 수밖에 없을 테니까.

로잉이 검을 드는 것처럼 팔을 올렸다. 한 호흡을 쉬고서 아무것도 없는 공간을 벴다.

"이쪽도 저를 안 닮아서 검 한 자루 휘두르지 못합니다. 본인은 문관으로 배속되고 싶다는 것 같습니다."

"……그렇군. 네놈의 손녀 사정은 파악했다."

잡담은 거기까지 하라며 슈트벨은 말을 끊었다.

"그럼 본론을 말해라. 잡담하러 온 건 아닐 테고."

이 노장군이 그런 사적인 용건으로 자신을 찾아온 적은 한 번도 없었다.

"조금은 기분 전환이 될까 싶었습니다만……."

"심심풀이는 됐군. 그저 그뿐이다."

"그렇습니까."

말을 끝내고 로잉은 친근한 할아버지 같은 표정에서 일변해 대장군의 풍격을 자아냈다.

분위기가 바뀌었다. 온화한 날씨가 긴박감에 짓눌렸다.

슈트벨의 피부를 태우듯 자극하는 것은 로잉의 패기였다.

"레벨링 왕국에 불온한 움직임이 있다고 합니다."

"누가 움직이려 하는 거지?"

"프라우스 왕태자가 무언가 꾸미고 있는 모양입니다."

"하! 그 무능아인가."

2년 전쯤에 딱 한 번, 프라우스 왕태자와 이야기할 기회가 있었다.

그자는 비틀려 있었다. 표면상으로는 멀쩡한 척 가장하고 있으나 안쪽에 간직한 것은 부정한 생각이었다.

그란츠 황가 정도는 아니지만…… 레벨링 왕가도 여러 가지로 사정이 복잡했다.

"하지만 그 무능아에게 그럴 만한 힘은 없어. 누군가가 배후에 있다고 생각하는 편이 좋겠지. 그건 그렇고, 그 정보는 어디서 입수했나?"

"어제『무명』이 제 별장에 나타났습니다."

"그 녀석인가……."

슈트벨은 혀를 찼다.

『무명』은 최근 슈트벨이 참모로 들였다고 알려진 이장족(알브) 남성이었다.

이름도 말하지 않으며 거처도 파악할 수 없었다. 때때로 군의(軍議) 등에 홀연히 나타나 조언해 주고는 떠났다. 정신 차리고 보니 어느새 이장족을 참모로 삼았다고— 주변에서는 그렇게 생각하고 있었다.

부정하기도 귀찮아서 내버려 두고 있었지만…….

"신뢰할 수는 없지만 신용할 수는 있겠군."

슈트벨이 짜증을 담아 말하자 로잉이 진지한 표정으로 고개를 끄덕였다.

"지금껏 『무명』이 가져온 정보는 무엇 하나 틀린 것이 없었습니다."

"어쨌든 근신하는 처지로는 아무것도 할 수 없어. 한동안 방관자로 있도록 하지."

"그도 그렇습니다만, 알고 있으면서 아무것도 안 하는 건 근질거리지 않습니까."

"그 늙은 너구리— 황제라면 그런 정보는 이미 손에 넣었을 거야."

황제의 『바람(風)』을 속이는 것은 어렵다. 그렇기에 슈트벨은 얌전히 근신 처분을 지키고 있는 것이었다. 재미없다는 얼굴로 슈트벨은 콧방귀를 뀌었다.

"하지만 근신도 나쁘지는 않아. 할 수 없었던 일에 착수할 수 있게 됐으니 말이지."

"폐하의 감시하에 있으면서 그런 일을 하는 건 너무 위험하지 않습니까?"

"황제가 알게 되더라도 할 수 있는 건 아무것도 없어— 이제 아무도 날 막을 수 없다."

슈트벨은 자리에서 일어나 제4황자와 제6황녀의 개선에 들끓는 황궁을 바라보았다.

"하지만 방해받는 것도 귀찮지. 살짝 분탕질을 쳐야겠군."

슈트벨은 서쪽 하늘에 시선을 던졌다.

"공적을 쌓으려고 하는 모양이니 말이야. 나도 조금 도와주도록 할까?"

히로와 리즈는 착실하게 공적을 쌓고 있었다.

브루탈 제3황자도 질 수 없다며 페르젠 속주에서 노력하고 있는 듯했다.

"무슨 일이든 너무 이겨서는 안 돼. 상승불패(常勝不敗)[#1], 듣기는 좋지만…… 곱게 죽지 못하지."

그란츠 대제국이 나아갈 길은 하나밖에 없다.

태양이 뜨고 달이 지는 것처럼 누구도 필연적인 흐름을 바꿀 수는 없었다.

*

지평선이 노을빛으로 물들 무렵, 히로와 리즈는 황궁으로 돌아와 있었다.

**#1 상승불패(常勝不敗)** 항상 이기고 패하지 않는다.

현재 그들은 황궁에 있는 리즈의 방에 있었는데, 그곳에서 여성 두 사람이 몸단장 중이었다.

"리즈, 로자, 아직 준비 안 끝났어?"

히로가 묻자 두 사람은 눈을 깜박였다.

"그건 이쪽이 할 말이야."

로자가 어이없다는 얼굴로 팔짱을 꼈다. 그 가느다란 손가락에는 히로가 선물한 반지가 끼워져 있었다.

반지 중앙에는 보석보다도 몇 단계 떨어지는 수정이 박혀 있었다. 그러나 빨간 드레스를 걸친 로자의 손가락에 있으니 보석보다 더 가치 있는 것처럼 빛났다.

"음…… 히로야말로 얼른 준비해야 한다고 생각해."

리즈가 옆머리를 뒤로 넘기고서 쓰게 웃었다.

그녀는 드물게도 군복이 아니라— 검은색을 기조로 하면서 복식은 빨간색으로 통일한 드레스를 걸치고 있었다. 리즈의 목에는 히로가 선물한 목걸이가 걸려 있었다.

"아니, 나는 이걸로 됐어. 그럼 갈까?"

두 여성의 차가운 시선을 받고 히로는 무심코 뒷걸음질 치면서 말했다.

"당신…… 그 모습으로 갈 셈인가?"

"조금은 머리를 정돈하는 편이 좋지 않아?"

실로 유감스럽다는 듯이 탄식한 두 사람은 의자에서 일어나 히로에게 다가왔다.

달콤한 향기가 코끝에 닿았을 때, 리즈와 로자가 히로를 마음대로 만지작거리기 시작했다.

"복장은 『흑춘희(흑동백 공주)』로 괜찮더라도…… 문제는 향수인가. 축하연에서는 귀족들의 부인도 올 테니 말이지. 조금이라도 좋게 보여서 지지를 얻고 싶군."

로자가 중얼거리며 히로에게서 떨어지더니 전신 거울 근처에 놓인 상자 안을 뒤적였고— 대량의 병을 안고서 돌아왔다.

"요즘 유행하는 향수라도 뿌릴까? 아니지, 노린 듯한 향은 반감을 살 거야."

자문자답하는 로자 옆에서— 리즈가 손을 뻗어 히로의 옆머리를 쓰다듬었다.

"으음~ 이거 곱슬머리인가…… 꽤 만만치 않네."

"지금부터 머리에 물을 끼얹고 말릴 시간은 없어."

향수를 다 고른 로자가 어이없다는 심정을 얼굴에 드러내며 말했다.

그러더니 양해도 구하지 않고 히로의 상의를 걷어 올려서 — 적당히 탄탄한 복근이 외부에 노출되었다 — 병 끝을 가까이 가져와 허리 부근에 향수를 뿌렸다.

부드러운 향기가 코를 자극한 뒤에 상쾌한 냄새가 공기와 섞였다.

이어서 로자는 히로의 가슴 쪽으로 얼굴을 가까이 댔다.

"이거라면 불쾌함도 없어. 응, 차분하다고도 할 수 있으려나. 역시 에블린의 향수야."

로자는 코를 킁킁거리며 만족스럽게 고개를 끄덕였다.

"만약 어디 향수냐고 물어보는 사람이 있으면 동방에 있는 에블린 이슈타크의 『정적(靜寂)(슈틸레)』이라고 가르쳐 줘."

한밑천이라도 잡을 생각인지 로자의 수려한 얼굴에 타산적인 웃음이 퍼졌다.

히로는 애매하게 미소 짓고서 어깨를 으쓱여 보였다.

"기억해 둘게."

그리고 곁눈질로 리즈를 보았다.

"됐다, 땋은 머리 완성!"

리즈의 말을 듣고 히로가 자신의 옆머리를 만지니 굴곡 있는 감촉이 느껴졌다.

오른쪽만 땋은 옆머리는 투박한 안대와 어우러져 기묘한 분위기를 자아냈다.

"음. 이거 괜찮은데? 앞으로도 옆머리는 땋도록 하지."

로자가 뺨에 손을 대고 황홀한 시선을 던졌다.

"그치, 그치? 전부터 어울릴 것 같았어."

리즈가 기뻐하며 언니의 팔에 달라붙었다.

"후후, 잘 어울려!"

"음. 오늘 밤 축하연이 기대되는군."

사이좋은 자매의 모습은 보기 좋았다.

그러나 언제까지 이러고 있을 수는 없었다. 누그러진 기분을 다잡아야 했다.

지금부터 상대할 사람은 황제였고, 리즈나 로자처럼 즐거운 대화가 되지는 않을 터였다.

'즐겁게 축하연을 맞이하기 위해서라도 우선은 일 하나를 끝내야 돼.'

*

알현실은 1000년 전과 별로 달라진 게 없었다.

천장은 여전히 높이 트여 있고 대리석 바닥에는 붉은 융단이 직선으로 뻗어 있었다.

광대한 공간— 그 양옆에 하얀 기둥이 세로로 늘어서 있었다. 빈틈을 메우듯 서 있는 것은 유력 귀족들이다. 그런 그들의 호기심 어린 시선을 받으며 가장 안쪽에 도달하자 옥좌에 앉은 황제를 알현할 수 있었다.

히로는 그 앞에서 한쪽 무릎을 꿇고 머리를 숙였다.

옆에 있던 리즈도 똑같이 신하의 예를 취했다. 황제는 입을 다문 채 천천히 손을 들었다.

그러자 옆에 서 있던 기리시 재상이 앞으로 나왔다.

"지금부터 논공행상을 시작한다."

침묵이 흐르는 홀에 당당한 목소리가 구석구석까지 퍼졌다.

유력 귀족들이 자세를 바로 하고 기리시 재상에게 주목했다.

"히로 슈바르츠 제4황자와 세리아 에스트레야 제6황녀는 고개를 들라."

히로와 리즈가 나란히 얼굴을 들었다.

시선 끝에는 금실은실을 듬뿍 사용한 귀족 옷을 입은 기리시 재상이 있었다.

손에 든 양피지 한 장을 가슴 앞까지 올린 그는 낭랑하게 말을 자아내기 시작했다.

“우선 세리아 에스트레야 소장. 리히타인 공국과의 싸움에서 키로 장군의 실책을 메우고 제4황군을 통합해 보인 수완은 훌륭하다. 그 공적을 기려 그대를 제4황군의 정식 사령관으로 임명하며 『장미기사단』의 지휘권을 수여한다.”

“삼가 받들겠습니다.”

리즈가 고개를 숙이자— 고요한 수면에 돌 하나를 던진 것처럼 알현실에 커다란 파문이 퍼졌다.

“……맙소사, 기사단을 주는 건가.”

“그보다 로잉 대장군은 어떻게 되는 거지? 원래는 그가 사령관이었을 텐데…….”

“그거야말로 어찌 돼도 좋네. 이대로는 제6황녀의 영향력이 남방에서 강해지게 돼.”

당황하는 귀족 제후의 목소리. 히로는 그것을 편안히 듣고 있었지만 내심 살짝 놀랐다.

장미기사단은 그란츠 대제국에서도 손꼽히는 정예로, 민첩성에 특화된 부대였다.

제3황자가 이끄는 제2황군— 그 정예인 황흑기사단이 중장기마로 구성되어 있는 것처럼 장미기사단은 경장기병으로 구성되어 있었다.

그러나 장군이었던 키로에게조차 지휘권은 주지 않았기에

장미기사단은 리히타인 공국과의 싸움에 참가하지 않았었다. 그것을 소장에게 주다니, 대담한 지시였다.

하지만 이것은 요행이다. 앞으로 리즈에게 헤아릴 수 없는 힘이 될 것은 틀림없었다.

"이어서 히로 슈바르츠 3급 무관. 리히타인 공국과의 싸움을 승리로 이끈 그대의 활약은 전해 들었다. 그 공적은 다대하니 원래대로라면 영토를 나눠 주어야겠지만, 초대 황제 알티우스 폐하와 무녀공주님께서 맺은 서약으로 인해 그것은 불가능하다. 따라서 특례로 2계급 승급하여 1급 무관으로 삼으며 그란츠 금화 100개를 수여한다."

"예, 감사히 받겠습니다."

시작은 누구였을까…… 짝짝하고 박수가 울렸다. 띄엄띄엄 시작된 그것은 점차 커다란 소리를 만들어 내더니 넘쳐흐를 기세로 홀을 가득 채웠다.

그것을 공연히 멈출 필요는 없다고 느꼈는지 기리시 재상은 묵묵히 눈을 감고 있었다.

황제도 마찬가지로 한동안 말없이 모습을 지켜보았다.

하지만 이 이상 계속되면 이야기가 진행되지 않겠다고 생각했는지 잠시 후 손을 들었다.

위엄, 위압, 위광— 압도적인 패기가 뿜어져 나오며 창문도 열려 있지 않은데 냉풍이 지나갔다. 한순간에 홀이 조용해지며 열기는 짓눌렸고— 대신 긴장의 끈이 팽팽해졌다. 황제는 기리시 재상에게 눈짓했다.

퍼뜩 정신 차린 모습으로 기리시 재상은 황급히 새로운 양피지를 꺼냈다.

"이, 이어서 평정(評定)을 시작한다. 의제는 페르젠 속주에 관해서다."

그 목소리를 듣고 히로와 리즈는 일어섰다.

논공이 끝나면 다른 귀족 제후처럼 옆으로 물러나는 것이 보통이었다.

"긴장했어?"

히로가 목소리를 낮춰 리즈에게 묻자 그녀는 복잡한 표정을 만들었다.

"음~ 여기 분위기가 불편해. 숨 막혀."

알현실은 질투, 증오, 선망 같은 다양한 감정이 소용돌이치고 있었다.

여성의 몸으로 『염제』의 총애를 받은 데다가 제4황군의 사령관으로 발탁되었다.

그런 그녀에게 원한을 분출하는 자는 많을 것이다.

그렇기에 아까 그 박수갈채는 뜻밖이었다.

"후후, 두 사람 모두 꽤 그럴듯했어."

귀족 제후 사이를 헤치고 나아가니 혼자 의자에 앉은 여성이 있었다.

덧붙여 그녀를 지키듯 에워싸고 있는 것은 동방 귀족이었다.

"처음 손뼉 친 거 언니지?"

리즈가 입을 삐죽이며 말하자 로자가 한쪽 눈을 감고서 입술에 손가락을 댔다.

“후후, 주변 사람이 손뼉을 치면 자연스레 그렇게 돼. 귀족은 타산적인 생물이야. 아무리 적대하고 있어도 혼자 고집스럽게 버티는 수단을 고르진 않아— 안 좋게 눈에 띄니 말이지. 그래서 박수를 보낼 수밖에 없는 상황을 만들었어.”

로자가 목을 떨며 작게 웃었다.

“통쾌하지 않았나? 지금껏 리즈를 실컷 업신여겼던 녀석들이야. 귀여운 동생을 바보 취급했던 녀석들이야. 이것만으로 끝내진 않을 거다.”

“정말, 적만 계속 늘리면 나중에 곤란해질 거야.”

그렇게 따지자면 리즈도 상당하지만……. 히로는 속으로만 중얼거렸다.

만약 히로가 그 말을 꺼낸다면 자신에게도 틀림없이 그런 말이 돌아올 것이기 때문이다.

“안심해. 같은 편도 늘어나고 있으니까. 뭐, 여차하면 황자님께 도움을 받아야지.”

로자가 뜨거운 시선을 보내왔다. 히로는 순순히 고개를 끄덕였다. 여기서 망설이기라도 한다면 무슨 일을 당할지 알 수 없었다. 홀 안의 정체된 공기 때문인지 이상하게 고양된 모습이고, 괜히 긁어 부스럼 만들 필요는 없다.

어쨌든— 히로는 옥좌로 눈을 돌렸다.

“다시 한 번 똑똑히 알려 줘야 합니다. 저희가 일을 온건하게 처리하려고 무르게 대하니까 녀석들이 맞서는 겁니다!”

“무슨 소리요! 페르젠에 이 이상 전력을 할당하면 이웃 나라들을 괜히 자극할 수도 있소. 페르젠 잔당군과는 강화를 맺어서 영토를 나눠 줘야 하오.”

호전적인 자도 있는가 하면 신중한 자도 있었고, 당연히 손득을 계산하여 의견을 말하는 자도 있었다.

“이미 페르젠에 왕가의 생존자는 없네. 받들어야 할 주인이 없는 페르젠 잔당군 따위 도적이나 다름없는데, 그 녀석들에게 영토를 나눠 줄 필요는 없지 않나.”

“맞아. 원래부터 그 토지는 그란츠 대제국이 소유하고 있었어. 예전에 암흑기로 혼란스러울 때 녀석들이 빼어 갔던 거지.”

페르젠 속주에 관해 다양한 의견이 나오고는 있지만 결정적인 것은 없었다.

‘힘으로만 멸망시키면 당연히 이렇게 돼. 상대가 도망칠 길을 준비하지 않아서 복잡해진 거야.’

페르젠 왕가의 생존자가 있었다면 지금 이 상황을 바꿀 수 있었다.

그러나 요전번 침공으로 왕족은 전부 처단되었다.

그란츠 대제국에 남은 길은 세 개. 압도적인 병력으로 잔당을 유린하거나, 일시적으로 철수하여 잔당을 밀집시킨 후 한꺼번에 섬멸하거나, 혹은 완전히 철수한 뒤 공작원을 이용하여 백성을 선동해 잔당을 와해시켜 가는 것이다.

‘강화를 맺는 건 어려워…… 무엇보다 황제는 페르젠을 내버려 둘 생각이 없을 거야.’

여기서 손을 놓아 버리면 서방의 안정이 무너져서 그란츠 대제국에도 영향을 끼칠 수 있다. 그렇게 되면 황제가 품고 있는 야망— 중앙 대륙 통일은 이슬처럼 사라질 것이다.

'분명 올해로 67세…… 그렇게 시간이 많진 않아.'

그란츠 대제국의 황제라고는 해도 그 목숨은 유한하여 죽음을 피할 수는 없었다.

그렇기에 스스로 출진해서 페르젠을 멸망시키고 서쪽으로 진출할 발판을 만든 것이었다.

히로가 그렇게 생각했을 때— 홀의 문이 열렸다.

한 문관이 들어오더니 귀족 제후의 노골적인 시선 속을 빠른 걸음으로 가로질러 기리시 재상 곁으로 갔다. 그리고 그 귓가에 입을 대고 무언가를 속삭였다.

"……알겠다. 물러가라."

기리시 재상이 신묘한 얼굴로 말하자 문관은 가볍게 인사하고 물러갔다.

그것을 기다린 후에 몸을 돌린 기리시 재상이 황제에게 다가가 두세 마디 나누었다.

황제의 표정이 험악해졌다. 노기가 팽창한 듯이 보인 것은 착각일까—.

황제의 말을 들은 기리시 재상이 작게 고개를 끄덕이고 다시 귀족 제후에게 몸을 돌렸으나 그 얼굴에는 고뇌가 보였다.

"지금 막 드랄 대공국이 병사를 모으고 있다는 정보가 들어왔다."

"그 무슨……!"

누가 외쳤는지는 알 수 없지만 그 말을 시작으로 주변이 소란스러워졌다.

"지난번에 슈타이센 공화국과 휴전 협정을 맺은 참이지 않소?!"

"녀석들한테 그럴 만한 여력은 없을 텐데. 하지만 이건 좋은 기회 아닌가? 서방에 쳐들어와 준다면 대의명분으로 삼을 수 있어. 그대로 멸망시켜 버리면 돼."

"말도 안 되는 소리 말게. 페르젠에 집중하고 있는 서방에 그럴 여유가 있을 리 없네."

"그럼 서방 말고 다른 곳에서 병사를 보내면 되지 않나."

"하지만 어디서 병사를 보낸단 말이오?"

"당연히 중앙 귀족이지. 항상 출병에 인색하게 굴었으니 이럴 때야말로 나서야 하는 거 아닌가?"

"웃기지 마. 그렇게 따지자면 동방 귀족도 마찬가지잖아!"

"네놈들과 똑같이 취급하지 마. 확실히 우리는 병사를 보내고 있지 않지만 그건 거리 관계상 어쩔 수 없는 일. 그래서 군사비를 부담하거나 식량을 지원하고 있어. 그에 비해 중앙 귀족은 어떻지? 돈조차 안 내놓—."

탕— 느닷없이 공기가 터지는 듯한 소리가 알현실에 울렸다.

갑작스러운 파열음에 홀 안이 잠잠해지며 기묘한 분위기에 휩싸였다.

말하자면 살의로 만들어진 공기의 칼날이 들이대져 있는

것 같은— 그러면서도 가느다란 바늘이 통증 없이 몸 안으로 침입하는 것 같은 기분 나쁜 압박감. 거칠게 날뛰려 하는 『흑춘희』를 달래며 히로가 주위를 둘러보자 귀족 제후가 얼굴을 굳히고서 몸을 움츠리고 있었다.

'역시 황제라고 해야 할까……. 그래도 알티우스한테는 못 미치지만.'

옥좌로 눈을 돌리니 황제가 일어나 있었다.

"의견을 듣지. 무언가 할 말이 있는 자는 앞으로 나오라."

황제의 목소리는 위화감을 느낄 만큼 알현실에 메아리쳤다.

누구나 그 목소리에 강제로 귀를 기울이게 되었다.

'조금만 더 하면 될 것 같은데…….'

황제가 결단하도록 만들 만한— 좀 더 강경한 인물이 나와 줬으면 싶었다.

그 기도가 통했는지는 모르겠으나 슈트벨 제1황자가 앞으로 나왔다.

"제 의견을 들어 주셨으면 합니다."

우람한 근골의 거한. 넉넉한 귀족 옷을 입고 있지만 몸은 가릴 수 있어도 흘러넘치는 꺼림칙한 패기는 숨길 수 없었다. 그가 한 발자국 내디딜 때마다 공기가 삐걱거렸다. 슈트벨 제1황자의 날카로운 눈이 옥좌로 향했으나— 황제는 눈썹 하나 까딱하지 않고 냉담하게 시선을 받아들이고 있었다.

"……흠, 말하라."

"페르젠 잔당군이 활발히 움직이기 시작한 것은 얼마 전입니다. 같은 시기에 드랄 대공국과 슈타이센 공화국이 휴전 협정을 맺었고 지금은 불온한 움직임을 보이고 있습니다. 녀석들이 호응하고 있는 건 명백합니다. 그 밖에 동조하는 나라가 나올 수도 있는 상황입니다. 페르젠 잔당군을 완전히 멸망시켜서 그란츠 대제국에 거역하면 어떻게 되는지 이웃 나라들에게 가르쳐 줘야 합니다."

한쪽 무릎을 꿇은 슈트벨이 고개를 숙였다.

"폐하, 결단해 주십시오."

황제는 눈을 감고 옥좌에 등을 기대며 생각에 잠겼다.

"다른 의견이 있는 자는 없는가?"

"그럼 폐하, 저도 제안이 있습니다."

팽팽한 분위기 속에서 히로가 한 발자국 앞으로 내디디며 말했다.

황제는 즐겁게 입가를 비틀었지만— 눈 깜짝할 사이에 일어난 일이라 누구도 눈치채지 못했다.

"허락한다. 말하라."

"드랄 대공국이 전쟁을 준비하고 있다는 사실만 가지고 이쪽을 공격할 것이라 여기는 건 성급한 생각입니다."

황제가 고개를 끄덕였다. 계속하라는 재촉이었다. 히로는 말을 자아냈다.

"그렇다고 무시할 수도 없습니다. 소수라도 상관없으니 병사를 보내서 견제하면 상대도 섣불리 움직이지 않을 겁니다."

"흠…… 페르젠 잔당군은 어쩔 거지?"

작게 눈썹을 찡그린 황제를 보고 히로는 미소를 흘리며 말했다.

"새로 군대를 파견하여 제2황군과 협력시키는 겁니다. 두 방면에서 공격을 가하면 됩니다. 만약 페르젠 잔당군이 숨어 버린다면, 시간은 걸리겠으나 그들을 돕는 자들을 회유하면 될 겁니다."

히로가 자신 있게 말하자 황제는 잠시 침묵하다가 이윽고 입을 열었다.

"……잘 알겠다. 짐은 히로 슈바르츠 제4황자의 의견을 채용하겠다."

방침이 정해졌다. 더는 이의를 제기할 수 없었다.

황제가 결정한 것을 바꾸고자 한다면 그에 상응하는 각오가 필요했다. 설득에 실패했을 때는 후세까지 창피를 당하게 될 것이다.

'그럼 남은 건 리즈를 사령관으로 추천하는 것뿐이네.'

어떻게 다음 수를 쓸까 생각하고 있는데 기리시 재상이 주위를 둘러보며 입을 열었다.

"그럼 다음 문제는 누구를 토벌군 지휘관으로 삼을 것인가, 인데—."

히로는 목소리를 내려고 했지만—.

"저는 세리아 에스트레야 제6황녀를 추천합니다."

뜻밖에도 슈트벨이 히로가 바라는 답을 말해 버렸다.

뭘 꾸미고 있는 걸까…… 히로는 눈썹을 찌푸리고 슈트벨을 보았다. 시선을 알아챘는지 슈트벨이 히로에게 눈길을 주었으나 더욱 짙게 웃고서 다시 황제에게 얼굴을 돌렸다.

"최근 세리아 에스트레야 제6황녀의 성장은 당목할 만합니다. 한 번 맡겨 보는 게 어떻습니까? 아마 귀족 제후 중에서는 현재 상황을 불만스럽게 여기는 자도 있을 테니까요."

"슈트벨 제1황자의 말이 맞아. 세리아 에스트레야 전하에게 맡기는 것도 재미있겠어."

"하지만 군을 이끈 경험이 적어. 맡기기에는 위험할 것 같은데?"

"그러나 최근 세리아 에스트레야 전하의 성장은 현저하지 않은가."

귀족 제후가 목소리를 낮춰 서로 속삭이는 가운데, 슈트벨이 지체 없이 말했다.

"그리고 제가 드랄 대공국으로 가겠습니다. 근신을 풀어 주신다면 만족스러운 결과를 얻으실 수 있을 겁니다."

히로는 이쯤에서 개입해야겠다고 판단했다. 슈트벨이 무슨 생각을 하고 있는지, 그 의도는 아직 모르겠지만 그가 지휘관이 된다면 불필요한 혼란을 불러들일 우려가 있었다.

"근신 처분을 해제하는 건 무리한 얘기입니다. 어떤 이유가 있든 간에 황제 폐하께서 정하신 일을 어긴 자에게 중대한 역할을 맡길 수는 없습니다."

히로는 슈트벨에게 냉소를 보냈다.

"페르젠의 전철을 밟을 수도 있습니다."

"애송이…… 말은 잘하는군."

슈트벨이 꿰뚫는 듯한 시선을 쏘았다.

히로는 정면으로 받아 내며 슈트벨의 감정을 건드리도록 목소리를 자아냈다.

"아아, 또 **기습**이라도 할 셈이야?"

순간― 두 사람의 살기가 맞부딪쳤다.

두 사람의 살의가 뒤섞이면서 주변 공기가 중압에 짓눌렸다.

슈트벨의 몸에서 뿜어져 나온 전격이 바닥을 기면서 도려내고, 깎아내고, 깨부수며 날뛰었다.

그에 반해 히로는 자연체― 그저 그곳에 서 있을 뿐이었다.

그러나 주위 공간이 뚜둑, 뚜둑, 불길한 소리를 내며 차례차례 균열이 생겨 갔다. 그리고 바람도 안 부는데 『흑춘희』가 옷자락을 나부끼며 농밀한 어둠을 펼치기 시작했다.

사람들 대부분은 두 사람이 내뿜는 패기에 압도되어 명백한 두려움을 보였다.

하지만 일부는 히로 주변에서 일어나고 있는 불가해한 현상에 시선을 빼앗겼다.

히로의 사방에서 광채가 흘러나왔을 때―.

"거기까지 하라."

위엄 넘치는 황제의 목소리가 두 사람 사이에 끼어들었다.

홀을 지배하고 있던 살기가 순식간에 흩어졌다.

"이 이상 짐 앞에서 행패 부리는 건 허락할 수 없다. 두 사람 다 머리를 식히도록."

"살짝 흥분했던 모양입니다."

히로는 안대를 쓰다듬은 뒤, 한쪽 무릎을 꿇었다. 근처에서 슈트벨도 똑같은 자세를 취하고 있었다.

"하지만 이번 일에 관해서는 히로 슈바르츠 제4황자의 말이 옳다."

황제는 선언했다.

"따라서 새롭게 페르젠 속주로 보낼 군대의 지휘는 세리아 에스트레아에게 맡기며, 드랄 대공국을 견제하는 역할은 서방 수비를 일임한 5대 장군 중 한 사람, 바키슈에게 맡기겠다."

자신이 원하는 흐름이 된 것에 히로는 얼굴을 숙인 채 짙게 웃었다.

'이걸로 또 한 걸음, 목적지로 전진했어.'

우수한 지휘관은 리즈 말고도 많을 것이다. 그란츠 대제국은 그렇게까지 인재가 부족하지 않았다. 하지만 이 자리에서는 표면상 뒷배도 없으며, 누구의 지지도 받고 있지 않은 제6황녀에게 지휘권을 주는 것이 최선이었고— 무엇보다 리히타인 공국을 물리쳤을 뿐만 아니라 항복시킨 실적도 있으니 불만이 분출될 일도 없었다.

무대는 갖춰지고 있다. 남은 것은 승리를 움켜쥐어 더욱 위로 가는 일뿐.

"히로 슈바르츠. 그대에게도 새로운 임무를 주겠다."

"예!"

"레벨링 왕국에서 클라우디아 왕녀의 성인식을 거행한다고 하는군. 그대는 특사로서 그곳에 가도록 하라."

히로는 깜짝 놀라서 얼굴을 들었다.

"왜 그러지? 불만 있는가?"

"아, 아뇨…… 삼가 받들겠습니다."

리즈의 보좌가 될 줄 알았다. 계획이 틀어진 히로는 어금니를 악물었다.

'활동이 너무 과했나…….'

이 세계(알레테이아)에 온 뒤로 히로는 확실하게 공적을 쌓아 올렸다. 요전번 리히타인 공국과의 일전에서도 그랬다. 동방 귀족의 지지까지 얻어 낸 지금, 적대 파벌의 귀족들 입장에서는 전혀 재미없는 상황이 되고 있었다. 국외에 많은 불씨가 남아 있는데 국내에서도 불온 분자를 늘린다면 그란츠 대제국은 붕괴일로를 걷게 될 것이다.

앞날을 생각한다면 리즈와 히로를 떼어 놓는 것은 당연한 일이었다.

'문제는 없어. 바로 귀환해서 리즈와 합류하면 돼.'

머릿속에서 정리를 마친 히로는 황제에게 시선을 보냈다. 그러자 그는 느긋하게 말을 꺼냈다.

"레벨링 왕국은 그대의 선조『군신』밑에 모였던『흑천오장』중 한 명이 건국한 나라이기도 하다. 그 인연은 끊으려야 끊을 수 없겠지. 그러니 그대에게 **전부** 맡기고 싶다."

히로는 황제의 말에 위화감을 느꼈다. 그러나 그것을 표정에 드러내지 않고 머리를 숙였다.

"알겠습니다."

히로의 대답을 듣고 황제는 만족스럽게 고개를 끄덕였다.

"그리고 즈이크는 한동안 짐의 직할령으로 삼겠다. 불만 있는 자는 말하라."

불만 따위 말할 수 있을 리 없었다. 부르스트 자작의 죄상이 공공연하게 드러나면 중앙 귀족 몇몇이 실각할 테고, 그에 대한 반발이 일어나는 것도 불가피하다. 황제도 포함하여 귀족 제후는 침묵을 관철할 수밖에 없는 시기였다. 앞으로 표면상으로는 아무 일도 없으면서 이면에서는 파벌끼리 추한 정쟁(政爭)이 시작될 것이다.

"없군. 그럼 이것으로 평정을 끝낸다."

황제가 고하자 기리시 재상이 뒤를 이었다.

"그럼 히로 슈바르츠 제4황자, 세리아 에스트레야 제6황녀 두 사람에게는 추후 황제 폐하께서 정식으로 칙명을 내리실 것이오. 그때까지는 느긋하게 연회를 즐기시오."

그렇게 기리시 재상이 말하면서 논공에 이은 평정도 끝을 맞이했다.

이 뒤에는 리히타인 공국에 승리한 것을 축하하는 연회가 열린다.

황제와 함께 기리시 재상이 알현실에서 나갔다.

그것을 기다리던 귀족 제후는 긴장의 끈이 풀렸는지 단숨에 홀이 소란스러워졌다.

*

축하연이라는 것은 상황이 어떻든 간에 사람의 마음에 환락을 선사한다.

예를 들어— 서방에 변란이 일어나고 있어도, 북방에 흉변이 찾아오려 하고 있어도, 중앙에 사는 사람들에게는 남의 일이었고 이변을 감지하더라도 의외로 피부에 와 닿지 않았다.

그것은 그란츠 대제국이 얼마나 강대한 대국인지를 나타내는 지표라고도 할 수 있었다.

그러나…… 거듭되는 흉보가 사람들을 불안하게 하는 것도 사실이다.

하지만 허둥대는 것은 귀족의 체면을 구기는 일이었다.

그렇기에— 표면상으로는 아무렇지도 않은 얼굴로 연회에 참석하여 인맥을 넓히려는 자가 많았다.

"—그럼 앞으로도 잘 부탁드립니다."

"예, 또 뵙죠."

떠나는 귀족의 뒷모습을 지켜본 뒤, 히로는 벽 쪽 소파에 앉았다.

'어떻게든 정리됐나…….'

히로는 손 한가득 넘쳐나는 편지 다발로 시선을 떨어뜨렸다.

딸이 쓴 연애편지를 구실로 많은 귀족들이 히로에게 접촉해 왔다.

가장 많은 것은 동방 귀족, 그다음이 중앙 귀족— 그 밖에도 남방에 손을 뻗치고 싶은 상인 가문에서 자금을 원조하겠다는 목소리도 있었다.

'중앙에서 크로네 가문의 구심력이 약해지고 있다는 증거려나.'

홀 쪽으로 시선을 돌리자 많은 신사숙녀가 모여 있었고, 어딜 봐도 즐겁게 담소하는 귀족들의 모습이 있었다.

그중에서도 가장 떠들썩한 곳은 역시 제6황녀가 있는 장소였다.

리즈는 익숙하지 않은 탓인지 갈피를 못 잡는 느낌이었지만 로자가 능숙하게 인파를 처리하고 있는 덕분에 막힘없이 일을 진행하고 있는 듯했다.

'머지않아 한계점에 이를 거야. 그 뒤로는 찬찬히 신변을 조사해야겠지.'

앞으로는 선별이 필요해진다. 중앙을 손에 넣었을 때를 위해 누구를 갈아 치우고 누구를 버릴지 생각해야만 했다.

하지만 서두르면 일을 그르친다.

우선은 당장 눈앞의 문제인 페르젠 속주를 어떻게든 해야 했다.

'슈트벨 제1황자가 앞으로 어떻게 나올지…….'

그렇게나 견제해 두었으니 슈트벨이 허튼수작을 부리지는 않을 것이다.

앞으로는 신중히 행동하며 이쪽의 허를 찌르려 할 것이 틀림없었다.

'그리고 북방에 틀어박힌 제2황자가 꺼림칙해.'

제2황자를 지지하는 북방 귀족이 어떻게 나올지도 신경 쓰였다.

'저번에 이어서 이번에도 그들은 한 명도 축하연에 참가하지 않았어.'

마치 황위 계승에 관심이 없는 것처럼 기분 나쁘게 침묵을 유지하고 있었다.

그 탓에 북방 귀족에 관한 정보가 부족했다.

그렇다고 이쪽이 움직이거나 틈을 보이면 선수를 빼앗겨 버린다.

대처할 방법이 없는 현재로써는 제2황자가 접촉해 오기를 기다릴 수밖에 없었다.

'생각대로 굴러가지 않게 됐네. 앞으로는 만만치 않겠어.'

하지만— 하고 히로는 안대를 쓰다듬은 뒤 더욱 짙게 웃었다.

'그렇기에 재밌어. 버거운 상대일수록— 나도 성장할 수 있으니까.'

적당히 생각을 끝낸 히로는 일어나서, 녹초가 된 얼굴로 물을 마시는 리즈에게 다가갔다.

히로를 알아차린 로자가 쓰게 웃으며 파란 눈으로 바라보았다.

"우리 공주님은 한계인 모양이야."

"그런 것 같네. 지금부터가 본게임인데."

축하연은 이제 막 시작됐다……. 귀족 제후의 인사는 일단

락됐다는 말이었다.

지금은 대귀족이나 그에 가까운 자의 인사가 끝났을 뿐, 아직 소귀족이 많이 남아 있었다.

깜짝 놀라서 돌아본 리즈에게 히로는 동정의 눈길을 보냈다.

"힘내. 소귀족 중에서 장래 대귀족이 나올지도 몰라. 무엇보다 우수한 부하가 될 사람이 있을지도 모르고. 그걸 알아보기 위해서라도 그들의 말을 들어 봐야지. 그게 왕을 목표하는 자의 의무야."

초대 황제가 한 말이지만 말이지— 하고 마지막은 마음속으로 중얼거렸다.

리즈는 생각되는 바가 있었는지 작게 고개를 끄덕이고 웃었다.

"……힘낼게."

"자기는 관계없다는 얼굴이군."

로자가 어깨를 두드렸다.

"많은 소귀족이 당신에게도 인사하고 싶어 하는 것 같다만."

그 말을 듣고 주위를 둘러보니 힐끔힐끔 이쪽의 모습을 살피는 자들이 있었다.

어떤 계기— 누군가가 선수라도 치려 한다면 순식간에 우르르 몰려올 것이다.

"……아니, 저번에도 인사했으니까. 오늘은 됐어."

그렇게 말하고 히로는 도망치려 했으나 로자에게 어깨를 붙잡히고 말았다.

"저번보다도 귀족의 수는 많아. 모르는 자가 대부분이지 않나? 그리고 왕을 목표하는 자의 의무라는 게 있다고 방금 말한 참이잖은가."

히로는 황위 계승권 제4위. 옥좌가 손에 닿는 위치에 있는 것은 분명했다.

"안심해. 흑심 있는 여자는 이쪽에서 대처해 주지."

로자는 히로의 손으로 시선을 보내더니 귀족들의 딸이 쓴 연애편지를 빼앗았다.

"흐응…… 동방 귀족도 있는 모양이군."

연애편지의 발신인을 본 로자의 입이 잔학하게 비틀렸다.

히로는 무심코 뒷걸음질 쳤다. 숨겨 뒀어야 했던 걸지도 모른다.

"연회장의 열기에 살짝 취한 것 같아. 잠시 바깥 공기라도 쐬고 올게."

"호오…… 역시 흑황자야. 영웅은 색을 밝힌다더니 사실인 모양이군."

로자는 감회 깊다는 얼굴로 한숨을 쉬고서 짐짓 테이블에 기댔다.

"『염희』를 꼬셔서 함락하고, 미망인의 약점을 잡아 그 몸을 탐하는 것만으로는 만족하지 못하여, 순수한 귀족 영애들의 마음을 농락할 뿐만 아니라 그 밖에도 손을 뻗치러 가겠다는 건가?"

혀 한 번 안 꼬이고 장황하게 설명해 주셨다. 정말이지 남이 들으면 오해할 말이었다.

애초에 리즈를 꼬신 적 따위 없고 로자의 약점을 잡지도 않았다.

반론하려고 했지만 로자가 손가락으로 히로의 입을 눌렀기에 이루어지지 않았다.

"무슨 말을 하고 싶은지는 알아. 나는 제2대 황제의 이명인 『마성남(줄리어스)』도 이어받은 남자라고 하고 싶은 거겠지."

"뭐? 그런 이명이 붙었어?"

"희곡으로도 만들어졌어."

처음 들었다. 굳이 따지자면 여자들과 놀아나는 건 초대 황제— 알티우스의 특기였을 텐데, 역사가 왜곡된 것일지도 모른다…… 주로 개인의 손에 의해 말이다.

"초, 초대 황제가 여자를 좋아했다는 건 들었지만 제2대 황제도 그랬다는 얘기는 처음 들었는데……."

"확실히 알티우스 폐하도 정복한 나라의 왕비나 왕녀를 홀렸다는 것 같아. 하지만 내 남동생에게는 미치지 못한다고 수기로 남겼지."

그 자식…… 그딴 짓을 한 건가.

그렇게 마음속으로 욕했지만, 이 이상 건드리면 더 위험한 것이 튀어나올 수도 있었다.

히로는 동요가 겉으로 드러나지 않게 조심하며 괜한 말을 하지 않도록 무언을 관철했다.

그러나 로자는 기름이라도 칠했는지 자꾸만 입을 놀렸다.

"선조가 그러니 후손도 똑같은가. 격세 유전으로 외모뿐만 아니라 성격도 물려받았나 보군. 정말, 벌레 하나 못 죽일 듯한 얼굴을 하고서 그런 본성을 숨기고 있었다니……언니는 슬프구나."

로자가 리즈에게 달라붙어 한탄했다.

작위적인 그 행동을 보고 히로는 메마른 웃음밖에 안 나왔다.

"로자 언니, 너무 많이 마신 거 아니야?"

리즈가 언니의 머리에 팔을 두르고 입구를 턱짓했다.

이 틈에 가라는 말일 것이다. 그 배려에 감사하며 히로는 문으로 향했다.

"으음, 나의 사랑하는 동생에게 묻고 싶은 게 있다."

"……뭔데?"

"내, 내 두개골이 비명을 지르고 있다만?"

"술 때문에 머리가 아픈가 보네."

"그렇게까지 안 마셨—."

뼈가 삐걱거리는 치명적인 소리가 들린 것 같았다. 고개를 돌려 보았지만 문은 닫혀 있었다.

'뭐…… 자업자득이지.'

히로는 그대로 안뜰로 발걸음을 옮겼다.

홀에는 많은 인간이 있었지만 이곳에는 아무도 없어서 조용했다.

분수가 있을 뿐인 소박한 장소— 히로는 밤바람을 맞으며 분수대 가장자리에 앉았다.

"……어렴풋이 느끼고는 있었어."

히로는 품에서 흰색과 검은색이 불길하게 뒤섞이기 시작한 카드 한 장을 꺼냈다.

이 꺼림칙한 카드는 알티우스에게 받은 물건이었다.

"알티우스, 네 바람은 뭐야?"

히로는 밤하늘을 올려다보며 툭 중얼거렸다.

대답은 없었고, 그저 바람만이 귀를 어루만지며 부드러운 감촉이 고막을 진동시킬 뿐이었다.

히로가 눈을 감았을 때—.

"오호…… 진귀한 물건을 가지고 계시는군요."

"—?!"

갑자기 누군가가 말을 걸어와서 순간적으로 오감을 곤두세운 히로는 몸을 긴장시켰다.

"이런, 깜짝 놀라셨습니까?"

"언제부터 거기 있었지?"

"……이상한 말씀을 하시는군요. **처음**부터 있었습니다만?"

로브를 입은 눈앞의 인물— 그 목소리로는 남자인지 여자인지 판별할 수 없었다.

너무나도 이질적인 존재, 건드리면 사라질 듯한, 어딘가 애매하게도 느껴지는 기척이었다.

"그럴 리 없어. 당신의 기척은 조금도 느껴지지 않았어."

히로는 깊이 호흡하고 언제든 싸울 수 있도록 자세를 잡았다.

"누구인지 대답해 주겠어?"

"당신의 경계를 누그러뜨리기 위해서라도 자기소개가 필요

할 것 같군요."

로브를 입은 인물은 감회가 깊다는 듯이 몇 번이나 고개를 끄덕이고서 허리를 굽히며 우아하게 고개 숙였다.

"얼굴을 보여 드릴 수는 없습니다만, 슈트벨 제1황자의 참모 중 한 사람입니다. 참고로 이장족(알브)이기도 합니다."

그는 그렇게 말하며 후드에 양손을 댄 채— 귀를 표현하는 것인지 검지를 펴고서 말했다.

"그래서, 나한테 무슨 볼일이지?"

확실히 그런 인물이 있다는 말을 도리쿠스에게 듣기는 했다.

"아뇨, 진귀한 물건을 가지고 계시기에 살짝 신경 쓰였을 뿐입니다."

즐겁게 웃은 이장족은 카드를 가리킨 뒤에 히로에게 등을 돌렸다.

"뭐, 언젠가 얘기할 기회도 있겠죠."

갈피를 잡을 수 없는 말에 의아한 표정을 지은 히로는 입을 열려다가—.

"히로~? 어딨어~?"

소녀의 목소리— 리즈의 기척에 한순간이지만 정신을 빼앗기고 말았다.

"……평범한 자가 아니네."

원래 장소로 시선을 돌렸을 때, 이장족의 모습은 홀연히 사라진 상태였다.

"아! 있다, 있어!"

여전히 경계를 풀지 않는 히로 곁으로 리즈가 달려왔다.
“돌아오질 않아서 걱정했어.”
“미안. 축하연은 끝난 거야?”
“응, 누구 씨가 쉬는 사이에 끝나 버렸어.”
“……로자는 취했으려나?”
리즈는 소녀답지 않은 괴력으로 로자를 한 손으로 저지했었다.
“아니. 아까 히로가 도망갈 수 있게 해 준 뒤로 정신을 잃은 채야. 정말이지, 로자 언니는 엄살도 심하다니까.”
리즈가 웃으며 하는 말에 히로는 뺨을 실룩였다.
“그, 그런가…… 그럼 오늘은 로자의 저택에 돌아가서 이만 쉴까?”
리즈 대신 로자를 업은 히로는 켈하이트 가문의 저택으로 향했다.
로자의 저택은 황궁 부지 안에 있었다.
원래 제3황녀였던 만큼 다른 대귀족의 저택보다도 화려했다.
경비도 만전이어서 그녀의 사병이 24시간 태세로 경계를 하고 있으며, 안전한 황궁 부지 안이어도 방심한 모습이나 틈은 보이지 않았다.
그런 저택의 호화로운 문을 열어 안으로 들어가자 하인들이 맞이해 주었다.
“앗, 히로. 나는 잠시 옷 갈아입고 올게.”
리즈는 그렇게 말하고서 뒤돌아 손을 흔들며 멀어져 갔다.

"그럼 히로 님은 이쪽으로 오시지요."

그렇게 하인에게 안내받은 곳은 저번과 마찬가지로 침실이었다. 히로는 침대에 로자를 눕혔다.

"휴우……."

근처 의자에 주저앉아 한숨을 돌리니 침대에서 살기가 날아왔다.

"음, 그 한숨은 뭐지? 내가 무거웠다는 말인가!"

주정뱅이가 일어나 있었다. 로자가 불만스럽게 히로를 노려보았다.

"깼으면 직접 걷지."

"항간에 소문이 자자한 흑황자 등에 업힌다니, 좀처럼 경험할 수 없는 일이니 즐겨 줘야 하지 않겠어?"

"……좋겠다. 나도 취할 걸 그랬어."

그 목소리는 방 출입구에서 들렸다.

히로가 눈을 돌리자 잠옷으로 갈아입은 리즈가 손을 뒤로 돌려 문을 닫고 서 있었다.

"후후, 이게 바로 어른의 특권이라는 거지. 꼬맹이 리즈에게는 무리야."

"뭐야, 나도 성인이 됐단 말이야! 어른이잖아!"

"아니, 아직 관능미가 부족해."

"확실히 가슴은 없지만……."

리즈가 로자와 자신의 가슴을 번갈아 보고서 슬픈 표정을 지었다.

그때 로자가 무언가가 생각났는지 손뼉을 쳤다.

"그러고 보니 남자가 주물러 주면 가슴이 커진다는 말을 들은 적 있어."

"정말?!"

단순한 리즈는 사랑하는 언니의 말을 곧이곧대로 받아들인 모양이었다. 히로는 어이가 없어서 아무 말도 할 수 없었다.

"히로! 주물러!"

이럴 줄 알았다니까……. 히로는 탄식— 입을 가리며 웃음을 참는 로자를 잊지 않고 노려본 뒤에 기막히다는 심정이 섞인 시선을 리즈에게 보냈다.

"바보 같은 소리 하지 마. 무엇보다 여자아이가 간단히 주무르라는 말을 하면 안 돼."

그렇게 성실하게 응하자 두 사람이 재미없다는 눈으로 히로를 보았다.

즉— 이것이 주정뱅이와 맨정신의 차이였다. 판을 깨 버리는 것이다.

"흥이다. 히로 따위 몰라."

토라진 리즈가 그대로 침대에 뛰어들었다. 로자도 어이없다는 표정으로 누워 버렸다.

"……어렵네."

복잡한 여심에 히로는 석연치 않았지만, 개인의 마음이 어떻든 간에 밤은 깊어 갔다.

*

다음 날.

동쪽 하늘에 떠올라 오만하게 빛나는 태양은 유난히 눈부셨고, 지상에는 부드러운 미풍이 불었다.

지상에 펼쳐진 것은 호화찬란하다는 말이 어울리는 대제도 클라디우스.

그 북문에 군마 대열이 정연하게 늘어서 있었다.

중앙에는 칠흑빛 갑옷으로 무장한 기마 2천. 서쪽에 대열을 이룬 것은 한결같이 어깨에 금색 천을 감은 제1황군 예비병 5천과 빨간 천을 감은 제4황군 3천의 기마였다.

동쪽에는 5천이 넘는 동방 귀족의 병사들이 늘어서 있었고, 대열 틈을 달리는 기수들이 몇 줄기 모래 먼지를 일으켰다.

사기 고양, 지휘관 재확인, 이유는 여럿 있지만 그 효과 또한 다양했다.

고양감과 긴장감— 두 가지 요소가 어우러져 기묘한 분위기가 흘렀다.

성벽에서 모습을 살피던 시민은 그 위용에 압도되어 마른 침을 삼키며 지켜보았다.

"히로, 무리하면 안 돼. 스친 상처라도 곪으면 큰일이 되니까."

걱정스럽게 히로의 뺨을 어루만지고 있는 사람은 제6황녀 리즈였다.

여전히 과보호인 리즈를 향해 히로는 쓰게 웃고서 고개를 끄덕였다.

"알고 있지만, 군의도 데려가니까 괜찮아."

"아니, 모르고 있으니까 하는 소리야. 가다가 도적의 습격을 받을지도 모르잖아. 히로의 무예가 대단하다는 건 알지만 만에 하나라는 것도 있으니까."

"……응. 그러네."

다그치는 리즈에게 압도되어 히로는 모호하게 대답했다.

"정말! 내 말 제대로 들어!"

리즈는 사랑스럽게 볼을 부풀렸다.

보다 못했는지 옆에서 대기 중이던 미망인— 로자가 끼어들었다.

"뭐, 그거지. 혼례도 올리기 전에 또 미망인으로 만드는 건 참을 수 없다는 거야. 리즈 말대로 무리는 하지 마."

"그래. 혼례도 올리기 전에— 응?"

말하던 도중에 리즈가 언니를 보았다. 미소를 지은 로자가 동생의 어깨에 손을 얹었다.

"왜 그러지?"

"혼례라니……."

"말 울음소리가 시끄러워서 잘못 들은 거겠지. 그런 말은 한 적 없어."

"……그, 그렇지."

어제 정신을 잃은 것에 대한 복수일지도 모른다.

로자는 곤혹스러워하는 동생을 무척 즐겁다는 얼굴로 바라보았다.

“그렇고말고. 나는 첩이니까.”

“응? 첩?”

“히로가 동방에 첩첩이 쌓여 가던 문제를 해결해 주고 있으니 말이지. 죽으면 곤란해.”

“정말, 언니는 항상 돈 얘기뿐이야…….”

리즈를 농락하는 로자를 보고 히로는 깊이 한숨을 쉬었다.

이 이상 로자가 마음대로 굴게 놔두면 이쪽도 위험해진다—그렇게 판단한 히로는 화제를 바꾸기로 했다.

“리즈, 너도 조심해. 로자도.”

히로의 말에 반응한 리즈가 긴장 어린 붉은 눈으로 바라보았다.

“으, 응. 맡겨 줘. 반드시 해결하고 오겠어.”

“로자도 되도록 실력 있는 자를 신변에 두도록 해.”

“그렇게 말할 줄 알고 이미 불러 뒀다. 안심하고 다녀와.”

로자가 어깨를 두드리며 안심시켰다. 히로는 만족스럽게 미소 지었다.

“그럼 나는 슬슬 갈게—?!”

그렇게 말한 히로는 무심코 한 발자국 물러섰다. 리즈의 얼굴이 다가왔기 때문이다.

“파발을 날릴 테니까 제대로 답장해야 해. 긴 여행이니 밥도 잘 챙겨 먹고.”

당황하는 히로의 코끝에 리즈가 검지를 올렸다.

"그리고 아까도 말했지만 무리는 하지 말 것. 위험해지면 도망쳐."

엄마 같은 말을 듣고 히로는 입꼬리를 실룩였다.

걱정이 과하다고 말하려 했지만— 로자가 대화에 끼어들었다.

"나도 곧장 동방으로 돌아가겠어. 돈이나 식량이 필요해지면 말해. 근처 귀족에게 전달시킬 테니. 황제 폐하 몰래 병사를 보낼 수도 있어. 동방의 치안 유지 때문이라고 변명하면 되니까."

"아니, 괜찮아. 두 사람 다 걱정이 과해."

여행 비용은 충분히 받았고 호위도 정예 100명이 붙어 있었다.

식량 역시 문제는 없어서 안전한 여행이 약속된 것이나 마찬가지였다.

"히로 전하, 출발 준비가 끝났습니다."

등 뒤에서 가더가 나타났다. 검정 일색의 갑옷 속에 무인의 풍격을 밀어 넣고 있지만 차원이 다른 패기는 숨겨지지 않고 배어났다.

"정말로 괜찮은 거겠지?"

가더가 작은 목소리로 물었다. 히로는 고개를 끄덕이고 신신당부했다.

"나보다도 로자를 부탁해. 동방까지 무사히 데려다줬으면 좋겠어."

적대 파벌이 과격하게 나올 가능성은 적지만, 『흑사향(오르쿠스)』도 있으니 조심해서 나쁠 것은 없었다.

"맡겨 둬, 반드시 무사히 데려다줄 테니."

"그 뒤엔 남방으로 돌아가 베르크 요새에서 훈련에 힘써 주겠어?"

"그렇게 하겠지만……이쪽도 조건이 있어."

"응?"

가더의 뜬금없는 말에 히로는 고개를 갸우뚱했다.

"도리쿠스도 레벨링 왕국에 같이 갈 거잖아. 그럼 후긴과 무닌도 데려가라."

왜냐고 묻기 전에 가더가 말했다.

"그 녀석들은 우수해. 노예 해방군을 계기로 알게 된 사이지만 실력은 나무랄 데 없고 자기 몸도 지킬 수 있어. 분명 도움이 될 거다."

"데려갈 수 없어. 여차하면 버려야 할지도 몰라."

"상관없어. 그 녀석들도 그건 각오하고 있을걸? 하지만 너무 얕보지 마. 그 남매는 할 일은 하는 녀석들이야."

얼굴 가리개 틈으로 가더의 날카로운 눈을 들여다보니 양보하지 않겠다는 의지가 깃들어 있었다.

"알겠어. 그럼 두 사람을 데려갈게."

"좋아, 두 사람한테 말하고 오지. 조심해라."

멀어지는 가더의 등을 지켜본 뒤에 히로는 다시 리즈와 로자에게 몸을 돌렸다.

"리즈, 페르젠 속주는 아직 불안정해. 아우라 말 잘 듣고 실행하도록 해."

"알고 있어. 아우라의 지시를 착실히 따를 거야. 나, 지휘는 특기지만 책략은 형편없으니까."

"천천히 배워 가면 돼. 아무튼 방심은 금물이야."

"응, 히로도 열심히 해."

두 사람은 서로 끌어안고 등을 두드린 후 떨어졌다. 리즈는 쑥스럽다는 얼굴로 웃었다.

그런 그녀를 보며 히로는 미소를 지었다. 그러나 가슴속에 맺힌 불안은 사라지지 않았다.

"레벨링 왕국에서 되도록 빨리 돌아올 생각이니까 무모한 짓은 하면 안 돼."

"정말로 괜찮아. 합류했을 때 내 성장에 놀라지나 마!"

못 박는 히로 앞에서 리즈는 허리에 양손을 올리고 흐흥 하고 콧방귀를 뀌었다.

"하하, 그거 좋네. 기대할게."

그리고 이번에는 로자를 보려고 했는데 얼굴에 부드러운 충격이 찾아왔다.

"외로워지면 파발을 띄워. 언제든 데리러 가지."

느닷없이 끌어안더니 애정 넘치는 엄마 같은 말씀을 하셨다.

"아니, 그런 짓을 하면 황제 폐하한테 혼날 텐데……."

"지위가 없어지더라도 내가 길러 줄 테니 안심해. 그런 걸 좋아하지 않나?"

"……나는 그런 생활 꿈꾼 적 한 번도 없어."

히로는 쓰게 웃으며 로자에게서 몸을 뗐다.

"그럼 다녀올게."

그리고 두 사람에게 등을 돌리고 마차가 있는 곳까지 걷기 시작했다.

"히로 님, 기다리고 있었습니다!"

무닌이 문을 열어 주었다. 감사를 표하고 안으로 들어가자 후긴이 머리를 숙였다.

"히로 님의 호위라는 대임, 반드시 완수하겠습니다!"

두 사람 다 의욕이 너무 앞선다고 생각하며 히로는 의자에 앉았다.

문에 달린 창문으로 바깥을 내다보니 리즈와 로자가 손을 흔들고 있었다.

"정말로 괜찮아. 곧 돌아올 테니까."

부담은 없었다. 마음은 안정되어 있었다. 머릿속은 맑았고 사고는 유연했다.

무엇이 기다리고 있든 간에 지지는 않을 것이다. 누구도 방해하게 두지 않을 것이다.

"출발하자."

마부에게 그렇게 알리니 마차가 천천히 달리기 시작했다.

# 제3장 북방에 오다

제국력 1023년 9월 30일.

대제도를 출발한 뒤로 닷새째 아침을 맞이했다.

히로를 포함한 특사들은 호위 100명을 데리고 북방 국경에 도착해 있었다.

북방은 5대 귀족 중 하나— 샤름 가문을 필두로 한 북방 귀족이 다스리는 곳이었다.

본거지는 북부 중심에 있는 《백은성(리즌리라)》.

그보다 북쪽은 기온이 몹시 낮아서 추위가 혹독했다. 그에 반해 남쪽은 비교적 온난하여 사람들은 주로 이쪽을 주거지로 삼았고, 남부 일대에 펼쳐진 비옥한 흑토 지대를 배경으로 샤름 가문의 부를 지탱하고 있었다.

북방의 입구— 그 관문에서 신체검사를 받은 후, 히로 일행은 출구까지 안내받았다.

"황족을 신체검사하는 것이 무례였다고는 생각합니다만, 부디 용서해 주시기 바랍니다."

"어떤 지위에 있는 자든지 특별 취급을 한다면 관문 병사로 일할 수 없죠."

히로는 마차에 탄 채 대답하고서 오른쪽에 시선을 주었다. 그곳에는 말을 탄 인물— 관문을 맡은 관문장이 있었다.

중장갑 위에 모포를 걸치고, 추위로 수염 끝이 희게 물든 중년 남성이었다.

"그렇게 말씀해 주시니 감사합니다."

관문장은 하얀 숨을 토하며 물러나 눈앞에 우뚝 선 문 앞으로 다가갔다.

"문을 올려라!"

그 목소리를 신호로 땅이 흔들리는 듯한 굉음을 내며 문이 천천히 올라갔다.

"온통 눈뿐이고 아무것도 없는 곳이지만 좋은 여행되시기를 바랍니다."

예의 바른 관문장에게 손을 들어 답한 뒤, 히로 일행을 태운 마차는 문을 지나 북방에 발을 들였다.

"예쁘네요~."

후긴이 들뜬 목소리로 말했다.

"추워, 추워, 추워, 추워."

그 뒤에서는 무닌이 모포를 네 장이나 덮고서 덜덜 떨고 있었다.

후긴은 그런 오빠를 힐끗 보고 재빨리 마차에서 내리더니 눈을 주워 돌아왔다.

"오라비. 이거라도 먹고 입 다물어."

"사랑하는 동생아. 그건 역시 죽— 커헉?!"

눈으로 입이 막힌 무닌이 괴로워하며 바닥을 굴렀다.

그런 오빠를 눈보다도 차갑게 내려다보면서 후긴이 히로 옆으로 돌아왔다.

"히로 님, 저는 눈이라는 걸 처음 봤습니다. 차갑네요!"

눈이 녹아서 젖는 손을 보며 감동했는지 후긴은 들뜬 목소리로 말했다.

하지만 히로는 얼굴이 창백해진 무닌이 신경 쓰여서 견딜 수가 없었다.

"아니, 무닌이 죽을 것 같은데…… 괜찮은 거야?"

"히로 님, 저는 눈이라는 걸 처음 봤습니다. 차갑네요!"

후긴은 무심코 귀를 의심할 만큼 조금 전과 똑같은 음성으로 말했다.

히로는 무닌에 관해서는 건드리지 말고 후긴의 이야기에 어울리기로 했다.

"아아……응. 후긴은 리히타인 공국에서 나온 적 없었어?"

"용병이 생업이었지만 슈타이센 공화국이나 드랄 대공국 정도밖에 안 가 봤습니다."

"그렇구나. 그럼 눈을 보고 놀라는 것도 무리는 아니려나."

보통은 무닌처럼 반응하는 것이 일반적이겠지만, 이런 면에서는 소녀 감성을 가지고 있는지 예쁜 것을 보면 추위조차 잊어버리는 모양이었다.

그런 잡담을 하면서 한동안 눈 덮인 도로를 달려가자 앞쪽에 누군가가 서 있는 것이 보였다.

그것이 한두 명이었다면 신경도 쓰지 않았을 것이다.

"……히로 님, 이건……."

후긴이 경계를 드러내며 무기를 가까이 끌어당겼다.

"히로 님, 어쩔까요?"

무닌도 눈빛을 날카롭게 만들고 허리에 꽂은 칼자루를 쥐었다.

히로 일행 앞에는 지평선을 가득 메울 정도의 대군이 정연하게 늘어서 있었다.

"잘못 본 게 아니라면 저건 제2황자의 깃발이야."

히로는 경계를 하면서도 두 사람에게 무기를 놓으라고 지시했다.

그런 뒤 도리쿠스를 보며 의견을 구하니 그는 긴장을 드러내며 입을 떨었다.

"예, 하얀 바탕에 은빛 늑대— 확실히 저건 제2황자의 문장기입니다. 그 밖에도 유력 귀족의 깃발들이 흩어져 있군요. 목적은 알 수 없지만…… 과격한 행동에 나서지는 않을 겁니다."

마중이라고 생각하기에는 수가 너무 많았지만 무언가 수작을 부리지는 않을 터였다.

이렇게나 요란하게 접촉을 꾀할 줄은 몰랐지만…….

"아무튼 가까이 가 봐야 알겠지."

"괜찮은 겁니까? 만약 히로 님에게 위해를 가할 생각이라면……."

후긴이 걱정하며 말했기에 히로는 안심시키고자 살포시 미소 지었다.

"그랬다면 진즉에 공격했을 거야."

전쟁할 것도 아니니 사양 않고 이쪽에서 다가가면 된다.

가만히 눈싸움 벌이고 있어 봤자 별수 없었다. 상대의 목적을 듣지 않으면 앞으로는 나아갈 수 없다.

"—라고 생각했는데…… 상대도 똑같이 헤아린 거려나."

앞쪽에 있던 군대에서 말 20기 정도의 부대 하나가 떨어져 나오더니 히로 일행에게 다가왔다.

선두에 선 인물은 눈길을 끄는 중성적인 외모였다. 게다가 양쪽 눈 색깔이 다른 탓인지 — 왼쪽 눈은 파란색, 오른쪽 눈은 금색 — 신기한 인상을 주었다. 하늘을 연상시키는 파란 머리카락은 비단처럼 부드러웠고, 선이 가는 몸에 갈색 모피를 걸쳤는데, 그 밑으로 백은빛 갑옷이 내비쳤다. 말에서 내리는 모습에 빈틈은 없었으며 걷는 모습은 왕자(王者)의 풍격을 자아냈다. 허리 양쪽에 찬 칼자루에 양손을 얹은 그 인물은 하얀 숨을 토해 내며 우아하게 미소 지었다.

"그란츠 대제국 제2황자인 베어볼프 샤름 셀레네 폰 그란츠다. 이쪽에 내 새로운 남동생이 있다고 들어서 왔는데……."

일동을 둘러본 셀레네는 히로에게 시선을 멈추고 눈을 가늘게 좁혔다.

"흑발흑안— 쌍흑인가. 실재하다니 놀라운걸. 하지만 네가 틀림없는 모양이야."

"예, 인사가 늦었습니다. 히로 슈바르츠 폰 그란츠입니다."

히로도 마차에서 내려 셀레네에게 다가가 손을 내밀었다.

"응응, 너처럼 예의 바르고 착한 아이가 동생이라니 기쁘다."

셀레네가 손을 맞잡았다.

"그리고 네 이름은 북방에서도 자자하거든."

알고 있었으려나? 하고 말해서 히로는 살짝 쓰게 웃었다.

"어떤 소문인지는 모르겠지만, 그런 종류는 동서고금을 막론하고 실제보다 살이 붙는 법이죠."

"그렇게 겸손하지 않아도 돼. 리히타인 공국을 격파한 책략은 나도 확인했으니까."

"운이 좋았을 뿐입니다. 그건 제가 생각하기에도 지나치게 잘 풀렸어요."

"그러네. 참 절묘하게도 키로 장군이 전사했다고 생각했어."

상쾌한 태도를 보이면서도 예리하게 눈을 빛낸 셀레네는 히로의 목에 팔을 둘렀다.

"서서 얘기하기도 뭐하니 마차 안에서 느긋하게 대화하기로 할까?"

"아쉽지만…… 저희는 레벨링 왕국에 가야 합니다. 이야기는 다음 기회에 할 수 없을까요?"

"안심해. 너희가 특사로 여기 왔다는 건 잘 알고 있으니까. 일정을 바꾸기도 어려울 테니 난 이렇게 생각한 거야. 동행하자고."

"하지만…… 저 대군을 데려가게 되면 일정이 대폭 늦어집니다."

히로는 설원을 가득 메운 대군을 가리켰다. 가볍게 어림잡아도 3만은 넘었다.

"아아, 그거라면 안심해도 돼. 동행하는 건 나를 포함해서

20기 정도야."

"크게 대접해 드릴 수도 없습니다만? 날씨도 춥고, 호화로운 음식도 내어 드릴 수 없습니다."

"그것도 걱정할 필요 없어. 추위에 관해서는 너보다 내성이 있고, 군대 식사를 가지고 불평해서야 지휘관은 못 되지."

셀레네에게 끌려가는 형태로 히로는 마차에 올라타게 되었다.

셀레네는 히로의 동행자들과 인사를 나누다가 마지막에 도리쿠스를 보고 들뜬 목소리로 입을 열었다.

"오랜만이야, 도리쿠스. 외삼촌은 건강하셔?"

무닌과 후긴이 그 말을 듣고 깜짝 놀란 얼굴로 도리쿠스를 보았다. 히로는 그가 북방 출신이라는 점을 알고 예측하였기에 놀라지는 않았다.

도리쿠스는 어색한지 눈을 내리뜨고서 셀레네를 향해 신하의 예를 취했다.

"기리시 님이라면…… 장건하십니다. 쓸쓸해하시기는 했습니다. 가끔은 대제도에 가 보시는 게 어떻습니까?"

"그런 딱딱한 곳에 가 봤자 아무런 의미도 없어."

귀찮다는 얼굴로 허공에 한 손을 휘저은 셀레네는 히로 옆에 앉았다.

"무엇보다 슈트벨이 있잖아. 중앙 귀족도 영 마음에 안 드는 녀석들뿐이야. 그런 정쟁에 말려들 바에야 이 설원을 뛰어다니는 편이 낫지."

한쪽 눈을 감은 셀레네가 장난기를 담아 「안 그래?」 하고 히로에게 동의를 구했다.

"하지만 당신은 황위 계승권 5위입니다. 정쟁과 무관할 수는 없어요. 계속 고집을 부리다가는 최종적으로 전부 자신에게 돌아올 겁니다."

그는 제2황자지만 계승 순위는 5위였다. 중앙에 가지 않고 북방에 틀어박혀 있는 탓이었다. 즉, 그는 황위라는 틀에 얽매이고 싶지 않고, 그저 자기 마음대로 놀고 싶다고 말하는 것이었다.

"그러는 너는 황제가 되고 싶어?"

"……그건—."

대답하지 못하는 히로를 보고 셀레네가 태평하게 이야기를 계속했다.

"그란츠 대제국은 완성되어 있어. 확실히 불안정한 토대 위에 서 있기는 하지만 1000년이라는 긴 세월을 살아남았지. 번영, 둔화, 퇴화, 정체, 다양한 경험을 얻은 지금, 이 나라가 할 수 있는 일은 적어."

검지와 중지를 세운 셀레네는 몇 번이고 손을 흔들었다.

"지금도 사자는 먹이를 찾아 헤매고 있어. 굶주린 사자에게 남은 길은 두 개야. 세계를 집어삼키고 살거나, 아니면 굶어 죽거나— 참고로 나는 후자일 거라고 생각해."

대담한 발언— 그 속에 숨은 불온을 감지하고 마차 안에 있던 일동은 말문이 막혔다.

그런 그들의 얼굴을 유쾌하게 둘러보면서 셀레네의 목소리는 열기를 띠어 갔다.

"늙은 사자라고는 해도 그 주인이 된다면 절대적인 권력을 얻을 수 있겠지. 하지만 그건 무리를 유지해야 하는 자리이기도 해. 절대적인 왕인데도 불구하고, 많은 귀족의 안색을 신경 쓰고 눈치 보면서 죽어 가는 거야. 나는 그런 약자가 되고 싶지 않아."

"그 얘기는 여기서만 하시는 게 좋을 것 같네요."

히로는 충고했다. 이 이야기가 중앙에 흘러가면 많은 귀족들이 그의 적으로 돌아설 것이다.

그 정도로 위험한 발언이었다. 히로가 이용할 가능성을 생각한다면 여기서 말해서는 안 됐다. 그러나 셀레네는 남의 일처럼 쾌활하게 웃었다.

"중앙 녀석들한테 알려져도 상관없어."

그 속에 담겨 있는 것은 자만이 아닌 절대적인 자신감.

"그들이 북방을 위협한다면— 제5황군을 포함한 북방군 20만이 상대하겠어."

그것은 셀레네가 완전히 북방을 장악하고 있음을 뒷받침하는 말이었다.

히로는 그가 만만치 않다고 생각했다. 허세 부리는 것도 아니고 그저 사실을 말하고 있을 뿐, 히로를 제외한 사람들은 그 강한 힘이 만들어 내는 이질적인 공기에 삼켜져 있었다.

"살짝 말이 지나쳤네. 신경 쓰지 마. 내게 옥좌를 원하는 야심은 없다는 걸 전하고 싶었을 뿐이야."

히로의 등을 몇 번 두드리고 셀레네는 창밖으로 눈을 돌렸다.

"슬슬 야영을 구축하는 편이 좋겠어. 북방은 해가 지면 급격히 추워지거든."

그리고 히로에게 시선을 옮긴 뒤, 사냥감을 노리는 늑대처럼 눈을 가늘게 좁혔다.

"무엇보다 괴물(몬스터)이 돌아다니는 밤은 위험해."

*

야영지를 구축하는 데 생각보다 시간이 걸렸다. 괴물(몬스터)을 경계하여 화톳불과 방책을 늘리느라 그런 것도 있지만, 추위 탓에 손이 굳어서 작업이 순조롭게 진행되지 않았기 때문이다.

그렇게 야영을 구축했을 때 해는 이미 저물었고, 곧장 식사를 마친 뒤에는 쉴 틈도 없이 주위 경계에 들어갔다.

현재는 순회하는 병사들이 방한구를 껴입고 손을 비비고 있었다.

그 모습을 확인한 히로는 설원에 누워 밤하늘을 올려다보았다. 조금 전까지 무닌과 후긴이 호위 명목으로 같이 있었으나 추위를 견디지 못하고 천막에 돌아가 버렸다.

"히로 전하, 그대로 계시면 동사할 겁니다. 부디 천막으로 돌아가 주십시오……."

다섯 번째 주의였다. 이렇게 천막으로 돌아가라고 병사들이 계속 말하고 있었다.

"미안합니다, 조금만 더 별을 보고 싶어서요."

『흑춘희』를 입고 있기도 했지만 『천제』의 가호도 있었기에 히로는 봄 날씨 속에 있는 것처럼 따뜻하여 추위와 무관했다.

"그러십니까……? 그럼 되도록 빨리 돌아가 주십시오."

의심스럽다는 표정을 지은 병사는 몇 번이고 돌아보면서 순찰로 돌아갔다.

히로는 다시 머리 위를 올려다보려다가—.

"밤하늘을 좋아해?"

갑자기 누군가가 말을 걸어와서 상체를 일으켜 그 방향으로 눈을 돌렸다.

"혼자만의 시간을 방해해서 미안. 아무도 없는 곳에서 둘이 얘기하고 싶었거든."

그곳에는 셀레네가 서 있었다. 그는 히로에게 다가오더니 옆에 앉았다.

"그래서, 다시 묻겠는데 밤하늘을 좋아해?"

"……뭐, 옛날부터 별 보는 걸 좋아해요."

"그렇구나, 난 그 정도는 아니야. 별은 예쁘지만 그들이 반짝일 수 있는 시간은 한정되어 있으니까. 덧없다는 느낌이 들어서 별로 좋아하지 않아."

셀레네는 하늘을 향해 한 손을 들고 아득한 눈으로 별을 바라보았다.

"너도 그런 느낌이려나? 무척 위태로운 균형 위에 서 있어."

"왜 그렇게 단정 지을 수 있죠? 당신은 저에 관해 아무것도 모릅니다.”

“아니, 잘 알아. 네 이야기는 이 북방까지 잘 전해지고 있으니까. 리히타인 공국에서 약탈을 자행한 부대를 엄벌에 처하고, 포로를 학대한 자는 귀족이어도 용서하지 않아. 그 엄격한 군율 준수는 북방 귀족들 입에도 오르내리고 있어.”

동시에, 하고 셀레네는 슬프게 눈을 내리떴다.

“힘든 방식으로 산다고도 생각했지. 백성을 위해, 나라를 위해, 누군가를 위해, 듣기는 좋지만 전부 남을 위한 일. 거기에 너 자신은 포함되어 있지 않아.”

“황족으로서 다른 사람 위에 서는 자는 그래야 한다고 저는 생각합니다만…….”

“그거야, 네 말은 너무 훌륭해. 거기에는 모순도 타협도 없어.”

셀레네는 일어나 등을 쭉 펴고서 크게 한숨을 쉬었다.

“너의 선조 『군신』과 똑같은 과오를 범하지 않길 기도할게. 그 또한 너처럼 이상가였고, 너무 순진하여 망가져 버렸다고 하니까.”

그것은 역사에도 기록되어 있지 않은 「진실」로 1000년 전 어둠 속에 묻힌 오점이었다.

“무슨 일이 있었는지 자세한 건 모르지만 말이야. 그날을 기점으로 그는 사람이 바뀐 것처럼 잔혹한 전략을 세우며 모진 공격으로 적국을 정복해 갔다는 모양이야.”

셀레네는 밤하늘을 올려다보며 슬픈 목소리로 말을 이었다.

“그런 그에게 붙은 이명은 『학살왕』, 1000년이 지난 지금은 이름이 바뀌어 『끝없는 절망(데스퍼레이션)』으로서 타국을 두려움에 떨게 하고 있지."

히로는 어째서 셀레네가 그 사실을 알고 있는지 물으려다가 입을 다물었다.

'……이 사람 역시 이질적인 존재야, 언젠가 내 앞을 가로막을지도 몰라.'

그렇다면 약점을 보일 수는 없었다.

"창작일 가능성도 있지만— 충고는 했어. 그럼 난 쉬도록 할게."

히로는 셀레네의 모습이 어둠 속으로 사라질 때까지 그의 허리 양쪽에 있는 칼 두 자루를 바라보았다.

"패배하여 무언가를 잃을 바에야— 나는 무슨 수를 써서든 계속 이길 겁니다."

그렇게 중얼거린 히로는 일어나 천막으로 걸음을 옮겼다.

안으로 들어가자 온기에 휩싸였다. 히로는 시선을 돌려 흑요석 같은 눈동자에 두 인물을 담았다.

입구에 기대어 무닌과 후긴이 자고 있었다.

히로는 미소를 짓고서 자신을 위해 준비된 모포로 들어가 고른 숨을 내쉬기 시작했다.

히로가 깊은 잠에 빠졌을 무렵, 그의 가슴 부근에서 이변이 일어났다.

정확히 말하자면 그 속에 숨겨진 카드 한 장— 초대 황제 알티우스에게 받은 그것에서 독기가 뿜어져 나오듯 어둠이 흘러넘쳤다.

누구에게도 들키지 않고 공기에 녹아든 어둠은 이윽고 잠든 히로의 사지를 휘감으며 급속도로 팽창했다.

그리고— 세계를 뒤덮었다.

*

그곳은 비가 쏟아지는 벼랑 위— 흙모래에 닿은 장대비가 세차게 튀며 지면에 스며들어 갔다.

허공이 구름에 지배되어 지상에는 달빛도 닿지 않았다.

"아아…… 거짓말이야! 왜, 왜! 네가 어째서?!"

빗소리에 섞여 소년의 통곡이 캄캄한 밤에 울려 퍼졌다.

소년이 끌어안고 있는 것은 한 여성— 아름다운 금색 머리카락은 진흙투성이가 되어 반짝임을 잃은 상태였다. 무엇보다 그 얼굴은 죽은 사람처럼 창백했고, 보랏빛으로 변색된 입가에서는 피가 떨어지고 있었다. 소년은 그녀의 몸을 관통한 창을 뽑고 하늘을 향해 절규했다.

"어떻게 된 거야! 왜 이렇게 된 거야!"

하늘은 아무 대답도 하지 않았다. 그저 천둥이 치며 빗소리가 거세질 뿐이었다.

"……그녀는 아무 짓도 하지 않았잖아. 왜 희생돼야 하는데!"

흑의를 걸친 소년은 여성을 끌어안고 그 목에 얼굴을 묻고서 울부짖었다.

수없이 사죄를 입에 담고, 구하지 못한 자신의 어리석음을 분한 목소리로 토로했다.

"왕이시여, 우리의 왕이시여! 지금은 탄식하고 있을 여유도 없습니다. 그녀를 위해서라도 지금만큼은—!"

소년의 등 뒤에서 한쪽 무릎을 꿇은 다섯 대장군— 그중 한 사람이 목소리를 냈다.

그의 몸이 떨리고 있는 것은 추워서도, 비를 맞아서도 아니었다.

소년왕이 뿜어내는 살기가 몸을 꿰뚫었기 때문이었다.

"왕이시여, 지금은 분노를 가라앉혀 주십시오. 잘못된 판단을 하셔서는 안 됩니다."

"나도 알아, 알고 있어, 로크스. 나는 지극히 냉정해. 나 자신도 깜짝 놀랄 만큼 말이야."

정신 차리고 보니 소년의 품에서 여성의 모습이 사라져 있었다. 그 손에 남아 있는 것은 검은 칼 한 자루—.

그 기묘한 일에 다섯 대장군은 멍해졌지만 곧 제정신으로 돌아왔다.

"정말이지, 뭐가 평화적 해결이야…… 하하! 양보해 줬더니 결국 이런 처사잖아."

일어선 소년의 얼굴을 보고, 로크스라고 불렸던 남자는 몸을 경직시켰다.

소년이— 웃고 있었기 때문이다.

눈물을 뚝뚝 흘리며, 엷게 미소를 지으며, 너무나도 일그러진 모습으로 소년은 울고 있었다.

"누굴 화나게 했는지, 누굴 상대로 싸움을 걸었는지, 한 명도 남김없이 그 몸에 새겨 주겠어."

"기, 기다려 주십시오! 그런 짓을 하면—."

"로크스, 네 기분은 이해하지만 나는 더 이상 할 말이 없어."

"부디 그들에게 자비를! 부디, 부디, 아무쪼록! 슈바르츠 전하!"

제지하는 목소리를 뿌리친 소년은 걷기 시작했다. 그리고 이내 발을 멈췄다.

벼랑 끝에서 아래를 보니 10만은 넘을 듯한 군세가 대기하고 있었다.

『군신! 군신! 군신! 군신! 군신! 군신!』

소년의 모습을 알아차린 병사들이 도검을 맞부딪치며 환성을 질렀다.

예전에는 활력을 불러일으켰던 그 환성도 지금은 허무할 뿐이었다.

『군신! 군신! 군신! 군신! 군신! 군신!』

소년의 눈동자에서 빛이 사라져 갔다. 한없이 깊은 슬픔에 지배되어 갔다.

두 번 다시 마음이 충만해지는 일은 없을 것이다, 계속해서 메말라 가리라.

"이미 왕도(王道)는 끊어졌어. 남은 건 패도(霸道)뿐이야."

검은색 칼을 높이 든 소년은 팔을 휘둘러 수평으로 만들고 왕의 호령을 내렸다.

"나의 군세『아군(鴉軍)』이여! 적의 피로 내 갈증을 해갈하라!"

칼끝으로 적국의 수도를 가리킨 소년은 한없이 잔혹한 웃음을 깊숙이 새겼다.

"유린하라!"

*

셀레네와 대화한 뒤로 히로는 잠들지 못하는 날이 계속되고 있었다.

생생한 꿈만을 꾸었다. **기억**에 없는 일은 지독히도 무서웠다.

히로가 무거운 눈꺼풀을 억지로 올리니 창밖 풍경이 눈에 날아들었다.

대지가 새하얗게 물들어 있었다. 눈이 쌓인 것이다.

히로는 눈을 가늘게 좁혔다. 설원이 아침 햇살을 반사하여 빛을 한층 강하게 만들었다.

제국력 1023년 10월 9일.

히로 일행은 예정대로 레벨링 왕국 국경을 넘었다.

현재는 조금 떨어진 장소— 관문 부근에 머물고 있었다.

"이 근처에서 이만 실례하도록 할게. 짧은 기간이었지만 무척 즐거운 여행이었어."

그렇게 말한 이는 셀레네였다.

"저야말로 정말 뜻깊은 시간을 보낼 수 있었습니다."

"네가 어떤 길을 고를지 **기대**하고 있을게."

그 말에 약간 위화감을 느꼈지만 히로는 묵묵히 뒷말을 기다렸다.

"앞으로 네게 행운이 있기를 기도하며 이걸 선물하도록 할까."

마차에서 내릴 때 셀레네가 빨간 꽃을 내밀었다.

"**북방**에서만 피는 특수한 꽃이거든. 『연꽃(아나트)』이라고 해."

깜짝 놀라 눈을 크게 뜬 히로를 내버려 둔 채 셀레네는 말에 올라타고서 말 머리를 돌렸다.

"또 보자. 그때는 내 자랑인 백은성에 초대할게."

셀레네는 나타났을 때와 마찬가지로 시원스럽게 떠나갔다.

그 등에서 시선을 뗀 히로는 건네받은 연꽃을 보고 깊이 탄식했다.

"북방에서만 피는 꽃인가……."

"히로 님? 안색이 나쁜데 속이라도 안 좋으십니까?"

걱정하는 후긴의 목소리에 반응하여 히로는 고개를 가로저었다.

"미안, 아무것도 아니야. 출발하자."

히로는 연꽃을 품에 숨기고 마부에게 명령해 출발하기를 재촉했다.

이윽고 레벨링 왕국의 관문에 도착했지만— 예상 밖의 인물이 기다리고 있었다.

"그란츠 대제국의 특사님, 대제도에서 이 먼 곳까지 와 주셔서 감사합니다. 여기서부터는 저희가 호위를 맡도록 하겠습니다."

인족(휴먼)보다도 축복받은 체구, 갑옷을 입은 그 모습은 역전의 용사를 연상시켰다.

피부가 하얀 것을 보면 마족(조로스터)의 피가 옅은 듯했지만 온몸에서 넘치는 마력은 끝을 알 수 없었다.

"저는 삼마장(三魔將)(아수라) 중 한 명인 하니엘 반 벤첼입니다."

삼마장은 레벨링 왕국의 수호자이자 가장 강한 전사들의 총칭이었다.

그 뛰어난 전투력은 먼 남방에 있는 리히타인 공국에까지 알려져 있었다.

"호마(護魔)(슈처)를 담당하고 있습니다."

그는 히로 앞에서 무릎을 꿇더니 허리에 차고 있던 검을 뽑았다.

왼손으로 칼자루를 움켜쥐고 오른손으로 칼날을 받친 채 머리 위로 높이 들어 올렸다.

"우리의 시조, 로크스 반 레벨링, 그가 왕으로 받들던『군신』의 후손님을 뵙게 되어 대단히 기쁘게 생각합니다."

"저야말로 유명한 삼마장 중 한 사람과 만나서 영광입니다."

그 후 자세를 편히 하라고 전하자 하니엘은 검을 되돌리고 일어섰다.

히로는 밝게 웃어 보인 뒤에 그의 허리에 있는 검으로 시선을 쏟았다.

"그 검이 삼마장에게 수여된다는 소문의 마기(魔器)인가요?"

레벨링 왕국의 수호자인 삼마장에게는 국보— 마기라고 불리는 특수한 무기가 수여된다.

"마검 오토클레르입니다."

하니엘은 자랑스럽게 칼자루를 두드렸다. 그 끝에는 마력의 근원인 커다란 보라색 결정— 마석이 박혀 있었다. 하니엘에게서 느껴지는 마력은 그곳에서 공급받고 있을 것이다.

"신기한 형상이군요."

그 검에는 움푹 파인 곳이 세 군데— 칼코등이 양쪽 끝에 하나씩, 중앙에 한층 크게 파인 곳이 있었다.

"가장 오래전에 만들어진 마기라고 들었습니다. 그래서 다른 검에는 없는 특징이 있는 모양입니다."

히로는 눈을 가늘게 좁히고 「그런가요」라고만 중얼거렸다. 그는 완성형을 모르는 것 같았다.

하지만 당시를 기억하는 히로는 마검 오토클레르의 완성형을 알고 있었다.

일찍이 부하— 함께 난세를 달렸던 로크스의 애검을 잊을 리가 없었다.

'굳이 내가 말할 일도 아니야. 이게 지금의 모습이라면 그걸로 됐어.'

만약 본래 모습이 전해지지 않고 있다면 히로의 지적으로 레벨링 왕국에 괜한 물의를 일으키게 된다. 옛 부하가 일으킨 나라를 혼란에 빠뜨리고 싶지는 않았다. 대화가 끊어지자 하니엘이 말을 이었다.

"폐하께서 후손님과 만나기를 기대하고 계십니다. 재촉하는 모양새라 죄송합니다만 슬슬 출발하고 싶은데…… 괜찮으시겠습니까?"

"예, 이쪽은 언제든 괜찮습니다."

히로가 눈짓하니 도리쿠스가 고개를 끄덕였다.

고관들을 태운 마차가 차례차례 출구를 향해 달려갔다.

히로도 무닌과 후긴이 기다리는 마차에 올라타 마부에게 지시를 내려서 출발했다.

"오늘은 날씨가 좋으니 늦어도 저녁 무렵에는 왕도에 도착할 겁니다."

창문을 들여다본 하니엘이 말했다.

"알겠습니다. 그때까지 잘 부탁드립니다."

"여행의 안전은 보증합니다. 그럼 실례하겠습니다."

하니엘이 떠나갔다. 그러자 도리쿠스가 입을 열었다.

"흠, 삼마장 중 한 사람이 안내해 주다니…… 국빈 취급이라는 거군요."

"당연하지. 히로 님은『군신』의 후손이니까!"

그렇게 말한 이는 히로가 아니라 후긴이었다.

그녀는 히로를 제외한 다른 사람들에게 상당히 호전적인 태도를 보이고 말았다. 그 태도가 확연히 겉으로 드러났기에— 상대도 실력 있는 자라면 건방지다고 할 때가 많았다.

실제로 품성이 결여된 말을 들은 도리쿠스는 언짢은 얼굴로 후긴을 노려보았다.

"후긴 공, 당신은 여성이니 조금 더 조신하게—."

"시끄러워, 나한테 명령해도 되는 건 히로 님과 대형뿐이야."

"당신의 계급은—."

"히로 님의 사병이니까 상관없는데?"

"윽……."

도리쿠스는 분한지 이를 갈았다. 그 옆에서는 무닌이 미안한지 머리를 숙이고 있었다.

분위기가 험악해져도 곤란했기에 히로는 이야기를 진행하기로 했다.

"뭐, 사실은 반신반의 아니었을까?"

"무슨 말씀이신가요?"

후긴이 고개를 갸웃했다. 히로는 목소리를 낮춰 대답했다.

"평범한 고관뿐인 일행이라면 삼마장이 나올 필요는 없어. 삼마장은 국민의 절대적인 지지를 받고 있거든. 게다가 왕의 신뢰도 두텁고, 그들의 지위는 재상급이라고 생각해도 되겠지. 그러니 단순한 고관뿐이라면 그런대로 지위 있는 자를 마중 보내도 돼."

히로가 그렇게 말하자 도리쿠스가 동의했다.

"시조 로크스가 섬겼던 『군신』의 후손— 심지어 황족이 정말로 온다면 재상급이 나와야 실례가 안 된다고 생각한 거겠지요."

"그런 거지."

그란츠 황가의 인간이 특사로 왔는데 함부로 취급한다면 그란츠 대제국 백성의 분노를 살 뿐만 아니라 주변 나라들에까지 영향을 끼칠지도 몰랐다.

지금 레벨링 왕국은 왕녀의 성인식이 가까워져서 열기에 휩싸여 있었다.

그런 상황에 찬물을 끼얹고 싶지는 않을 터였다.

"대우가 나쁘지는 않을 거야. 남은 건 무사히 끝나기를 기도하는 일뿐이네."

히로는 창밖을 보았다. 눈이 일대에 펼쳐져 있을 뿐인 고요한 풍경이었다.

그러나 가슴속에 맺힌 불안은 커지기만 하고 사라지지 않았다.

*

마차 속에서 흔들리길 약 두 시간— 하늘이 불안정하게 흐려지더니 눈이 내렸다.

강풍이 창문을 두드릴 무렵에는 마차 안 기온이 급격히 내려가는 것이 느껴졌다.

그 추위를 견디지 못하고 히로를 제외한 동승자들은 방한구를 껴입기 시작했다.

이변이 일어난 것은 그 직후였다.

바깥이 단숨에 소란스러워졌다. 그러나 기묘하게도 그란츠 대제국 병사들은 허둥대지 않았다. 아무래도 레벨링 왕국 측에 무슨 문제가 생긴 모양이었다.

"특사분들은 그대로 승차해 계십시오! 걱정하지 마시길, 아무 문제도 없습니다!"

그런 말을 들으면 신경 쓰이는 것이 인간의 성질이었다.

히로는 후긴 등을 마차에 남기고 혼자 내려서 이변이 일어난 선두로 향했다.

주변에 있던 레벨링 병사가 깜짝 놀란 얼굴로 보았지만, 특사이자 제4황자인 히로를 제지하는 것은 무례라고 생각했는지 시선만 보낼 뿐 행동에 나서지는 않았다.

'쌓인 눈 위를 걷는 건 오랜만이네.'

눈을 밟는 소리가 기분 좋았다.

히로는 하얀 숨을 토하며 가벼운 발걸음으로 목적지에 도달했다.

그리고— 숨을 삼켰다.

붉게 물든 설원 위에는 피 묻은 검을 든 소녀 한 명이 서 있었다.

소녀 주위에는 시체 다섯이 쓰러져 있었다. 체격 좋은 그 몸들은 전부 베여 있었는데, 초라한 장비를 보면 도적일 것이다. 그러나 왜 이런 처참한 현장이 펼쳐져 있는지 그 이유는 알 수 없었다. 하지만 그녀가 이 상황을 만들어 낸 것은 틀림없으리라.

"클라우디아 님! 왜 이런 곳에 혼자 계시는 겁니까!"

당황한 하니엘이 소녀의 무사를 확인하고서 호통쳤다.

그에 반해 소녀는 손등을 입가에 대고 작게 웃은 뒤 즐거워하는 목소리로 말했다.

"그야 혼자서 성을 빠져나왔기 때문이죠. 그랬더니 도적분들에게 둘러싸이고 말았어요."

허리까지 내려오는 은보라색 머리카락이 바람에 나부꼈다. 이 자리와 어울리지 않을 만큼 애교가 느껴지는 상냥한 눈가, 오뚝한 콧마루를 지나자 도톰한 연분홍빛 입술이 보였다. 그 섬세한 얼굴은 환상적이며 아름다웠다. 무엇보다 눈길을 끄는 것은 그녀의 하얀 피부였다.

히로는 단번에 이해했다.

그녀가 바로 레벨링 왕국에서 『자은희(베르네스)』라고 칭송받는 왕녀라고—.

"경비 태세를 재검토해야겠어요. 이래서는 행상이 안전하게 가도를— 어머?"

멍하니 바라보고 있는 히로를 알아챘는지 클라우디아가 보라색 눈을 그에게 돌렸다.

"저분은 혹시……."

피 묻은 검을 버린 그녀는 히로에게 다가와 우아하게 미소 짓고 그 자리에서 가볍게 인사했다.

"저는 레벨링 왕국의 제1왕녀, 클라우디아 반 레벨링이라고 해요."

그리고 그녀는 얼굴을 들고 히로의 모습을 쭉 살피다가 경직되었다.

히로는 클라우디아의 반응을 눈치채지 못하고 손을 내밀었다.

"반갑습니다. 그란츠 대제국 제4황자, 히로 슈바르츠 폰 그란츠입니다."

"이, 이거 실례했습니다. 소문과 다르지 않은 모습이셔서 깜짝 놀랐어요. 쌍흑은 실재했네요."

클라우디아가 한 번 헛기침하고 손을 맞잡았다. 그런 뒤 그녀는 쑥스러운지 뺨을 빨갛게 물들이고서 시선만 올려 히로를 보았다.

"저기, 이런 말씀드리기 죄송하지만…… 왕도까지 같이 가도 될까요?"

왕녀에게 걸어서 돌아가라고 할 수는 없고, 부탁해 오는 이상 수긍할 수밖에 없었다.

히로가 말없이 고개를 끄덕이자 클라우디아는 기뻐하며 눈을 반짝였다.

"감사합니다! 그럼 왕도에 도착할 때까지 마차 안에서 히로님의 이야기를 들려주세요!"

클라우디아는 들뜬 모습으로 히로가 타고 있던 마차로 향했다.

"후손님, 클라우디아 왕녀의 돌발 행동에 끌어들이게 되어 대단히 죄송합니다."

"여행은 인원수가 많을수록 즐거우니까요. 신경 쓰지 않습니다."

쓰게 웃는 히로에게 하니엘이 무언가 말하려 했지만 그의 뒤쪽에서 말 한 마리가 달려왔다.

"하니엘 님! 조금 전 전령이 도착하여—."

"뭐라?"

하니엘은 부하와 대화한 후에 당황한 모습으로 히로에게 입을 열었다.

"후손님, 왕도까지 안내해 드리고 싶었지만 긴급한 용건이 생겼습니다. 죄송하지만 이 앞은 클라우디아 왕녀를 의지해 주십시오. 급한 상황이라 말 위에서 실례하겠습니다!"

하니엘은 그렇게 말하자마자 클라우디아 곁으로 갔고, 10기 정도의 부하를 데리고 대열을 벗어나 설원을 전속력으로 달려갔다.

마차로 돌아온 히로를 향해 클라우디아가 고개를 숙였다.

"죄송합니다. 하니엘의 영지에서 문제가 생긴 모양이에요."

클라우디아가 심각한 얼굴로 말했기에 히로는 고개를 젓고 웃었다.

"신경 쓸 것 없어. 그보다 레벨링 왕국에 관해 여러 가지로 가르쳐 줬으면 좋겠는데……."

"예! 좋은 점이 잔뜩 있어요. 우선은 왕도부터 설명할게요!"

클라우디아는 활짝 웃더니 왕도에 관해 신나게 떠들기 시작했다.

레벨링 왕국에서 가장 큰 성벽 도시 《자설곽(紫雪郭)[티아니]》은

외적으로부터 동족을 지키기 위해 깊이 해자를 파고, 이중 성벽이 내측을 단단히 굳히며, 유일한 출입구인 도개교를 설치하여 만전의 방비 태세를 펴고 있었다. 또한 눈이 쌓여 하얗게 덮인 거리는 아름다운 백악(白堊)으로 이루어져 사람들의 마음에 존엄을 불어넣었다. 만약 날씨가 맑았다면 햇빛을 받은 경관이 보는 자 모두를 매료했을 것이다.

성곽 안에 있는 언덕에서는 《자은전(티아르)》이라 불리는 왕의 궁전이 거리를 내려다보고 있었다.

그 왕궁에 도착한 히로 일행을 클라우디아가 알현실로 안내했다.

천장에 매달린 호화로운 조명이 내부를 밝게 비추고 있었다.

히로는 바닥 중앙에 깔린 붉은 융단 위를 걸었고 헌상물을 든 고관들이 그 뒤를 따랐다.

좌우에 자리한 레벨링 귀족들의 시선을 받으면서도 당당히 걷는 히로의 모습은 많은 귀족들에게 감동을 줬는지 여기저기서 감탄의 한숨이 흘러나왔다.

히로는 머지않아 바닥에 무릎 꿇고 그란츠식 예를 취했다.

“폐하, 이렇게 초대해 주셔서 감사합니다.”

“잘 오셨소. 국왕인 수보로프 반 레벨링이라고 하오. 『군신』의 후손님을 이곳에 초대하게 되어 로크스께서도 기뻐하실 것이오.”

“그렇게 말씀해 주시니 저희 선조도 기뻐하실 겁니다. 약소한 선물이지만 이것을 받아 주십시오.”

히로는 고관들에게 지시를 내렸다. 여러 헌상물이 국왕 앞에 늘어섰다.

"고맙소. 글라이하이트 황제 폐하께 아무쪼록 잘 전해 주시오."

감사를 표한 국왕은 흐뭇한 표정을 짓고서 히로를 향해 입을 열었다.

"그런데 히로 님은 아내가 있으신가?"

"어…… 예?"

"이것도 인연 아니겠소? 혹시 상대가 없다면 이쪽과 인연을 맺는 건 어떨까 싶어서 말이오."

히로가 어떻게 거절할지 궁리하고 있는데 왕 옆에 대기 중이던 한 인물이 앞으로 나왔다.

'……호오.'

그와 눈이 마주친 순간, 몸 안쪽에서 경종이 울렸다.

질투, 증오, 살의— 온갖 부정적인 감정이 담긴 시선에 히로의 눈도 험악해졌다. 그러나 남자는 경박하게 웃고서 왕에게 다가갈 뿐이었다.

"아바마마, 그건 다음 기회에 얘기해도 되지 않습니까. 히로 님은 긴 여행으로 피곤하실 겁니다. 우선은 휴식하실 수 있도록 하는 편이 좋을 것 같습니다만?"

그는 레벨링 왕국의 적자이자 차기 국왕으로 여겨지는 프라우스 반 레벨링으로, 올해로 서른을 넘는다는 모양이다. 인족이라면 장년일 테지만, 마족의 피가 짙게 남아 있는지 겉모습은 아주 젊어서 나이 든 느낌은 전혀 들지 않았다.

“흠, 그도 그렇군.”

왕은 프라우스의 의견을 받아들여 깊이 고개를 끄덕인 뒤에 히로에게 눈을 돌렸다.

“히로 님, 오늘은 느긋하게 쉬도록 하시오. 그리고 내일 열리는 내 사랑하는 딸의 축하연에 꼭 출석해 주셨으면 하오. 괜찮으시겠소?”

“예, 꼭 참석하도록 하겠습니다.”

히로는 왕에게 고개를 숙인 뒤, 일어나 등을 돌렸다.

그리고 그대로 귀족 제후들의 박수 속에서 알현실을 나갔다.

시종에게 안내받은 곳은 자은전 안에 있는 객실이었다.

히로는 근처에 놓인 책상 앞에 앉아 품에서 종이 두 장을 꺼냈다.

레벨링 왕국의 조직도와 이 나라를 조사 중인 밀정에게 받은 보고서였다.

“로크스…… 네가 세운 나라도 1000년이 지나 커다란 변혁의 때를 맞이하고 있는 것 같아.”

현재 왕의 힘은 약했다. 폭군은 아니지만 명군도 아니었다. 참으로 평범하였고, 다른 사람을 끌어들이는 패기조차 가지고 있지 않았다. 대면하고 알았으나 왕의 위엄은 없었다.

“그런 왕을 따르는 자는 한정되어 있어. 그 아들도 왕을 깔

보고 있었지."

프라우스의 시선을 떠올렸다. 그것은 전장에서나 맛볼 수 있는 종류였다.

야심가를 연상시키는 고압적인 태도는 하고 싶은 대로 마음껏 하면서 자란 자가 보이는 특유의 버릇이었다.

"이 나라를 현재 왕에게 맡겨 두는 것도 불안하고, 프라우스 왕태자가 왕위를 물려받는 것도 위험한가…… 그렇다면 남은 수단은—."

그렇게 궁리하고 있는데, 그 생각을 중단시키는 듯이 문 밖에서 노크 소리가 들려왔다.

"실례합니다."

들어온 이는 도리쿠스였다. 그의 얼굴은 어둡게 가라앉아 있었다.

"그 모습을 보니 기쁘지 않은 결과였던 모양이네."

"예, 이건 이미 전쟁 중이라고 해도 될 겁니다. 아무리 온 나라의 귀족들이 모인다고는 해도 수가 너무 많습니다."

도리쿠스는 레벨링 왕국 내에 침입해 있는 밀정과 접촉하고 있었다.

그는 품에서 보고서를 꺼냈다.

"각지에서 잇따라 병사가 모이고 있습니다. 지금은 1만을 넘었을 겁니다. 앞으로도 계속 늘어날 것 같습니다."

"이유는 왕녀를 축하하기 위한 화려한 군사 연습인가……."

보고서를 다 읽은 히로는 의자에 등을 기댔다.

“병사를 모으고 있는 자는 알아냈나요?”

“삼마장 중 한 사람인 바알 반 비테니아. 선왕 대부터 섬기고 있는 모양이라 현왕의 신뢰도 두텁고, 국민들에게서도 절대적인 지지를 받고 있습니다.”

그런 자가 군사 연습을 명목으로 각지에서 병사를 모으고 있었다.

왕도 의심은 하지 않을 것이다. 아무 일도 없을 거라고 철석같이 믿고 있을 테지만…….

“목적을 알 수가 없네. 새삼 왕위를 원하지는 않을 테고, 너무 돌발적인 행동이야.”

보고서에는 바알이라는 남자가 움직인 것이 최근 몇 주간이라고 적혀 있었다.

왕위가 목적이 아니라면 그란츠 대제국에 침공하려는 걸까? 무모하기 짝이 없었다. 북방의 상비군은 10만이라고 하는데, 그에 반해 레벨링 왕국은 평상시 3만에도 못 미쳤다. 징병하더라도 5만이 한계이리라.

“페르젠 잔당군과 동조한다고 해도 무모합니다. 이웃 나라들도 동조하진 않을 겁니다.”

리히타인 공국이 생각보다 빨리 항복했기에, 그란츠 대제국에 원한을 가진 이웃 나라들은 주저하고 있었다. 게다가 페르젠에는 리즈가 병사들을 이끌고 향하는 중이었다. 아우라와 힘을 합치면 잔당군은 금세 진압될 것이다.

“그래도 경계해서 나쁠 건 없지.”

히로는 생각을 끝내고 문을 향해 입을 열었다.

"무닌, 후긴, 거기 있어?"

곧장 두 사람이 들어왔다. 방 안 분위기를 알아차렸는지 긴장한 얼굴이었다.

"도리쿠스 2급 무관은 잠복 중인 밀정과 함께 바알의 신변조사를 계속해 주세요."

무닌과 후긴에게 눈을 돌리자 그들은 그 자리에 무릎을 꿇고 마른침을 삼켰다.

"너희도 할 일이 있어. 그러니 잠시 얘기를 들어줘."

# 제4장 눈보라 속에 숨어 있는 불씨

제국력 1023년 10월 10일.

몹시 추운 날이었다. 동쪽 하늘에 뜬 태양은 구름에 막혀 대지로 손을 뻗지 못하고 있었다. 흡사 짐승의 포효 같은 소리를 내며 강풍이 민가의 벽을 때리고, 쌓인 눈을 휘감아 올렸다.

평소에는 노점이 늘어서는 중앙대로도 가게를 닫고 오가는 사람들이 없어 한산했다. 왜냐하면 사람들은 집에 틀어박혀서 난로 앞에 앉아 기도를 올리며 눈보라가 지나가기를 기다리고 있기 때문이다.

그러나 거리 모습과는 딴판으로 《자은전》은 열기에 휩싸여 있었다.

홀에 분산되는 빛을 받은 사람들의 얼굴은 희색으로 물들었고, 스무 개가 넘는 긴 테이블 위에는 다양한 요리가 차려졌으며, 은제 술잔은 샹들리에 아래에서 복잡하고 매력 넘치는 빛깔을 냈다. 그 테이블 주변을 에워싼 것은 와인잔을 한 손에 들고 담소하는 귀족들이었다.

"이거 참, 무슨 일이랍니까. 하필이면 이렇게 경사스러운 날에 눈보라가 치다니."

"나쁘게 받아들일 필요는 없습니다. 하늘이 축복하고 있는 걸지도 모르죠."

"맞습니다. 우리 마족이 탄생한 날에는 지상을 쪼갤 정도의 대재해가 일어났었다는 모양입니다."

"그렇군요. 바꿔 생각하면 오늘은 길일이라고 할 수 있을지도 모르겠어요."

"그렇습니다. 클라우디아 왕녀께서 열여섯 살이 되신 기념할 만한 날이지요."

귀족 한 명이 그렇게 말하자 모두의 시선이 왕 근처에 앉은 왕녀에게 향했다.

"저 아름다움은 그란츠 대제국의 제6황녀에게도 지지 않을 겁니다."

"직접 보신 적이 있는 겁니까?"

"아뇨, 아뇨. 소문으로 들은 정도입니다."

그렇게 잡담하는 귀족들 사이에 섞여 히로는 혼자 음식 접시를 손에 들고 주변을 둘러보고 있었다.

'온화한 분위기가 흐르고 있지만…….'

머리 위를 보니 툭 튀어나온 발코니에서 음악대가 선율을 연주하고 있었다.

홀의 벽 쪽으로 눈을 돌리자 살벌한 장비를 갖춘 병사들이 경비는 완벽하다고 말하고 싶은 것처럼 무기를 들고 서 있는 모습이 보였다.

"히로 전하, 별로 즐겁지 않으신 것 같습니다."

"아아, 아뇨, 그렇진 않습니다."

그란츠 대제국에서 함께 온 고관 중 한 사람이 말을 걸어와서, 히로는 쓰게 웃고 유리잔을 집어 물을 한 모금 마셨다. 모두가 술을 즐기는 가운데 물을 마시는 자신이 몹시 이질적인 존재처럼 여겨졌다.

"히로 님, 축하연은 즐겁게 보내고 계십니까?"

그렇게 또 말을 걸어온 사람은 갸름한 얼굴의 잘생긴 남자였다.

호화로운 외투를 걸친 모습은 기품이 감돌았고, 고귀한 분위기를 휘감고 있었다.

그 용모는 어른스러운 인상을 주지만 모습만 보면 소년 같기도 했다.

프라우스 반 레벨링. 레벨링 왕국의 적자였다.

히로는 가볍게 인사하고 입을 열었다.

"이게 누구십니까. 프라우스 왕태자, 무척 즐겁게 보내고 있습니다."

"하지만 멀리서 보니 재미없으신 것 같더군요."

프라우스는 농담처럼 말하고서 와인을 단숨에 들이켠 뒤, 테이블로 걸어가 술병을 들고 히로 앞으로 돌아왔다.

"자, 마십시다. 히로 님이 즐기질 못하면 시조 로크스도 슬퍼하실 테니."

프라우스가 병을 기울였지만 히로는 고개를 가로저었다.

"아뇨, 전 술을 못 마셔서 마음만 감사히 받겠습니다."

"……그거 아쉽군요. 그럼 다음 기회에 마십시다."

"그건 그렇고, 축하연인데 이렇게 삼엄한 경비는 이상하지 않나요?"

히로가 지적하자 프라우스는 한순간이었지만 얼굴을 험악하게 일그러뜨렸다.

"그란츠 대제국의 황족을 맞이하는데 당연히 경비가 삼엄해질 수밖에 없지요."

프라우스는 과장되게 손짓하며 설명을 계속했다.

"궁전 내부에는 병사 1천을 배치했고, 이곳에도 100명이 넘는 병사가 대기하고 있습니다."

그렇게 말하고서 프라우스는 주변을 둘러보았다.

1층 벽 쪽에서는 근위병이 수상한 자가 숨어들지는 않았나 눈을 빛내고 있었고, 2층으로 시선을 주자 음악대가 악기를 들고 우아한 음을 연주하고 있었다. 그 뒤에서는 근위병이 2인 1조로 주변을 경계 중이었다.

빈틈은 없다. 프라우스는 만족스럽게 고개를 끄덕이고 히로의 어깨를 부드럽게 두드렸다.

"안심하십시오, 삼마장이 경비를 진두지휘하고 있으니 쥐새끼 한 마리 숨어들 수 없습니다."

"그렇군요. 이변이 일어나도 바깥에 알려질 일은 없다는 건가요."

"그런 사소한 일은 알 필요도 없다는 겁니다."

히로의 말에 프라우스는 당돌하게 웃었다.

그때, 오른쪽에서 환성이 들리더니 홀과 복도를 연결하는 호사스러운 문이 열렸다.

"우리나라의 영웅이 온 모양이군요."

프라우스가 그렇게 말했을 때, 키 큰 남자가 다가왔다.

"잘 와 주었네. 경비는 어떤가?"

"문제없습니다."

남자는 한 손을 칼자루에 얹고서 말했다.

그 끝에는 마력의 근원— 커다란 보라색 결정이 박혀 있었다.

'……호오, 반가운 마석이네.'

1000년 전에 본 적이 있는 형태, 마족(조로스터)의 왕이었던 종마(宗魔) 중 한 사람이 남긴 마석이었다.

그 소유자는 1000년 전에 히로가 직접 목을 쳤었다.

"히로 님, 이쪽은 우리나라의 영웅, 삼마장 갈리우스 반 사잔드 경입니다."

"히로 슈바르츠 폰 그란츠입니다."

히로가 손을 내밀자 갈리우스가 기뻐하며 맞잡았다.

"호오! 당신이 『군신』의 후손입니까! 그 무용은 선조에게 부끄럽지 않을 정도라고 이 변경 땅까지 알려져 있습니다."

"소문은 과장되기 마련입니다. 그대로 믿을 건 못 되죠."

"그렇게 겸손해하실 것 없습니다. 나중에 꼭 승부를 부탁하고 싶군요!"

갈리우스는 당장에라도 검을 뽑을 기세였다. 히로는 그 태도에 난처한 표정을 지었다.

"갈리우스, 그쯤 해 둬."

보다 못했는지 프라우스가 끼어들었다.

"히로 님이 곤란해 하시잖은가. 그보다 경비 태세는 어떻지?"

갈리우스는 불만스러워 보였지만 히로에게서 떨어져 입을 열었다.

"……**역적**은 한 사람도 들어올 수 없을 겁니다."

"그거 믿음직스럽군. 그런데 왜 삼마장이 여기 있나? 너희는 이런 자리를 별로 안 좋아하잖아."

"모처럼 생긴 기회이니 저희도 즐기자 싶어서 말입니다. 저 녀석은 원래부터 참가할 생각이었던 것 같습니다만."

갈리우스의 시선이 어떤 인물에게 향했다.

후드를 뒤집어써서 표정이 보이지 않는 사람이었다. 그저 벽 쪽에 꺼림칙하게 서 있을 뿐이었다.

"그는 삼마장, 바알 반 비테니아. 혜마(慧魔)[프루멘티]를 담당하며, 마궁(魔弓) 페일노트의 소지자이기도 합니다."

의아하게 보는 히로를 알아차렸는지 프라우스가 그렇게 설명해 주었다.

"그렇군요, 그가……."

히로가 고개를 끄덕이자 음악대가 화려한 음을 연주하기 시작했다.

차분한 연주에서 떠들썩한 연주로 변하며 알현실에 감도는 공기가 거칠게 물결쳤다.

"시간은 참 빨리 지나가는군요. 슬슬 아바마마께 인사드리러 가야겠습니다."

콧소리를 낸 프라우스는 와인을 한 모금 마셨다.

그리고 잠시 후 술잔을 테이블에 내동댕이치듯이 놓았다.

"히로 님도 같이 가시는 게 어떻습니까?"

"예, 저도 슬슬 가야겠다고 생각 중이었습니다."

두 사람은 나란히 걷기 시작했다.

히로는 곁눈질로 프라우스의 표정을 엿보았으나 무슨 생각을 하고 있는지 전혀 읽을 수 없었다.

"히로 님은 이 나라를 어떻게 생각하십니까?"

옥좌가 있는 계단을 올라갈 때, 프라우스가 그렇게 물었다.

"좋은 나라라고 생각합니다. 사람들의 얼굴은 밝고 왕도 선정을 펴고 있어요. 조금 불만이 있다면 춥다는 점일까요."

"확실히— 그렇죠."

훗, 프라우스는 빈정거림을 담아 웃고서 발을 멈췄다.

"히로 님, 먼저 가십시오. 저는 히로 님의 인사가 끝난 뒤에 하겠습니다."

"알겠습니다. 그럼 나중에 뵙죠."

가볍게 인사한 히로는 계단을 다 올랐다. 눈앞에는 옥좌에 앉은 국왕과 그 옆에 앉아 우아하게 미소 짓는 클라우디아 왕녀의 모습이 있었다.

"오오, 히로 님, 잘 오셨소!"

술이 들어간 탓인지 묘하게 기분 좋아 보이는 국왕은 양팔을 벌리고 히로를 맞이해 주었다.

"인사가 늦어서 죄송합니다. 오늘 이렇게 초대해 주셔서 감사합니다."

"그렇게 딱딱하게 굴 필요 없소. 그보다 축하연은 잘 즐기고 계시오?"

"예, 무척 유익한 시간을 보내고 있습니다."

"그거 다행이오. 오늘은 업무를 잊고 마음껏 즐기시오!"

"그러도록 하겠습니다. 그럼 앞으로도 그란츠 대제국과 레벨링 왕국의 우호가 길이길이 이어지도록 잘 부탁드립니다."

히로는 간략하게 예를 취한 뒤, 발길을 돌렸다. 그때 클라우디아가 가볍게 인사하는 것이 시야 끄트머리에 잡혔다. 그대로 걷기 시작한 히로는 프라우스와 스쳐 지나갔다.

그 표정은 숨길 수 없는 분노로 일그러져서 찌푸린 눈으로 국왕을 노려보고 있었다.

히로는 가슴이 술렁이는 것을 느끼고 돌아보려 했지만—.

"오오! 프라우스! 네가 개최해 준 축하연은 대성공인 모양이다!"

"하하! 아바마마. 이것도 전부 클라우디아를 위해, 우리 레벨링 왕국의 권위를 나타내기 위한 겁니다."

"음, 히로 님도 즐거워하시더군."

즐겁게 대화가 이어지고 있었다. 히로는 기분 탓인가 싶어서 그대로 계단을 내려가려고 했다.

그때—.

무언가가 쓰러지는 큰 소리가 고막을 때렸다.

그 불길한 소리가 메아리치며, 음악대가 연주하는 선율과 함께 불협화음을 만들어 냈다.

"……무슨!"

황급히 몸을 돌린 히로가 본 것은—.

"아바마마, 당신은 명군도 아니고 암군도 아닙니다. 그저 평범한 왕이었어요. 평화로운 세상이었다면 그것도 괜찮았겠죠."

피 묻은 검을 든 프라우스, 그가 내려다보는 것은 바닥에 쓰러진 목 없는 왕이었다.

이상을 감지한 귀족들이 웅성거렸고, 긴장된 공기가 사람들의 몸을 무겁게 만들었다.

"하지만 앞으로 찾아올 시대는 달라. 그란츠 대제국의 말만 따르면 되는 세상이 아니게 돼. 우리 **마족**은 자립해야 해. 그러기 위해서는 이 방법밖에 없었습니다. 무척 유감스럽지만……아바마마라면 이해해 주시겠죠."

프라우스는 희열에 일그러진 얼굴을 한 손으로 덮고서 몸을 앞으로 굽히고 크게 웃었다.

"아하하하하! 기뻐서 견딜 수가 없어! 드디어 옥좌가 내 수중에 들어왔으니까!"

프라우스가 느릿하게 목을 움직여 충혈된 눈동자를 히로 쪽으로 돌렸다.

"푸흐, 하하하, 히로 님! 아직 있었나. 그 얼굴은 뭐지? 깜짝 놀랐나?"

몸을 뒤로 젖히고서 미친 듯이 웃는 프라우스— 동시에 왕녀 클라우디아의 입에서 비명이 튀어나왔고 그녀는 왕의 시체를 끌어안으며 울부짖었다. 그러나 그것은 귀족들의 절규에 지워져 버렸다.

히로가 홀을 둘러보니 근위병이 귀족들에게 달려들고 있었다.

마음을 편하게 하는 곳이었던 알현실은 한순간에 포학(暴虐)으로 가득 채워져 갔다.

"왕이든, 부모든, 그렇게 된 이상 단순한 고깃덩어리야. 가축과 하등 다를 바 없어. 안 그래? 응? 클라우디아."

"오라버니…… 역시 당신은……!"

"그런 헛소리를 지껄인 네 잘못이야. 나도 그에 상응하는 일을 해야만 해. 최후의 선을 넘게 만든 건 너야!"

"오라버니…… 당신은 정말로 어리석군요."

"그 말, 너한테 그대로 돌려주지."

프라우스는 클라우디아에게 다가가 거칠게 그 머리카락을 잡아당겼다.

"으윽?!"

"쓸쓸해 할 것 없어. 아바마마는 없어졌지만 내가 있지. 자유롭지는 않겠지만 불편하지는 않을 거야."

"흐윽……."

"나한테 전부 맡겨. 나쁘게 대하지는 않으마."

프라우스는 천하게 웃었다. 그 눈은 정욕에 지배되어 있었다.

그는 클라우디아를 억지로 일으키고 그 가는 허리에 팔을 둘러 끌어당겼다.

"앞으로는 쭉 함께 있는 거다. 우리에게는—."

프라우스의 말은 도중에 중단되었다.

클라우디아의 가슴 부근에 있는 목걸이를 보았기 때문이다.

"왜— 네가 그걸 갖고 있지?"

프라우스에게서 오싹하게 낮은 목소리가 흘러나왔다.

그는 눈에 새기는 것처럼 목걸이를 응시했다.

클라우디아는 그 틈을 타 프라우스를 밀쳐 냈다.

두 사람의 거리가 벌어지자 클라우디아는 목걸이를 지키듯 움켜쥐었다.

"오, 오라버니, 대체 이게 어떻게 된 일인가요?!"

"그걸 내놔. 네가 가지고 있어 봤자 소용없는 물건이야."

"대답해 주세요! 왜 아바마마를 죽인 건가요! 게다가 제후 분들을 이렇게—."

"알 필요 없어. 넌 그저 닥치고 내 말대로 하면 돼."

"오, 오지 말아 주세요……."

뒷걸음질 치는 클라우디아에게 다가가던 프라우스는 도중에 발을 멈췄다.

"거기까지 하시죠?"

히로가 두 사람 사이를 가로막았기 때문이다.

"히로 님…… 뭐 하는 거지?"

"당신의 얼굴이 몹시 추악하여 보고 있을 수가 없었거든."

클라우디아를 등 뒤에 두고 히로가 오른손을 들었다.

그러자 아무것도 없는 공간에서 『천제(엑스칼리버)』가 나타났고, 칼끝으로 프라우스의 얼굴을 겨누었다.

갑자기 나타난 『천제』를 보고 프라우스는 당황하여 뒤로 물러났다.

"그, 그건 뭐지?"

"신경 쓸 필요 없어."

히로는 허리를 낮춰 상체를 살짝 숙였다.

수평으로 검을 겨눈 채 허리를 비틀고 왼손을 칼날에 댔다.

세련된 동작을 앞에 두고 프라우스는 히로가 진심임을 깨달았는지 확연하게 낭패를 보였다.

"히로 님, 기다려. 당신은 포로가 돼 줬으면 좋겠어. 거칠게 다루진 않을 거야. 귀빈처럼 대접하겠어. 그란츠 대제국과의 교섭 재료로 써야 하거든."

"그런 말을 들은 이상 검을 거둘 필요는 없겠네."

재빠른 움직임으로 검을 찔러 들어갔다.

프라우스는 피하지 못했고, 오른팔이 선혈을 흩뿌리며 허공을 날았다.

"으아아아아아아?! 파, 팔이…… 아, 아아아?!"

"보기 흉해. 추한 것도 정도가 있어. 일국의 왕태자라면 이를 악물고 버텨."

"네, 네 이놈, 용서 못 해! 죽여 버리겠어!"

"나는 살려 두도록 할게. 당신은 인질로서 이용 가치가 있으니까."

이 사태를 일으킨 것은 틀림없이 프라우스다.

주모자인 그를 인질로 삼는다면 이곳에서 벗어날 수도 있을 것이다.

히로가 한 발자국 내딛자 순간 몸을 잃은 목이 왼쪽에서 날아왔다.

머리는 바닥에 부딪혀 몇 번 튀다가 중력에 이끌려 멈췄다.

고통에 일그러진 목이 네 개— 히로도 프라우스도 본 적 있는 얼굴이었다.

그란츠 대제국 고관들의 목이었다.

"왜 특사들을 죽였지?!"

그 말을 꺼낸 사람은 뜻밖에도 프라우스였다.

당황하는 것을 볼 때 그의 지시가 아닌 모양이었다.

"죄송합니다. 정중히 피난시키려 했더니 저항하길래 목을 베어 버렸습니다."

"무, 무슨 짓을…… 그란츠 대제국과 싸울 셈인가?!"

"안심하십시오. 몇 명은 산 채로 잡았으니 문제없을 겁니다."

"웃기지 마! 한 명이라도 죽이면 그란츠 대제국의 화를 살 게 뻔하잖아!"

프라우스는 계속 소리쳤으나 키 큰 남자— 갈리우스는 무시하고 계단을 올라왔다.

온몸에 피를 뒤집어쓴 모습은 악귀를 연상시켰다. 하지만 고작 네 명의 목을 벴다고 이토록 지독한 모습이 되지는 않으리라. 스스로 피를 뒤집어쓰러 가지 않는 한— 특사 말고도 여럿 죽인 것은 명백했다.

"자, 지금부터는 내가 상대하지— 라고 말하고 싶지만, 히로 님."

발을 멈춘 갈리우스를 수상히 여긴 히로는 몸을 긴장시켰다.

"틀렸어. 뒤쪽이야."

"크—?!"

히로는 갑자기 날아온 화살 하나를 순간적으로 튕겨 냈다. 이어서 두 발째 화살이 미간을 노리고 날아왔다.

이것도 피하는 데 성공했지만 갈리우스가 달려들었다.

"하하하! 과연 『군신』의 후손이야! 즐겁게 해 주는군!"

히로는 갈리우스의 공격을 피하며 홀 입구로 눈을 돌렸다.

활짝 열린 커다란 문으로 수많은 병사들이 우르르 밀어닥치고 있었다. 그들은 창끝과 칼날을 무디게 번뜩이며 망설이지 않고 귀족들을 공격했다.

무기도 없고 취한 상태여서야 저항할 수도 없어서, 귀족들은 눈 깜짝할 사이에 무참히 죽어 갔다.

"바알의 활 실력은 일급이지. 이렇게 사람이 넘쳐 나는 곳에서도 정확히 표적을 포착해. 피하기 쉽지 않을걸!"

아비규환이 된 곳에서 화살이 날아오는 장소를 찾는 히로에게 갈리우스가 대답해 주었다.

"훗, 언제까지 방어만 할 생각이지? 질리는군!"

몸을 뒤로 젖혀서 갈리우스의 칼을 피한 히로는 공격에 나섰다.

1합, 2합, 맞부딪치고, 날아오는 화살을 피한 뒤에 다시 달려들었다.

'위험한데……. 클라우디아 왕녀를 지키면서 두 명을 상대하는 건 불리해.'

잇따라 육박한 화살 세 개를 『흑춘희』 자락이 펄럭이며 튕겼다.

날아오는 화살은 히로가 아니라 클라우디아 왕녀를 노리고 있었다.

바알이라고 했던가…… 갈리우스의 무예가 히로보다 못하다고 판단했는지 표적을 클라우디아 왕녀로 바꿔서 이쪽의 움직임을 봉쇄했다.

'바알이라는 녀석을 찾아서 베어 봤자…….'

클라우디아 왕녀는 죽을 것이다. 화살 궤도에 망설임은 없었다. 확실하게 그녀의 목숨을 뺏을 생각으로 쏘고 있었다.

그렇게 궁리하는 동안에도 알현실에서는 많은 귀족이 죽어 갔다.

비명, 노호, 절규, 이 세상의 온갖 부정적인 외침이 홀을 지배했다.

게다가 할 일이 없어진 근위병들이 옥좌를 향해 오고 있었다.

"왜 그러지? 공격에 망설임이 드러나고 있어! 날 상대로 상당히 여유롭군!"

"당신 정도를 상대하기에는 이걸로 충분하다고 판단한 것뿐입니다."

"뭐라?"

"봐, 발밑이 허술해졌어."

"뭣— 읏?!"

갈리우스가 깨달았을 때는 이미 늦었다. 그는 계단 가장자리까지 몰려 있었다.

"바알이라는 사람이 있는 곳은 특정됐어. 그 화살의 궤도상에 서면 클라우디아 왕녀를 지킬 수 있지."

히로가 갈리우스의 한쪽 발을 찼다.

"그런 고로 일단 휴전하자. 멧돼지를 상대할 만큼 한가하지 않거든."

"칫?!"

계단을 헛디딘 갈리우스의 자세가 무너졌다. 히로는 큰 틈이 생긴 것을 놓치지 않고 즉각 갈리우스에게 앞차기를 날렸다.

"으악?!"

갈리우스는 기세 좋게 계단에서 굴러 떨어졌다.

그 모습을 흘낏 본 히로는 몸을 돌려 클라우디아에게 달려갔다.

"클라우디아 왕녀, 한시라도 빨리 여기서 탈출해야 해."

"하, 하지만……."

"망설이고 있을 시간 따위 없어. 무엇보다 여기 남아서 뭘 하려고? 지금 너는 아무것도 할 수 없어. 아버지의 원통함을 풀기 위해서라도 도망쳐야 해."

"……."

클라우디아가 주저한 것은 한순간이었고, 그 눈동자에 강한 빛을 담고서 일어섰다.

“이쪽으로!”

클라우디아에게 이끌려 도착한 곳은 옥좌 바로 뒤편이었다. 벽에는 국가의 문장이 그려진 막이 쳐져 있었는데, 클라우디아가 거칠게 젖히자 철제문이 나타났다.

하지만 문에는 손잡이가 달려 있지 않았고 틈도 없었다. 벽에 박혀 있을 뿐인 것처럼 여겨지기도 했다.

“이, 이건 폐쇄된 문 아니야?”

억지로 열고 있을 시간 따위 없었다. 그렇다면 강행 돌파해서 출입구로 도망쳐야 할까— 과격한 수단을 모색하기 시작한 히로 옆에서 클라우디아가 목걸이를 들었다.

“아뇨, 이걸 쓰면 열린다고 아바마마께서 가르쳐 주셨어요.”

클라우디아가 목걸이에 달린 보라색 결정을 보여 주었다. 히로는 이런 상황 속임에도 불구하고 마석에서 느껴지는 그리운 기척에 눈을 가늘게 좁히고 말았다.

‘아아…… 어디서 봤나 싶더니. 로크스, 네 마석이었구나.’

옛 친구와 만난 기분이 들었다. 이제 만날 일은 없을 거라며 단념했던 전우…….

히로는 눈가가 뜨거워지는 것을 느꼈다.

이것은 종마의 유물이 아니라 레벨링 왕국 초대 황제인 로크스 반 레벨링이 남긴 마석이었다. 차기 왕에게 인계되는 물건이기에 왕의 증거 『귀옥(貴玉)(델링그)』이라 불리는 모양이었고, 빛의 가감에 따라 선명한 색채를 띠었기에 금자수정이라고도 불리며 마석 중에서도 희소가치가 높다고 한다.

클라우디아가 금자수정을 문 중앙에 있는 홈에 끼웠다.

그러자 묵직한 소리를 내며 문이 저절로 열렸다.

"이 앞은—."

어디와 이어져 있냐고 물으려던 히로는 황급히 그녀의 등을 밀었다.

밀어닥치는 근위병들 사이를 누비며 수많은 화살이 날아왔기 때문이다.

히로는 『천제』를 휘둘러 모든 화살을 떨어뜨린 후, 근위병들에게 달려들었다.

"너무 나섰어."

먼저 한 명의 목을 치고, 이어서 두 명째 목을 갈랐다.

갑옷 틈으로 칼날을 미끄러뜨리자 근위병의 몸을 꿰뚫고 피가 공중으로 튀었다. 사방으로 흩날린 피가 바닥에 묻기 전에 히로는 백은빛을 교차시켜 시체의 산을 만들어 갔다.

"더 할 거야?"

피보라 속에 여유롭게 선 히로가 대담하게 웃었다.

"읏……."

압도적인 무예를 본 근위병들의 기세가 완전히 꺾였다.

"으아아아아아! 잘도 내게 창피를 줬겠다!"

검을 든 갈리우스가 화를 터뜨리며 병사들을 헤치고 달려왔다.

"용서하지 않아도 돼. 나도 당신을 용서할 생각은 없으니까."

순간— 갈리우스의 검과 『천제』의 칼날이 불꽃을 튀기면서 맞부딪쳤다.

"안심하도록 해. 반드시 그 목을 받으러 가지. 그러니 깨끗이 닦고서 기다리고 있어."

"으억?!"

히로는 갈리우스의 얼굴을 때린 뒤, 등을 돌렸다.

"또 보자."

활짝 열린 문 너머— 어둠 속으로 히로의 모습이 사라졌다.

그리고 문이 닫혔다. 곧장 화살 몇 개가 날아왔지만 철벽에 튕겼고, 정신을 차린 근위병들이 쇄도했다.

"손잡이가 없어?!"

"틈에 검을 집어넣고 비틀어 열어!"

"틀렸어. 틈 따위 안 보여!"

"말도 안 돼. 그럼 어떻게 열었던 거야?!"

"얼른 쫓지 않고 뭐 하는 거냐?!"

프라우스의 호통이 울렸다. 그는 가쁘게 숨을 몰아쉬고 있었다. 흥분 상태라는 점도 있겠지만 한쪽 팔을 잃은 것도 원인 중 하나이리라.

프라우스는 근위병들의 사이를 지나 철제문 앞에 섰다.

"이건 뭐야……."

"『귀옥』이 없는 자는 열 수 없는 것 같군요."

의아해하며 문을 만지는 프라우스의 등 뒤에서 갈리우스가 증오를 짓씹으며 말했다.

"……이런 게 있다는 말은 못 들었어."

"대대로 왕에게만 전해지는 거겠죠."

"젠장! 클라우디아를 놓치면 계획은 실패로 끝나! 게다가 그 녀석은 『귀옥』까지 가져가 버렸어! 오늘 이날을 맞이하기 위해 얼마나 시간을 들였는데!"

프라우스가 짜증을 토하며 문을 발로 찼다.

갈리우스가 그 뒤에 서서 달래듯이 속삭였다.

"실패하지는 않습니다."

"어떻게 그리 단언할 수 있지?!"

"진정하십시오. 그렇게 흥분하면 과다 출혈로 죽어 버릴 겁니다."

"애초에 왜 너는—."

프라우스가 분노에 몸을 맡기고 뒤돌았다. 그곳에 있던 이는 갈리우스가 아니라— 후드를 뒤집어쓴 마족이었다. 그 손에는 마궁 페일노트가 쥐어져 있었다.

삼마장(아수라), 바알 반 비테니아였다.

"길을 잃었다면 새로 만들면 그만입니다. 목적지는 단 하나니까요."

"비, 비테니아 경."

역량을 가늠할 수 없는 바알의 분위기에 압도되어 프라우스의 분노는 소실되었다.

바알은 누구에게도 얼굴을 보인 적이 없었다. 다른 사람의 눈을 꺼리는 것처럼 늘 후드를 뒤집어쓰고 있기에, 몹시 추한 얼굴이거나 아니면 천상에 사는 신들 같은 얼굴일 거라고 백성들의 평가는 둘로 나뉘었다. 그렇게 신원도 확실하지 않은 자가 국가의 중추에 있는 것을 위험시하는 자도 적지 않았다. 그런데도 그가 삼마장이라는 지위를 계속 유지하고 있는 것은 오로지 그의 유례를 찾아보기 힘든 지략이 항상 국가 번영을 위해 사용되었기 때문이었다.

"우선은 국민에게 설명하십시오. 시간이 지연되면 그만큼 의심의 눈길이 짙어집니다."

프라우스도 예외는 아니어서 바알의 지략을 신뢰하고 있었다.

"어떻게 설명하면 좋지?"

"그 전에 팔부터 치료받기로 하죠."

바알은 의사를 불러오라고 근위병에게 전한 뒤, 비밀 통로가 연결되어 있을 만한 장소를 찾으라고 갈리우스에게 지시했다.

그사이에 프라우스는 옥좌에 앉아 다른 근위병을 불렀다.

그리고 와인과 과일을 가져오라고 명하고서 바알에게 뒷말을 재촉했다.

"그래서, 국민에게 뭐라고 설명하면 좋지?"

"그란츠 대제국의 사자와 대귀족 몇 명이 내통하여 국왕을 암살했을 뿐만 아니라 왕녀를 납치했다고 하십시오. 그럼 국민의 의식은 잠시나마 바깥으로 향할 겁니다."

"……클라우디아는 어쩌고?"

"이 나라에서 나가기 전에 붙잡으면 됩니다. 하지만 놓친다면 십중팔구 그란츠 대제국으로 향하겠죠. 그분에게 남은 길은 그것밖에 없으니까요."

"그란츠 대제국으로 도망치면 위험해. 그 녀석은 『귀옥』을 가지고 있어."

"그렇게 되면 대의명분을 얻은 그란츠 대제국이 쳐들어오겠군요."

"국민은 나를 찬탈자라고 부를 거야! 국내 귀족들도 대부분 돌아서겠지!"

"그렇게 되기 전에 수를 쓰면 됩니다."

"가능한가?"

바알은 초승달 형태로 입술을 벌리고서 작게 고개를 끄덕였다.

"우선은 방해되는 남부를 공격한 뒤에 그란츠 대제국에 침공하도록 하죠. 그때 국경선에 병사를 모아서 왕녀의 반환을 요구하며 대의가 이쪽에 있음을 대대적으로 나타내는 겁니다."

"바, 바보 같은 소리를……그란츠 대제국과 싸우겠다고?!"

"무서우십니까?"

도발하는 듯한 바알의 어조에 프라우스는 와인을 한 모금 마시고서 입술을 떨었다.

"당연하지. 나는 원래부터 녀석들과 싸울 생각은 없었어. 그란츠 대제국 북방에는 제5황군 10만이 있다고. 상비군을 합치면 12만이라는 얘기도 들려. 그에 반해 이쪽은 기껏 준비해봐야 4만이야. 이길 수 있을 리가 없잖아!"

"그건 한군데에 모여 있을 때 얘기죠. 분산되어 있으면 의미가 없습니다. 무엇보다 북방은 서쪽 『정령벽(프리트호프)』에 중점을 두고 있습니다. 제5황군 본대가 달려오려면 시간이 걸립니다."

"이길 수 있다는 건가?"

프라우스의 눈에 기대가 차올랐지만 바알은 담담히 현실을 입에 담았다.

"전술에 따라 달라지긴 하겠지만, 먼저 남부에서 방해되는 하니엘을 처리해야 합니다. 안 그러면 병사를 이곳에 집결시킨 의미가 없어집니다."

바라던 대답이 아니었기 때문인지 프라우스는 불만스러운 표정을 지었으나, 잠시 후 작게 고개를 끄덕였다.

"……이렇게 된 이상 어쩔 수 없지. 전부 그대에게 맡기겠네."

"—맡겨 주십시오. 일단 그란츠 대제국의 특사와 그 호위를 전부 말살하도록 할까요."

바알은 큭큭 하고 목을 울리고서 잔학하게 입가를 일그러뜨렸다.

*

"정말 죄송해요. 설마 오라버니가 이런 폭거를 저지를 줄은 몰랐어요."

클라우디아가 사죄하며 머리를 숙였다.

횃불의 불빛이 클라우디아의 옆모습을 비추었다. 뺨에 희미하게 눈물 자국이 생겨나 있었다.

히로는 사방을 둘러보았다. 벽에는 횃불이 걸려 있었는데 그것이 출구까지 이어져 있는 것 같았다.

눈을 감고 심호흡을 여러 번 한 뒤, 히로는 클라우디아를 향해 입을 열었다.

"여기 멈춰 서 있어 봤자 별수 없어. 우선은 출구로 가자."

횃불 하나를 집어 든 히로는 벽에 균등하게 배치된 홰에 불을 밝히며 걷기 시작했다. 그 뒤를 클라우디아가 말없이 따라갔다.

"이곳이 어디로 연결되어 있는지 알아?"

"예, 이 앞에 있는 출구를 빠져나가면 카리루스라는 마을로 나가는 것 같아요. 아바마마께 몇 번이나 들었으니 틀림없겠죠."

"프라우스 왕태자가 알고 있는 건 아니겠지?"

"여긴 『귀옥』을 가진 자만이 들어올 수 있는 곳이니까, 아바마마는 오라버니에게 가르쳐 주지 않았을 거예요."

"……그렇구나."

생전에 국왕은 이런 상황이 될 것을 예상했을지도 모른다.

국왕이 죽어 버린 지금, 그 진의를 알 수는 없었다.

그렇다면 지금부터 해야 할 일은 어떻게 프라우스의 폭주를 막을지 생각하는 것이었다.

묵묵히 계속 걸어가니— 이윽고 출구에 도착했다.

어렴풋한 빛 속에 돌문이 나타났다. 잘 관리되었는지 이끼 등은 보이지 않았다. 히로는 클라우디아를 물러나게 하고서 문을 밀어 열었다.

먼지가 날림과 동시에 돌 부스러기가 머리 위로 떨어졌다. 안으로 들어가니 녹슨 농기구가 비좁게 놓여 있었다. 히로는 소리 내지 않고 방 출구로 향해 바깥에 인기척은 없는지 살피고서 뒤돌았다.

"……어?"

그리고 무심코 멍청한 소리를 내고 말았다.

왜냐하면 클라우디아가 드레스를 벗어 던지고 속옷 차림이 되어 있었기 때문이다.

"……저기, 보지 말아 주셨으면 좋겠는데요."

클라우디아는 뺨을 빨갛게 물들였다. 히로는 탄식하고서 앞쪽으로 몸을 돌렸다.

"왜 드레스를 벗고 있는지 물어도 될까?"

"드레스 차림으로는 눈에 띌 테니까 갈아입어 둘까 싶어서……."

"그렇구나, 듣고 보니 확실히 그러네."

드레스 차림의 클라우디아를 데리고 밖으로 나가면 곧장 병사에게 발견될 것이다.

히로는 자신의 모습을 내려다보고 근처에 놓여 있던 마대를 집어 들었다.

"이건 맹점이었어. 나도 일단은 숨겨야 하나……."

설원이 펼쳐진 이 나라에서 검은 외투는 특히 두드러졌다.

히로는 마대를 찢어 크게 펼친 뒤 『흑춘희』 위에 걸쳤다.

"준비 다 됐어요. 히로 님, 가죠."

목소리가 들려서 돌아보니 클라우디아가 농민 복장으로 서 있었다.

은보라색 머리카락은 천에 덮였고, 옷에는 작은 구멍이 여기저기 뚫려 있었다.

"히로 님, 안대는 못 벗으시나요?"

"다쳤거든. 이 추위라면 상처에 해로울 테고, 벗고 싶어도 벗을 수가 없어."

"그렇군요…… 그럼 되도록 남의 눈에 띄지 않는 길로 가도록 해요."

클라우디아의 말을 마지막으로 두 사람은 동시에 밖으로 나갔다.

추운 하늘에 별은 없었다. 두꺼운 구름이 달빛을 어둠 속에 가두고 있었다.

지상에는 빛이 닿지 않았고, 강풍이 짐승처럼 포효했다.

"어서 이쪽으로!"

얼어붙는 바람에 섞여 흩날리는 눈이 시야를 덮는 가운데, 재촉하는 클라우디아의 목소리가 공기를 갈랐다.

히로는 황급히 쫓아가려 했지만 눈에 발이 빠져서 한쪽 무릎을 꿇고 말았다.

"괜찮으신가요?!"

"미안, 괜찮으니까 어서 가자. 여기 머물러 있다간 얼어 죽을 거야."

"그러네요. 추격자를 따돌리더라도 이 눈보라 속에서는……."

히로는 클라우디아의 손을 잡았다. 몹시 차가워져 있었다. 남은 시간은 얼마 없어 보였다. 몸을 녹이지는 못하더라도 최소한 바람을 피할 수 있는 장소를 찾아야 했다. 눈보라가 지나가면 다음은 추격자를 따돌려야 한다.

그때까지 가능한 한 체력을 온존해 둬야 했다.

"저기로 가자. 이 시간대라면 작업하는 사람도 없겠지."

히로가 가리킨 곳은 외양간— 저곳이라면 바람도 피하면서 체온도 그런대로 유지할 수 있을 것이다.

"아아, 하지만 네가 싫다면 다른 곳에서……."

"상관없어요. 왕녀가 외양간에서 묵었다니 아무도 안 믿을 거예요."

클라우디아는 솔선하여 걷기 시작하며 손가락을 입에 대고 미소 지었다.

"대신 비밀이에요. 백성들이 알면 졸도할 테니까요."

"물론, 알고 있어."

히로는 어깨를 으쓱이고 쓰게 웃었다.

클라우디아에게는 말하지 않았지만 외양간을 고른 것에는 이유가 있었다.

미리 왕도에 잠복시켜 두었던 부하들이 이 마을에 피난해 있을 터였기 때문이다. 그들과 정해둔 사항은 지극히 단순했다. 왕궁에 이변이 일어나면 왕도를 벗어나 인근 마을에 몸을 숨기라고 지시해 두었다.

'이렇게 추우니 후긴 일행은 버티지 못할 거야.'

이런 작은 마을에서 외부인은 눈에 띄어 버린다. 그런 상황에서 몸을 숨기려면 다른 사람의 시선을 피할 수 있는 곳이어야 하고, 그러면서 체온을 뺏기지 않는 장소는 한정적이었다. 이렇게 눈보라 치는 날씨에 시간대도 늦으니, 밖에 나오는 자가 별로 없다는 점을 고려하면 답은 자연스럽게 도출된다.

히로는 멈춰 서서 머리 위를 올려다보았다. 빨간 삼각 지붕을 얹은 외양간이 눈앞에 서 있었다.

미닫이문을 열고, 클라우디아를 등 뒤에 두고 내부로 나아갔다.

기척은 셋, 숨죽여 잘 숨어 있기는 하지만 아직 수련이 부족했다.

"나야. 세 사람 다 나와 줘."

그 목소리에 반응하여 남녀 세 사람이 나왔다. 그들은 히로 앞에서 무릎 꿇고 머리를 숙였다.

"히로 님, 무사하셔서 다행입니다."

"그러니까 말이야. 히로 님께 무슨 일이 생기면 가더 대장한테 혼난다고."

후긴과 무닌이 친밀하게 말을 걸어왔고, 도리쿠스는 냉큼 인사를 끝내고서 일어났다.

"히로 전하, 우선 무사하신 모습을 뵈어 기쁩니다. 하지만 느긋하게 있을 시간도 없으니 먼저 서로의 상황을 확인하지 않겠습니까?"

"응. 나도 여러 가지 묻고 싶은 게 있어. 왕도 상황을 잘 모르겠거든."

"일단 저희는 왕도를 쉽게 빠져나올 수 있었습니다."

히로가 왕위를 둘러싼 음모에 말려들었을 무렵, 거리에서도 이변이 일어났다는 모양이다.

수많은 병사들이 가도를 오가며 여관이나 귀족의 저택으로 향했다고 한다.

그러나 엄중한 경비가 깔리지는 않았고, 목적을 달성한 병사들은 왕도 밖으로 나갔다. 그리고 왕도에서도 귀족들이 잇따라 말을 달리며 뛰쳐나왔는데, 그중에는 프라우스 일행도 포함되어 있었다고 한다.

"잘 알았어. 다음은 내 쪽이네."

히로는 도리쿠스를 치하한 뒤, 클라우디아를 가리키며 세 사람에게 소개했다.

"폐를 끼치게 되어 죄송해요. 설마 오라버니가 반란을 일으킬 줄은 몰랐어요."

"아뇨, 클라우디아 왕녀가 무사하셔서 다행입니다."

도리쿠스는 그렇게 말하며 고개를 가로젓고 다시 히로에게 눈을 돌렸다.

"그리고 히로 전하, 마을 모습은 눈치채셨습니까?"

"그러고 보니…… 우리를 놓쳤는데도 병사 모습이 안 보였어."

"그렇죠. 이 주변 경비는 없는 것이나 마찬가지입니다. 대부분 프라우스 왕태자군에 합류하여 남부로 향한 것 같습니다. 그 수는 3만을 넘을지도 모릅니다."

"그란츠 대제국이 아니라…… 남부로?"

"그 부분이 잘 이해가 안 됩니다."

도리쿠스가 어깨를 으쓱였다.

히로는 생각을 하려다 중단했다. 클라우디아가 다가왔기 때문이다.

"오라버니는 아마 남부를 공격하려는 걸 거예요."

클라우디아가 발언하자 모두의 시선이 그녀에게 향했다.

"그곳을 다스리고 있는 이는 삼마장 하니엘이에요. 그는 아바마마에게 충성을 맹세했으니 이번 일을 듣는다면 확실히 충돌하겠죠. 무엇보다 남부에는 그를 따르는 귀족과 백성이 많으니까 오라버니는 하니엘이 방해된다고 판단한 게 아닐까요?"

"남부가 동원할 수 있는 병력이 어느 정도인지 알아?"

히로의 물음에 클라우디아는 망설임 없이 입을 열었다.

"1만 정도지만 대부분 영지민이라…… 노인도 포함된 숫자예요."

"히로 전하, 셀레네 제2황자께 도움을 청하는 것이 좋겠습니다. 운 좋게도 국경 부근에서 연습하고 있는 모양이었고, 남부와 힘을 합치면 프라우스 왕태자의 군대를 압도할 수 있을 겁니다."

도리쿠스의 제안은 나쁘지 않았지만—.

'그런 건가…….'

히로는 제2황자가 마지막으로 했던 말을 떠올렸다.

이 상황에 이르기까지 느꼈던 위화감이 머릿속에서 연쇄되며 답이 만들어졌다.

“황제 폐하는 이런 사태가 될 것을 간파하고 있던 모양이야.”

“내란이 일어날 걸 알고 계셨다는 겁니까?”

그게 아니라면 설명할 수 없는 일이 많았다. 제2황자가 국경 부근에 있는 것도 그렇지만, 현저하게 공적을 올리고 있는 히로를 평화로운 나라에 특사로 파견할 리도 없었다.

히로의 존재가 귀찮았다면 적당한 전장에 던져 놓고 이용하면 그만이었다. 아마 레벨링 왕국의 내란으로 생긴 불똥이 그란츠 대제국에 튀기 전에 대처하려는 심산이었으리라. 붙잡힌 히로 일행을 구하기 위해, 혹은 특사들이 살해당한 것을 구실로, 북방의 압도적인 군사력으로 단기간에 결판을 낼 생각일지도 모른다.

‘그렇게 두진 않겠어. 여긴 로크스의 나라야. 멸망시킬 수는 없어.’

히로는 1000년 전에 쌓았던 지식을 총동원하여 레벨링 왕국이 멸망하지 않는 길을 필사적으로 모색했다. 그리고 클라우디아를 보고서 히로의 머릿속에 묘안이 떠올랐다.

“도리쿠스 2급 무관. 즉시 제2황자에게 가서 전해 줘. 원군은 필요 없음. 특사는 살해당했으나 그것은 반란군의 폭주이지 레벨링 왕국의 본의가 아니라고.”

“알겠습니다. 하지만 그것을 전하여 어쩌시려는 겁니까?”

“나는 이대로 클라우디아 왕녀와 함께 하니엘 씨와 합류할 거야. 그리고 반란을 진압해 보이겠어.”

히로는 얼굴 절반을 덮은 안대를 쓰다듬으며 옅게 웃었다.

*

제국력 1023년 10월 16일.

레벨링 왕국 남부— 할름 근교를 중심으로 포학의 폭풍이 휘몰아치고 있었다.

프라우스가 이끄는 반란군은 가차 없었다.

약탈, 학살— 흩어져 있던 마을은 모조리 불탔고 도시는 무참히 파괴되어 갔다.

남자는 철저히 고문당했으며, 허둥지둥 도망치는 여자들은 노리개가 되었다. 어린아이조차 예외는 아니라 부모 앞에서 목이 잘려 대지에 내버려졌다.

썩은 내가 남부를 덮어가는 중에 오늘도 마을 하나가 또 불타고 있었다.

가옥은 무너져 내렸고, 밭에서는 검은 연기가 피어올라 시체 냄새와 섞여 하늘로 올라갔다.

작은 불길이 이는 집들 주변은 불타 문드러진 사람들로 가득했다.

"우리나라가 노예국가였다면 여자들을 데려갈 수 있을 텐데 말이지."

"신경 쓸 필요 없어. 남부에는 아직도 여자가 넘쳐 나니까. 오히려 네 걱정해야 하는 거 아니야?"

여기저기서 천박한 웃음이 터져 나오는 가운데, 병사들은 되는 대로 지껄였다.

그들의 손에는 약탈품이 한가득 들려 있었다.

병사들은 여자들의 비명에 편안히 귀를 기울이며 제집처럼 마을을 활보했다.

“설마 남부를 상대로 약탈할 수 있을 줄은 몰랐어.”

“확실히 남부 녀석들은 인족(휴먼)의 피가 짙긴 하지만 같은 나라의 백성이니 말이지. 무엇보다 남부를 다스리고 있는 건 삼마장 하니엘이잖아.”

“역시 삼마장 바알 님이야. 그분의 지략 앞에서는 똑같은 삼마장인 하니엘조차 상대가 안 됐어. 프라우스 왕태자 편에 서서 다행이지.”

“맞아, 맞아.”

그렇게 웃던 병사들의 발이 멈췄다. 전방에서 말 한 마리가 달려왔기 때문이다.

그 팔에는 전령의 표식인 파란 천이 감겨 있었다.

전령은 모래 먼지를 일으키며 병사들 앞에서 멈췄다.

“즉각 본대와 합류하라! 프라우스 왕태자의 엄명이다!”

병사들은 서로 얼굴을 마주 보고서 어깨를 으쓱이고 불만을 입에 담았다.

“그건 아니지. 정찰 임무는 아직 안 끝났다고.”

“맞아. 아직 귀환 일자도 안 됐잖아.”

그들이 불평하는 것도 어쩔 수 없는 일이었다.

정찰이라는 명목으로 약탈을 시작한 지 겨우 이틀째였다.

"내일까지 합류하라고 하셨다! 네놈들이 명령을 어기든 말든 내 알 바 아니지만, 대신 네놈들의 목이 떨어질 걸 각오해야 할 거다!"

전령은 왔던 길로 말 머리를 돌리더니 그대로 말발굽 소리를 내며 지평선 저편으로 달려갔다.

"갑자기 뭐야~."

"젠장~ 좀 더 날뛰고 싶은데……."

"어쩔 수 없지. 아직 안 죽은 여자라도 찾으러 갈까?"

병사들은 약탈품을 그 자리에 버리고 여자들의 비명이 들리는 방향으로 걸음을 옮겼다.

불탄 마을에서 하루 남짓 떨어진 곳에 반란군의 본진이 있었다.

그 중앙에 설치된 화려한 천막 앞에서 레벨링 왕국의 깃발이 바람에 펄럭였다.

엄중한 경비를 지나 그 안쪽에서는 삼마장 바알과 그 참모들이 군의를 열고 있었다.

"마을이 일곱, 도시가 둘. 남자들의 목은 베어서 성벽에 늘어세웠고, 주민은 여자와 아이까지 남김없이 죽였습니다. 주변 마을과 도시 주민들은 겁을 집어먹고 피난민이 되어 남하 중이라고 합니다."

그렇게 참모 한 사람이 고하자 주변 참모들은 반란군이 벌인 갖가지 행패— 그 보고를 듣고 말문이 막혔다. 그런 가운데 부대장 한 사람이 떨리는 목소리로 말했다.

"너무 심한 것 아닙니까! 이렇게 가면 남부는 황야로 변할 겁니다. 향후 지장이 생기게 됩니다."

"모든 정찰 부대에 귀환 명령을 내렸다. 앞으로는 철저히 자숙시키도록 하지."

바알은 성가시다는 듯이 가볍게 손을 흔들어 응했다. 그 동작을 보고 짜증이 났는지 참모는 언성을 높였다.

"자국민을 상처 입히다니 무슨 생각이십니까?!"

"향후 작전상 어쩔 수 없는 일이야. 희생자가 조금 많아졌지만."

"……무슨 작전 말입니까?"

참모가 묻자 바알은 어이없어하며 한숨을 쉬었다.

"거처를 잃은 자들이 남하하면 어떻게 될까?"

이곳은 레벨링 왕국의 남부지만 60셀을 더 남하하면 그란츠 대제국의 동방과 연결된다. 쫓겨난 백성들이 갈 곳은, 반란군이 남부를 평정한 후에 침략의 손을 뻗칠 그란츠 대제국 북방이 아닌 동방이었다.

"그야 동방 귀족들이 그들을 받아들이게 되겠지요."

"그거다. 내 목적은 거기 있어."

바알은 의자에서 일어난 뒤, 후드 끝자락을 잡아당겨 얼굴을 가리는 그림자를 크게 만들었다.

"아무 상관도 없는 인간이라면 함부로 다룰 수 있겠지만 상대는 오랜 동맹국이야. 받아들이지 않는다는 선택지는 없겠지."

바알은 책상에 펼쳐진 지도 위에 말을 놓기 시작했다.

"인간이 살아가려면 식량이 필요해. 의, 식, 주, 어느 하나도 빠뜨릴 수 없어. 하지만 사람이 급격히 늘어나면 비축한 금은과 식량을 개방해야만 해. 그럼 반드시 불화가 생기지. 원래 살던 자들은 피난민을 안 좋게 생각할 거야."

자신들이 고생해서 영주에게 바친 것들을 타국에서 온 자들이 갉아먹는다.

그야말로— 악의 없는 침략이었다.

불만이 증오로 바뀌고, 울분이 통치자에게 향하고, 그것이 폭발했을 때는 더 이상 막을 수 없다. 반란의 시작, 대국의 내란은 어떻게 전개되든 나라를 멸망시킨다.

"그란츠 대제국은 강대해. 그렇기에 인구도 많지. 그로 인해 파멸하게 될 거다."

각지에서 연쇄적으로 반란이 일어날 것이다. 오랜 세월 쌓이고 쌓인 불만이 그란츠 대제국 전토로 퍼져 가리라. 그 뒤엔 혼란을 틈타 북방을 침략하여 영토를 깎아 내면 된다.

"그걸 위한 약탈, 그걸 위한 학살— 본보기 같은 거지. 우리의 무서움을 알게 해서 나중에 북방을 쉽게 통치할 수 있도록 말이야."

그러나 설명을 다 들어도 참모와 부대장의 표정에서는 불안이 사라지지 않았다.

"이쪽의 수를 읽는 자도 있을 겁니다. 피난민을 받아들이지 않는 동방 귀족도 나오겠죠."

"그럼 더 바랄 게 없지. 피난민을 서로 떠넘겨 준다면 귀족 사이에 불화가 생길 테니까."

바알은 소검 한 자루를 책상에 찔렀다.

"이 세계의 정점에 선 줄 알고 기고만장한 그란츠 대제국에 쐐기를 박는 거다."

바알에게서 뿜어져 나온 기백에 참모들이 입을 다물었다.

"이걸로 군의는 끝이다. 정찰 부대가 돌아오면 다시 열겠다. 그때까지 대기하라."

책상을 에워싼 참모들을 바라본 뒤, 바알은 사령부를 나갔다.

그리고 그가 향한 곳은 그다지 멀지 않은 장소— 프라우스의 천막이었다.

경비병은 바알의 모습을 보고 한 걸음 물러나 길을 텄다.

바알이 안으로 들어가니 이취(異臭)가 코를 찔렀다. 일반인이라면 구역질이 날 만한 악취가 실내를 가득 채우고 있었다. 그 냄새는 천막 중앙, 청결한 시트가 깔린 침대에서 나는 것이었다.

그곳에는 얼굴이 창백하게 변한 프라우스의 완전히 달라진 모습이 있었다.

"오오…… 비테니아 경이로군. 무슨 일 있었나?"

바알의 존재를 알아차린 프라우스가 상체를 일으켰지만, 곧장 힘을 잃고 천장을 올려다보게 되었다.

바알은 조용히 다가가 가쁜 호흡을 이어가는 프라우스를 내려다보았다.

"안심하십시오. 이쪽은 순조롭습니다."

"그, 그런가……."

그토록 젊디젊은 생기로 가득했던 프라우스의 얼굴에는 주름이 자글자글했고, 몸은 노인처럼 수척했다. 왕을 살해하고 일주일이 채 지나지 않았는데도—.

이상이 생긴 것은 사흘 전, 프라우스는 군의 도중에 피를 토하며 쓰러졌다.

그 뒤로 순식간에 야위며 온몸이 썩어들어 갔다.

오른쪽 눈을 잃었고, 남은 왼쪽 눈도 시력을 잃어 가고 있었다. 지금은 혼자 일어설 수조차 없었다.

"훗, 크큭……."

그래서— 바알은 웃었다. 안 보이는 것을 이용하여, 보라색으로 물든 기분 나쁜 입술을 초승달 형태로 벌리고 목을 떨었다.

그때, 프라우스의 갈라진 입술이 움직였다.

"클라우디아는 어떻게 됐지? 아직 못 찾았나?"

"예. 아무런 연락도 없습니다."

"으윽…… 오빠가 이런 모습이 되었는데 뭘 하고 있는 거야."

프라우스의 눈에서 눈물이 흘렀다. 그리고 썩어 떨어져 손가락 세 개만 남은 손을 들어 올렸다.

"비테니아 경…… 클라우디아를 데려와. 내게는 그녀의 힘이 필요해."

"아아— 프라우스 님. 움직이시면 안 됩니다. 또 손가락이 떨어져 버릴 테니까요."

무심코 웃음이 터져 나올 뻔해서 바알은 자신의 입에 자신의 손을 밀어 넣어 필사적으로 참았다.

"클라우디아 왕녀는 제게 맡기시고 오늘의 치료제를 드시지요."

프라우스의 목을 아무렇게나 들어 올리자 그의 입에서 비명 같은 소리가 났지만 밖에 들릴 정도는 아니었고, 프라우스를 구하러 나타나는 자는 없었다.

바알은 격통에 얼굴을 일그러뜨리는 프라우스를 한동안 감상한 후 품을 뒤적였다.

꺼낸 것은 황금색으로 물든 작은 병— 그 병 끝을 프라우스의 입가로 가져갔다.

"자, 마시십시오. 괴로움은 즐거움이, 통증은 쾌감이, 불안은 희망이 될 겁니다."

"억, 윽?! 쿨럭?!"

정체 모를 액체가 프라우스의 입으로 흘러들어 갔다.

"우리의 『왕』에게 몸을 맡기십시오. 그럼 반드시 축복을 받으실 겁니다."

어둡고 차가운 암흑이 몰려왔다. 침침하게 정체된 공기가 소용돌이쳤다.

격리된 세계에서 프라우스는 고통에 몸부림쳤다.

*

부드러운 바람이 불고 있었다. 눈 속에서 화초가 얼굴을 내밀고 즐겁게 몸을 흔들었다.

새의 지저귐이 귀에 닿았고, 화창한 날씨가 긴장감을 지워 버렸다.

그런 밝은 분위기를 기분 좋게 느끼며 히로 일행은 목적지를 향해 나아갔다.

그러나 남부에 발을 들였을 때— 세계가 일변했다.

비정상적인 광경을 보고 모두가 숨을 삼켰다. 그들의 시선은 한결같이 어떤 물체로 쏟아졌다.

정비된 도로의 양옆에 X자 형태의 판자가 묘비처럼 늘어서 있었다.

그곳에 묶여 있는 것은 여자, 노인, 아이— 남부 백성이었다.

흡사 풍경 일부를 꾸미는 것처럼 그것은 도로를 따라 한없이 이어져 있었다.

시체는 아무 말도 하지 않았으나 어떤 방법으로 죽었는지 쉽게 헤아릴 수 있었다.

히로 일행은 잔혹한 광경을 앞에 두고 말문이 막혔다. 대지에 뿌리박힌 듯이 발을 멈추고 말았다. 시간이 지나 머리가 상황을 이해했을 때—.

"이게 자국민에게 할 짓이야?!"

후긴이 분노를 숨기지 않고 입에 담았다.

"지독한 짓을 하는군. 어린아이와 여자까지 죽이다니……."

무닌은 비참한 광경에 손으로 눈을 덮었고, 클라우디아는 무릎을 꿇고 기도를 올렸다.

히로는 잔인하기 짝이 없는 광경을 눈에 새기다가—.

"무닌."

"예! 무슨 일이십니까?"

"출발하자. 피난민에게 들은 바로는 슬슬 남부군이 야영을 구축하고 있는 장소에 다다를 거야."

"알겠습니다."

히로의 말에 일행은 다시 걷기 시작했다.

시신을 방치하는 것은 마음 아팠으나 매장하고 있을 시간 따위 남아 있지 않았다.

무엇보다 겨우 네 명이 이렇게 많은 수를 처리할 수도 없었다.

"레벨링 왕국에는 여전히 마족 지상주의를 내세우는 자가 많아요. 하니엘이 다스리는 영지에는 인족이 많이 사니까, 그들이 보기엔 자국민이 아니겠죠."

그래서 이런 잔학한 행위를 할 수 있다고 클라우디아는 말했다.

"오라버니도 마족 지상주의를 내세우고 있어요. 그 위험한 사상 때문에 아바마마께 몇 번이나 꾸중을 들었죠."

마족이 아니라면 사람이 아니다— 그것이 마족 지상주의였다.

잊고 싶어도 잊을 수 없는, 짜증 날 만큼 오만한 무리가 남긴 말—.

많은 인간이 희생되었고, 많은 피가 대지에 흘렀으며, 많은 원한이 하늘을 지배했다.

1000년이 지난 지금도 남아 있다면 그것은 이미 일종의 저주라고 할 수 있었다.

"하지만 그것만으로 이런 폭거를 저지르진 않을 것 같은데……. 다른 이유가 있는 거 아니야?"

히로의 물음에 클라우디아는 잠시 망설인 후에 입을 열었다.

"실은…… 그 참극이 일어났던 날, 아바마마는 제게 왕위를 물려주겠다고 선언하실 예정이었어요."

"그게 프라우스 왕태자에게 알려졌다는 건가?"

"예, 아마 오라버니는 어디선가 알게 된 거겠죠. 그 분노는 아바마마를 살해하는 것만으로는 해소되지 않아서 남부 백성들에게 화살을 돌리고 있는 걸지도 몰라요."

클라우디아는 슬픈 표정으로 속눈썹을 떨더니 눈을 감고 하얀 숨을 토해 냈다.

"히로 님 일행을 이런 사태에 끌어들이게 되어 정말 죄송하게 생각해요."

"딱히 신경 쓸 필요 없어. 엮이려 하고 있는 건 이쪽 사정 때문이니까."

옆에서 걷는 클라우디아가 이상하다는 얼굴로 히로를 바라보았다.

"왜 그렇게까지 잘해 주시는 건가요?"

히로는 말없이 클라우디아에게 미소 지었다. 아무 말도 해

선 안 된다고 판단했기 때문이다.

왜 도와주는가…… 옛 부하가 일으킨 나라를 구하고 싶었다. 내버릴 수 있을 리가 없었다. 동시에 향후 계획에 레벨링 왕국이 없으면 안 된다는 타산적인 마음도 포함되어 있었다.

"히로 님! 저쪽이 남부군의 야영지인 것 같습니다."

후긴이 기뻐하며 히로에게 달려왔다.

그녀가 가리킨 방향으로 눈을 돌리니 하얀 천막이 늘어서 있었다.

식사 준비라도 하고 있는지 연기 몇 줄기가 바람에 흔들리며 올라갔다.

"그럼 하니엘 씨를 만나러 가자."

히로 일행은 야영지 입구 부근에 서 있는 경비병에게 다가갔다.

신분을 밝히려 했을 때, 병사가 먼저 클라우디아를 알아보고 몸을 굳혔다.

"이, 이게 누구십니까?! 클라우디아 왕녀님, 무사하셨군요!"

"근무하느라 수고 많으십니다. 하니엘을 만나고 싶은데 어디 있는지 아시나요?"

"그것이……."

클라우디아의 질문에 병사가 우물거렸다.

"우선 이쪽으로 와 주시겠습니까?"

병사는 돌아서서 근처 병사에게 교대를 부탁했다.

그 후 묵묵히 걷기 시작했다. 그의 뒤를 따르며 히로는 주위의 무거운 분위기를 알아차렸다.

어둡게 가라앉은 표정을 지은 병사들이 어수선하게 돌아다니며 물자를 마차에 싣고 있었다.

흡사 퇴각을 준비하는 모습이었다. 흙먼지가 세차게 일며 공기와 뒤섞였다.

머지않아 한 천막에 도착한 히로는 눈을 가늘게 좁혔다.

'사령관용 막사가 아니라…… 의료용?'

불안— 끈적거리는 불길한 위기감이 심장을 압박하는 것이 느껴졌다.

의료용 천막 안으로 들어서자 간이식 침대 하나가 자리 잡고 있었다.

청결했을 흰 시트가 부자연스럽게 부풀어 있었고 군데군데 핏자국이 보였다.

공기에 감도는 약품 냄새에는 썩은 내도 희미하게 섞여 있었다.

"……클라우디아 왕녀?"

침대 근처에서 얼굴을 숙이고 있던 한 중년 남성이 히로 일행의 기척을 알아차리고 일어섰다.

그는 비틀비틀 다가오더니 양 무릎을 꿇고 큰 소리로 울기 시작했다.

"아아! 무사하셨군요!"

"얼굴을 드세요. 그보다 설명해 주시겠어요? 하니엘은 어디 있나요?"

클라우디아는 남성의 어깨에 손을 얹고 일어나길 재촉했다.
그러나 그는 땅에 얼굴을 가져가 대고 이마를 박았다.
"한심한 저희를 용서해 주십시오! 하니엘 님은 전사하셨습니다!"
"무슨……."
"적의 책략에 감쪽같이 걸려들었습니다! 클라우디아 왕녀를 붙잡았다면서 프라우스 왕태자가 교섭을 제안했습니다만 그것은 함정이었고, 매복에 당한 하니엘 님은 분투하셨으나 역부족이어서— 죄송합니다!"
"그럼 거기 있는 건 하니엘인가 보군요."
클라우디아가 애처로운 표정으로 침대를 보았다.
남성은 작게 고개를 끄덕이고 다시 오열하기 시작했다. 그런 두 사람을 보고 히로는 탄식했다.
'퇴각 준비를 시작할 만하네…….'
하니엘 혼자 교섭하러 가지는 않았을 것이다. 그 밖에도 많은 측근들이 수행했으리라. 지시를 내릴 인물이 없어지면 대군이더라도 오합지졸이 된다.
"죄송하지만 병사는 어느 정도 남아 있습니까?"
"……5천쯤입니다. 그중 1천은 부상자 등이 포함되어 있습니다."
남자는 갑자기 말을 걸어오는 히로에 눈썹을 찌푸리면서도 성실하게 대답해 주었다.
"하니엘 님을 잃어 동요하는 저희에게 적은 총공격을 가해 왔습니다.”

하지만 사령관을 잃은 그들은 지휘 계통을 확립할 수 없었고, 5천이 넘는 병사를 잃었을 뿐만 아니라 반격 한 번 하지 못하고 패퇴하여 지금에 이른 것이었다.

“클라우디아 왕녀님, 하니엘 님께서 돌아가시기 전에 왕녀님께 전하라고 하신 것이 있습니다.”

남성은 막사 구석으로 가더니 천에 싸인 무언가를 들고 돌아왔다.

“마검 오토클레르입니다. 부디 받아 주십시오.”

천이 풀리며 마검이 모습을 드러냈다. 입을 막은 클라우디아의 눈가에 눈물이 맺혔다.

“아무쪼록 하니엘 님을 대신하여 저희를 이끌어 주시기 바랍니다…….”

침묵이 정적을 낳았고, 막사 안은 무거운 공기로 가득 차올랐다.

이윽고 클라우디아는 말없이 마검을 쥐고 그대로 하니엘 곁으로 향했다.

“이런 대임을 다할 수 있을지 모르겠지만…… 국내의 혼란을 정리하는 것은 왕족의 의무, 힘껏 노력하겠습니다.”

클라우디아는 검을 땅에 찔러넣은 뒤, 칼자루에 이마를 대고 얼굴을 숙였다.

히로는 그런 그녀의 표정을 보고 눈을 감았다. 마음 깊숙한 곳에서 끓어오르는 분노를 억눌렀다.

"히로 님, 부디 당신의 힘을 빌릴 수 없을까요?"

클라우디아가 말을 걸어와서 히로는 조용히 눈을 떴다.

"협력할 수 있는 일이라면 말이지. 클라우디아 왕녀— 당신의 바람은 뭐야?"

"찬탈자인 오라버니를 치는 겁니다. 이 이상의 행패는 허락할 수 없어요."

"……잘 알겠어. 전력을 다할게."

말은 그렇게 했지만 형세는 대단히 좋지 않았다. 착실하게 싸워도 승산은 없을 것이다.

상대편에 상당히 지혜로운 자가 있었다. 달콤한 미끼로 적을 낚은 후에 옴짝달싹 못하는 순간을 노려 공격한다. 교활하고 잔인한 사고의 소유자였다.

'게다가 이쪽이 쓸 수 있는 수단을 대부분 없애 버렸어.'

여기 오는 길에 늘어서 있던 시체— 그것은 분노를 유도하는 것이 아니라 패잔병들에게 과시하기 위한 것이었다. 그런 잔학한 행위를 보았으니 표면상으로는 분노에 지배되어도 마음 안쪽에는 공포가 각인되어 있을 것이다.

사기는 바닥났고, 병사의 기력도 없으며, 수적으로도 뒤떨어진다면…….

"우선은 부대를 재편해야겠어. 부대장들을 사령부로 모아줬으면 해."

"알겠어요. 살아남은 부대장들을 모아 주시겠어요?"

고개를 끄덕인 클라우디아가 남성에게 지시하자 그는 곧장 밖으로 튀어나갔다.

"히로 님께서는 뭔가 책략이 있으신 건가요?"

몸을 돌려 바라보는 클라우디아를 향해 히로는 자신만만하게 웃어 보였다.

"어려운 일도 아니야— 하지만 일단은 부대장들과 얘기하도록 할까?"

*

살아남은 부대장들이 본진 중앙의 천막에 모였다.

긴급 소집된 그들은 한결같이 물음표를 띄우고 있었다. 빨리 퇴각하지 않으면 포학의 폭풍에 휘말려 버린다. 마음이 조급한지 안절부절못하는 자들뿐이었다.

그런 가운데 히로가 클라우디아를 데리고 들어왔다.

부대장들이 일제히 일어나 경례했다.

"갑자기 불러 모아서 죄송해요."

클라우디아가 답례하고서 상석에 준비된 의자에 앉았다.

"이분은 군사 고문으로서 저를 보좌해 주시는, 그란츠 대제국의 히로 슈바르츠 폰 그란츠 제4황자세요."

부대장들은 깜짝 놀라 눈을 동그랗게 떴다가 서서히 상황을 이해했는지 긴장한 표정을 짓기 시작했다.

히로는 부대장들의 거리낌 없는 시선을 태연한 얼굴로 받아넘기고서 지도와 서류를 책상에 놓고 가볍게 인사했다. 그런 뒤, 클라우디아 옆에 앉았다.

"편히 앉아도 돼."

준비된 의자를 가리키며 부대장들에게 착석하라고 하자 그들은 순순히 앉기 시작했다.

'문제는 없어 보이네.'

신뢰받고 있지는 않겠으나 비웃는 자는 없었고, 상당히 조심스럽기는 하지만 히로의 이야기를 얌전히 들어 줄 것 같은 분위기였다.

"우선 퇴각은 중지하겠어. 이 이상 반란군의 행패를 허용한다면 남부 부흥은 어려워져. 그러니 프라우스 왕태자를 요격할 거야."

클라우디아 앞이기도 해서 목소리는 내지 않았으나 부대장들의 표정에서 불만이 보였다.

일단은 불안과 불만을 누그러뜨려야겠다고 판단한 히로는 작게 숨을 들이마신 후 부대장들을 독려했다.

"확실히 상황은 좋지 않지만 아직 승산은 남아 있어. 전쟁에 노출된 백성들을 구하기 위해, 전사한 병사와 장교들의 원수를 갚기 위해, 당신들은 다시 일어나야 해."

자신감 넘치는 히로의 말을 듣고 부대장들의 눈동자에 조금이나마 빛이 돌아왔다.

무엇보다 상승불패라며 칭송받았던 『군신(마르스)』의 후손이 하는 말이라는 점이 마음을 크게 움직였다.

그러나 히로는 약간 아쉬웠다. 일을 원활하게 진행하기 위해서라도 반골 정신을 가진 자가 있는 편이 좋았다. 하지만 대패했으니, 그들이 위축되는 것도 어쩔 수 없는 일일지도 모른다. 우선은 그들에게 의욕을 되찾아 줄 필요가 있었다.

"그럼 앞으로 어떻게 하고 싶은지 듣고 싶어. 자신의 책략이 채용되길 원하는 사람은 이 자리에서 발언하는 걸 허락하지."

"저기…… 히로 님께 무언가 작전이 있는 게 아닌가요?"

클라우디아가 쭈뼛거리며 입을 열었다.

히로는 작게 고개를 끄덕이고 여유롭게 말했다.

"물론 몇 가지 준비는 해 뒀어. 하지만 일단은 당신들의 의견을 듣고 싶어."

히로의 말에 부대장들이 뜻밖이라는 얼굴을 했다.

무리도 아니었다. 여기 있는 이들은 자신감을 잃은 패잔 장수뿐이었다. 책략이 있냐고 질문해 봤자 적극적으로 발언할 수 있을 리도 없었다.

"……그 이유는 무엇입니까?"

의문을 입에 담는 자가 나온 것을 매우 유감스럽게 생각하며 히로는 질렸다는 마음을 담아 한숨을 쉬었다.

뒤집어 생각하면 그들은 처음부터 히로의 지시에 따를 생각이었다는 말이 되었다.

"자기 의견도 말하지 못하고 묵묵히 따르기만 하는 장수는 필요 없기 때문이야."

오늘 이 자리에 내일의 영웅이 있을지도 모른다. 향후를 위해서라도 그 싹을 찾아내 길러야 했다. 우수한 자가 한 명이라도 더 있으면 그만큼 많은 사람을 살릴 수 있다.

"황족이라든가 『군신』의 후손이라든가— 그런 거창한 직함 때문에 사양할 필요는 없어. 뛰어난 의견이 있다면 채용할 거야."

걱정되는 것은 두려움— 상관의 안색을 살피는 자가 있다면 판단이 흐려져서 전사자가 많아진다. 자칫 잘못하면 패전이라는 결과를 초래할 수도 있다. 단 한 부대의 괴멸이 국가의 운명을 좌우할 수 있었다.

그렇기에— 전쟁에 위축은 필요 없었다. 냉큼 제거해 둬야 했다.

"그, 그럼, 제 의견을 들어 주시겠습니까."

고요해진 막사 안에 우락부락한 부대장의 가냘픈 목소리가 울렸다.

히로는 미소 지었다. 뛰어난 의견이 아니어도 상관없었다.

"발언을 허락하지."

"감사합니다."

우락부락한 부대장이 일어섰다. 긴장했는지 이마에 땀이 잔뜩 맺혀 있었다.

"역시 수적 차이가 있기에 지형적 이점을 살려서 기습을 가해야 한다고 생각합니다."

"그건 무리야."

갸름한 얼굴의 부대장이 끼어들었다.

"상대는 계속 같은 장소에 머물고 있어. 인근에 척후를 풀어 지리는 파악하고 있을 터. 우리가 녀석들의 배후로 돌아드는 데 성공하더라도 들킬 공산이 커."

"하지만 이쪽은 수적으로 열세야. 기습 말고 이길 방법은 없어. 아니면 정면으로 싸우자는 말인가? 전멸하는 모습이 눈에 보이는군."

"그렇게 말하진 않았어. 기습을 가하기 전에 상대를 방심하게 만들어야 한다는 거야."

"어떻게?"

우락부락한 부대장이 따지자 갸름한 얼굴의 부대장은 입을 다물었다.

보다 못한 다른 부대장이 책상에 준비된 지도에 말을 놓기 시작했다.

"이런 방법은 어떨까? 군을 둘로 나눈 뒤에 1군은 양동으로 사용하여 정면에서, 2군은 배후에서 공격하는 거야. 그럼 양쪽에서 협공할 수 있어."

"잠깐. 상대편이 수가 많아. 그러면 각개 격파되어 전멸이야."

모두가 의론에 참여하는 데 그다지 시간은 걸리지 않았다.

분위기가 열기를 띠기 시작하며 군의는 더욱 뜨겁게 달아올랐다.

하지만 이야기는 줄곧 평행선을 유지한 채였다.

어떤 의견이든 결정적이지는 못했다. 히로는 적당한 순간에 정리하기로 했다.

"모두의 의견은 잘 알았어. 일단 진정하고 물이라도 마시도록 할까."

히로를 무시할 수도 없어서 부대장들이 거친 숨을 내쉬며 자리에 앉았다.

전원이 앉은 것을 보고 히로는 자리에서 일어났다. 부대장들도 황급히 일어서려고 했다.

"그대로 앉아서 내 얘기를 들어 줬으면 해."

손을 들고 말하자 부대장들은 의아한 표정으로 다시 앉았다.

히로는 그들을 둘러본 뒤, 온화하게 이야기를 시작했다.

"모두가 나라를 생각하며 책략을 고민한 것을, 옛 맹우의 자손으로서 기쁘게 생각해."

제4황자다운 대사를 입에 담은 히로는 과장된 몸짓을 섞으며 말했다.

"어느 것이나 훌륭한 제안이라 하나라도 버리기 아까워. 그래서 내 마음은 정해졌어."

꼴깍, 누군가가 목을 울렸다. 자신의 책략이 채용될지도 몰랐다.

그 책략으로 승리를 거머쥐기라도 한다면 레벨링 왕국 역사에 이름을 남길 것은 틀림없었다. 전원이 숨 쉬는 것조차 잊고 히로를 주목했다.

"모두의 책략을 전부 채용하겠어."

당연히— 모두가 어안이 벙벙해져 버렸다.

무슨 소리인지 이해할 수 없다는 얼굴이었다.

그 반응을 예상했던 히로는 살짝 쓰게 웃었다.

"어느 것이든 나쁘지 않은 방법이니까. 그리고 나라를 생각하는 모두의 마음을 함부로 다룰 수는 없어."

자기 의견이 반영되지 않았다고 해서 불평할 자는 없었다.

그러나 히로는 전원의 책략을 채용함으로써 일치단결을 노리고 있었다.

개인의 힘이 아니라 모두의 힘으로 상대를 격파하는 것이다.

"세부 사항은 내가 수정하겠어. 기발하면서도 정직한 방법으로 상대를 농락해 승리를 거머쥐는 거야."

반란군이 백성을 건드리지 않았다면, 클라우디아 왕녀 앞이기도 하니 온건하게 일을 처리했을지도 모른다. 하지만 상대는 가장 비열하고 악랄한 수단을 썼다.

도저히 간과할 수 없었고 용서할 수 없는 일이었다.

"조금씩 궁지로 몰아넣는 편이 상대에게도 쉽게 전해지지. 누구를 적으로 돌렸는지 몸소 체험하며 깨달아야 할 거야."

책상 양 끝에 손을 짚고 끓어오르는 분노를 숨과 함께 토해냈다.

히로는 부대장들을 둘러보았다. 그 눈동자 안쪽에서는 열화가 사납게 날뛰고 있었다.

"—반드시 절망을 선사해 보이겠어."

말에 묻어난 살기에 모두가 몸을 떨었다.

*

남부군이 야영을 구축한 장소에서 조금 떨어진 높직한 언덕.

주위에 어둠이 몰려든 지금, 숲에 에워싸인 이곳에는 별빛도 닿지 않았다.

그 풀숲 그늘에 남자 넷이 눈 속에 묻혀 숨을 죽이고 남부군의 모습을 엿보고 있었다.

복장은 하얀색으로 통일하여 주변 경치에 녹아들었고, 위장하기 위해서인지 몸 곳곳에 나뭇잎들이 붙어 있었다. 얼굴에 진흙까지 묻힌 철저한 모습이었다.

"이제 충분하겠지. 상대가 알아차리기 전에 떠야 하지 않을까?"

"더 관찰하는 편이 좋을 것 같은데? 일단 보고하러 한 명 보냈잖아."

두 남자가 그렇게 대화를 나누자 땅에 누워있던 거한이 하품을 죽이면서 입을 열었다.

"안달할 필요 없어. 상대는 5천이야. 보고하든 안 하든 똑같을 것 같다만."

"확실히, 이쪽은 3만이지. 어떻게 발버둥 쳐도 뒤집을 수 없는 전력 차야."

약탈해 온 술을 마시면서 노병이 남부군 야영을 보고 코웃음 쳤다.

노병은 술이 든 나무통을 기울이며, 열심히 일하는 두 감시병에게 말했다.

"너희도 감시 따위 대충 하고 술이나 마셔. 고기는 없지만 말이지."

"가도까지 가면 고기가 썩을 만큼 많아."

인간 고기지만— 하고 마지막에 덧붙인 거한이 천박하게 웃었다.

그러나 두 감시병은 교대 시간까지 움직일 생각이 없는지 아무런 반응도 나타내지 않았다.

노병은 술을 목구멍으로 넘기고서 재미없다는 얼굴로 한숨을 쉬었다.

"꼬맹이는 성실해서 곤란하다니까. 늙은 몸을 대신해 계속 열심히 감시해라."

"영감탱이, 임무 중이니 적당히 해 둬. 들키면 도망쳐야 하니까."

거한이 나무 술잔에 술을 따르며 말하자 노병은 콧방귀를 뀌었다.

"너야말로 일어서지도 못하면서 허세 부리지 마."

"으하하하, 괜찮아. 나는 영감이랑 달리 젊으니까. 여차하면 싸울 수도 있다고."

"흥! 애송이가 잘난 척은— 그건 그렇고 우리 대장은 소변 보러 가서 왜 이리 안 와?"

"어디 자빠져서 자고 있는 거 아니야? 대장도 상당히 마셨잖아."

"이렇게 추우니 동사했을지도 모르겠군. 술도 약한 주제에 무리해서 마시니까 그렇지."

"이런 시시한 임무에 술을 포기할 수 없자느아—."

말끝을 이상하게 말하며 거한이 벌떡 일어났다. 의아한 눈길을 보내는 노병을 향해 손을 들어 보였다.

"잠깐 대장 찾는 김에 소피도 보고 오께."

"미끄러져서 머리라도 부딪치고 죽어 버려."

"영감이야말로 돌아왔더니 싸늘한 시체가 되어 있지 말라고오오?!"

거한은 말하자마자 미끄러져서 요란하게 넘어졌다.

"거봐. 내가 뭐랬어. 지린 건 아니겠지?"

"아야야— 그럴 리가 없잖아. 진흙을 밟아서……."

거한이 지면을 더듬거리니 질척거리는 소리가 돌아왔다.

"뭐야?"

나무들 사이로 새어 들어오는 달빛을 향해 손을 머리 위로 들어 올렸다.

"이게 뭐야……."

손바닥이 빨갛게 물들어 있었다. 그리고 거한의 뺨에 물방울이 뚝 떨어졌다.

짜증을 내며 팔로 뺨을 닦고서 시선을 돌리자 노병이 사라져 있었다.

"허? 이봐, 영감?"

주위를 둘러보았다. 두 감시병은 있었지만 노병만이 홀연히 모습을 감춘 상태였다.

"어이, 너희. 영감 어디 갔는지……."

감시병의 어깨를 잡아 몸을 돌리려고 했으나 그 몸은 중력에 이끌려 쓰러졌다.

"말도 안 돼."

두 감시병의 목 윗부분이 없었다. 거한이 공포에 질려 뒷걸음질 치자 피에 젖은 지면이 소리를 냈다.

"이게 뭐야, 취한 건가……."

취한 탓에 꿈인지 생시인지 알 수 없었다.

꿈이었으면 좋겠다고 생각하며 거한은 위태로운 발걸음으로 숲속을 달리기 시작했다.

"젠장……! 영문을 모르겠어!"

여기 있으면 안 된다고 본능이 고하고 있었다. 취기가 단숨에 달아났다.

하지만 몸은 그렇지 못했다. 거한은 몇 번이나 넘어지면서도 말을 둔 장소까지 필사적으로 달렸다. 생채기가 늘어나 온몸에서 피를 흘리며 목적지에 도착하니—.

"……히익!"

겉모습과 어울리지 않는 작은 비명이 목에서 튀어나왔다.

남자의 눈에 날아든 광경— 그것은 나무에 매달린 노병의 시체였다.

나무 밑동에는 검은 옷을 입은 소년이 앉아 있었다. 어둠보다 짙은 검은 눈동자로 거한을 바라보았다.

"아아……?!"

허리에 찬 검을 즉각 뽑으려 했다. 하지만 팔은 움직이지 않았고, 시선을 주니 어깨 밑이 사라져 있었다. 거한의 절규가 캄캄한 밤에 솟구치며 거구가 땅을 뒹굴었다.

"당신 같은 조무래기한테서 얻을 수 있는 정보 따위 미미하겠지만—."

소년이 눈을 밟으며 다가오나 싶더니 거한의 시야에서 모습을 감췄다.

"밤은 길어. 끈질기게 입을 안 여는 편이 나로서는 기쁘려나?"

거한은 등을 차여 날아가 땅에 얼굴을 부딪치고서 그대로 굴렀다.

"당신은 삼마장에 관해 어디까지 알고 있어? 특히 나는 바알이라는 남자를 알고 싶은데."

언제 훔쳤는지 소년의 손에는 거한의 검이 쥐어져 있었다.

시야 끝으로 그것을 인식한 거한은 남은 한쪽 팔을 흔들며 소년을 제지했다.

"잠깐, 잠깐, 잠깐! 뭘 어쩔 셈이지?!"

번뜩인 칼날이 남은 한 팔을 갈랐다. 피가 튀었고, 이어서 남자의 절규가 메아리쳤다.

"귀에 거슬려."

"윽—!"

거한의 목이 지면에 피로 길을 만들며 굴러가다가 이윽고 누군가의 발끝에 닿아 멈췄다. 그 인물은 노병과 거한이 대장이라고 불렀던 남자였다.

그는 밧줄에 묶인 채 입에는 천이 물려 있었다.

"슬슬 취기도 깼지?"

소년— 히로는 대장의 입을 막고 있는 천을 치웠다.

"뭐, 뭘 알고 싶나? 알고 있는 거라면 뭐든 말하겠어!"

"그럼 우선 바알이라는 남자부터."

"바알 님의 신원은 아무도 몰라. 거, 거짓말 아니야! 아마 프라우스 왕태자조차 모를 거다."

"……그런 인물이 참모라고?"

"선왕 대부터 신임 받던 인물이야. 무엇보다 바알 님은 나라를 위해 분골쇄신하며 일했어. 지금 우리나라에서 그분의 인기는 무시무시해."

"그 정도는 알아. 그것 말고는 없어?"

히로가 칼끝을 내비치며 말하자 대장은 이를 딱딱거리면서 입술을 떨었다.

"정말 아무것도 알려지지 않은 사람이야. 신원은 일절 불명이고, 나, 나 같은 일개 대장은 자세한 내용을 말할 수 없어!"

"그런가……. 그럼 다음 질문. 왜 남부를 공격했지?"

"그쪽이 먼저 시작한 일이잖아! 왕을 죽이고 왕녀를 납치했어! 전쟁을 시작할 이유로는 충분하지! 게다가 남부에는 인간이 많아서 그란츠 대제국에 협력하는 자가 많으니까—."

"당신은 왕이 살해당하는 장면을 봤어? 왕녀가 납치당하는 걸 봤어?"

히로의 지적에 대장은 말문이 막혀 입을 다물어 버렸다.

"그저 들었을 뿐이지? 그란츠 대제국의 사자가 왕을 죽이고 왕녀를 납치했다고, 바알이라는 남자나 프라우스 왕태자가 설명한 거야. 아닌가?"

"마, 맞아. 그리고 고귀족(古貴族) 중에도 내통자가 있었어."

"내통자가 된 그들은 어쩌고 있지?"

"그 자리에서 죽었다고 들었지만, 개중에는 감옥에 들어간 녀석도 있다는 것 같아."

"그렇구나. 이용할 수 있을 것 같은 사람은 인질로 삼고, 필요 없는 자는 죽인 건가."

남자는 히로의 중얼거림을 이해할 수 없었는지 의아한 표정을 지었다.

하지만 히로는 설명할 생각이 없는지 말없이 검을 들었다.

무딘 빛을 내는 검을 보고 대장의 안색이 바뀌었다.

"기다려! 죽이지 말아 줘!"

"괜찮아. 아직 묻고 싶은 게 있으니까."

"뭐, 뭐든 물어봐!"

"그럼 묻겠는데…… 백성을 상처 입히는 만행을 지시한 사람은 누구야?"

"바, 바알 님이다."

"당신도 약탈에 가담한 적 있어?"

"없어. 정말이야! 약탈하고 있는 녀석들은 대부분 범죄자야."

레벨링 왕국의 마족은 피가 옅기는 하지만 장수하는 자가 인구의 반수 이상을 차지했다.

범죄자도 예외는 아니라서 수용 시설이 한계에 다다른 곳도 많다고 한다.

그래서 이번 전쟁을 이용해 5천 정도를 군대에 편입했다고 대장은 설명했다.

"많은 정규병들이 녀석들의 영향을 받았고, 바알 님의 명령도 있어서 약탈에 참가하고 있어. 하지만 나 같은 고결한 마족은 약탈 따위 안—."

대장은 마지막까지 말할 수 없었다. 그 목이 땅에 떨어졌기 때문이다.

"거짓말인 거 다 알아."

히로는 검을 내던지고 싸늘한 눈으로 시체를 힐끗 본 뒤에 걷기 시작했다.

"바알과 프라우스 왕태자를 살려 둘 이유가 더더욱 없어졌어."

어둠에 녹아들듯이 달빛조차 삼키며 히로는 조용히 사라졌다.

*

다음 날— 날이 밝고 얼마 안 된 이른 아침이었다.

여기저기 숲이 흩어져 있는 평원에서 히로가 이끄는 남부군은 반란군을 눈앞에 두고 있었다.

횡진(橫陣) 3열로 여유롭게 버티는 반란군에게서 부담감은 느껴지지 않았다.

언제든 싸울 수 있도록 제1진 앞줄에 궁병을 배치하고, 빈틈을 찌르고자 후방에는 기마를 갖추고 있었다. 그리고 중앙을 보병이 굳히는 진형이었다.

"봉창진(鋒槍陳). 저쪽에서 공격해 올 생각은 없나 보네."

거북이 진형이라고도 불리는 그것은 밖에서 등딱지를 때리길 기다리는 종류로, 부서질 리가 없다며 여유롭게 기다리다가 먹이가 다가오면 목을 빼 덥석 먹어 치우는 진형이었다.

"수적 우위를 믿고 공격해 올 줄 알았더니 오만하게 굴지도, 방심하지도 않는 건가…… 쉽지 않은 상대야."

병법이라는 것을 이해하고 있었다. 수적 우위를 믿고 함부로 돌격을 감행하지 않았다.

이쪽의 수가 적다는 것을 내다보고서 진형을 준비했다.

이래서는 이쪽에서 먼저 공격해야 하지만…….

"방법은 있지만, 평범하게 하면 재미없지."

히로는 그렇게 중얼거리고 마차에서 내렸다.

"어디 가시려는 건가요?"

쫓아온 사람은 클라우디아였다. 히로는 고개만 돌려 바라보고서 입꼬리를 올렸다.

"항복을 권고할까 싶어서 말이야."

"……무슨 말씀이신가요? 그런 걸 받아들일 리가 없잖아요."

클라우디아는 의아한 표정을 짓더니 말을 달려 히로의 앞을 막아 제지했다.

"비켜 주지 않을래?"

"먼저 설명해 주세요. 상대가 항복 권고를 들을 턱이 없어요."

프라우스의 군대는 3만, 그에 반해 이쪽은 겨우 5천이었다.

항복 따위 절대로 받아들이지 않을 것이다. 하지만 히로의 목적은 거기 있었다.

"조금이라도 동요하게 해야지. 상대는 깜짝 놀랄 거야."

"비웃음만 사지 않을까요?"

"맞아. 그러니까 상대의 화를 부추겨서 유도에 걸려들도록 해야지."

"……즉, 사자로서 상대편에게 간 뒤 날뛰실 생각이라는 건가요?"

"아니, 그렇게 간단한 문제는 아니야. 일단 다가갈 수 없을 테니까. 그러니 도중에 큰 소리로 물어보려고."

히로의 말을 이해하는 데 지쳤는지 클라우디아는 포기와도 닮은 한숨을 쉬었다.

"휴우…… 알겠어요. 그럼 저는 뭘 하면 될까요?"

"기마 100마리를 준비해 주겠어? 단, 내 지시에 반드시 따르도록 일러뒀으면 해."

"알겠어요."

"기마대는 곧장 이탈시킬 거고, 그 뒤에는 예정대로 일을 진행할 테니까 잘 부탁해."

히로의 말을 듣고 클라우디아의 얼굴이 굳었다.

"만에 하나의 실패도 허락되지 않는, 아슬아슬한 줄타기 같은 전투가 시작되는 거군요……."

긴장감을 드러낸 클라우디아는 거창하게 말했지만 그 정도로 심각하게 여길 일은 아니었다.

지금부터 실시할 계략이 실패하더라도 그 실패를 이용하면 그만이었다. 전멸만 피한다면 재기도 가능했다. 그러나 괜한 말을 해서 적당한 긴장감을 망칠 필요는 없었다. 너무 의욕만 앞서도 곤란하지만 기운이 빠져도 곤란했다.

그래서 히로는 고개를 끄덕여 클라우디아에게 동의를 나타내 두었다.

"그럼 뒤는 맡길게."

그렇게 말했다가 히로는 클라우디아를 향해 손을 뻗었다.

"미안. 활과 화살 하나를 줄래?"

"딱히 상관없지만……."

활 상태를 확인하는 히로를 보고 클라우디아는 이상하게 여기며 고개를 갸웃했다.

"뭐에 쓰시려고요? 하나만 있으면 되나요?"

"곧 알게 될 테니까 보고 있도록 해."

히로는 부드럽게 웃고서 전열을 향해 걷기 시작했다.

긴장감이 감도는 병사들 사이를 누비듯 이동하니 흑의 자락이 뒤로 나부끼며 공기를 때렸다. 전장에 흐르는 차갑고 긴박한 바람을 느끼면서 히로는 전열을 빠져나왔다.

시야가 트이자 앞쪽 설원에 3만의 군세가 정연히 늘어서 있었다.

그들— 적군은 단 한 사람이 대열에서 튀어나온 것을 보고 술렁였다.

그러나 히로의 일거수일투족을 주시하기로 했는지 아무 짓도 하지 않았다.

"반란자들에게 고한다! 지금이라면 아직 늦지 않았다. 항복하라!"

히로의 목소리가 설원에 울려 퍼졌다.

하지만 상대의 반응은 예상대로, 어이없음을 넘어 실소로 바뀌었다.

"잠꼬대는 엄마 젖이나 먹으면서 지껄여!"

욕 섞인 비웃음이 냉풍에 실려 왔다.

"어쩔 수 없군! 그렇다면 마지막 한 사람이 될 때까지 싸우도록 하지!"

히로는 허리에 꽂아 두었던 『천제』 칼자루를 움켜쥐고 뽑았다. 그것을 신호로 등 뒤에서 기마 100마리가 좌우 1열로 퍼져 달려왔다.

적군 전열에 있는 궁병이 자세를 잡았을 때 히로는 팔을 옆으로 휘둘렀다.

"정지하라!"

힘차게 달려온 기마가 대량의 눈가루를 일으키며 급정지했고, 동시에 적이 쏜 화살이 하늘을 가득 메웠다.

히로는 태연한 얼굴로 그 광경을 바라보며 『천제』를 검집에 다시 집어넣은 뒤 활로 바꿔 잡았다.

순간— 토석이 쏟아지는 듯한, 간담이 서늘해지는 요란한 소리가 울렸다.

대량의 화살이 설원에 일제히 꽂힌 것이다. 그러나 기마에 피해는 없었고, 놀랍게도 전원이 무사했다. 당연히 적군들은 동요했다.

그 모습을 본 히로는 호기를 놓치지 않고 크게 외쳤다.

"과연 이름 높은 마족! 온 대륙을 찾아봐도 이렇게 무력한 종족은 없을 거야! 아녀자밖에 상대를 못 하니 화살도 맞지 않는 거다!"

히로가 큰 목소리로 비아냥거리자 적군의 전열이 흐트러지며 기마 한 부대— 100기가 튀어나왔다.

"그렇다면 내가 상대해 주마! 마족의 무서움을 몸소 맛봐라!"

"……바보일수록 잘 낚인다니까."

히로는 나직이 중얼거리고서 활에 화살을 메기고 시위를 당겼다. 거리를 가늠하여 손을 놓으니 화살이 공기를 울리며 일직선으로 날아갔다. 그것은 적군 부대장의 미간에 박혔다.

다음 순간— 털썩하고 큰 소리를 내며 적의 부대장은 말 못 하는 시체가 되었다.

히로는 땅에 꽂힌 적군의 화살을 뽑아 계속해서 쏘았다.

동요하는 적병이 화살을 맞아 또 하나의 시체가 되었다. 그렇게 다섯 명쯤 처리하니, 부대장을 잃었다는 점도 있어서 위험하다고 판단했는지 적군 기마대의 속도가 떨어졌다.

등을 돌린 히로는 대기 중이던 기마대에게 명령을 내렸다.

"작전 개시. 철저하게 때려눕히는 거야."

"예!"

기마대가 한목소리로 답하고 전선에서 이탈했다. 히로는 여전히 당황을 감추지 못하는 적의 기마대에게 눈을 돌렸다. 그들은 전열에서 크게 떨어져 완전히 고립되어 버린 상태였다.

"그럼…… 이제 쓸모없으니 사라져 줘야겠어."

『천제』를 뽑은 히로는 쌓인 눈을 후방으로 흩뿌리며 달리기 시작했다.

전광석화 같은 속도로 접근하여, 눈이 휘둥그레진 적병의 목을 어루만지듯이 베어 냈다.

말을 탄 적이 내찌른 창을 히로는 목을 틀어 피한 후 땅을 차고 도약했다. 그리고 적병의 머리 위에서 몸을 돌려 그대로 『천제』의 칼끝으로 상대의 목을 갈랐다.

뿜어져 나온 선혈이 하얀 대지를 드문드문 빨갛게 물들였다.

"하앗!"

히로는 지면에 착지하자마자 크게 발을 내디뎌 눈앞에서 동요하는 적병을 말과 함께 벴다. 그리고 눈으로 좇을 수도 없는 속도로 적병들을 농락해 갔다. 옆으로 뛰고, 때로는 뒤로 물러났다가, 다시 앞으로 나와 공격을 쏟아부었다. 그제야 이상을 감지했는지 적의 제1진이 움직임을 보였다. 동료를 구하기 위해 전진을 개시한 것이다.

히로는 안대를 쓸어내리고 엷게 웃었다.

"네놈은 뭐야아아아!"

"느려."

달려온 적병을 단칼에 베어 넘기고서 입에 손가락을 넣고 소리를 냈다.

"히로 님~! 이쪽입니다!"

히로는 신호를 듣고 달려온 무닌의 손을 잡고 말에 올라탔다.

"지금부터 펼쳐지는 건 나락의 밑바닥— 몸부림치고, 발버둥 치며, 참괴(慙愧)의 큰불로 그 몸을 불태워라."

육박하는 적의 제1진— 그 광경을 뭉개 버리듯 손을 뻗어 움켜쥔 히로는 미소 지었다.

"날 즐겁게 해 줘."

희열 섞인 중얼거림은 대지를 뒤흔드는 쩌렁쩌렁한 말발굽 소리에 지워졌다.

*

적의 제1진의 수는 약 5천. 처음에는 거북이 같은 진형이었던 것이 변화해 있었다.

날개를 그리듯 기마가 좌우로 펼쳐졌고, 보병은 무거운 갑옷을 입고서도 힘든 기색 없이 중앙을 내달렸다.

흑팔진(黑八陣) 중 하나— 용익진(龍翼陳).

용이 날개를 펼친 것처럼 보인다고 하여 명명된 그 진형은 전쟁에서 가장 빈번히 쓰였으며, 봉창진에서 쉽게 변화할 수 있기에 많은 나라가 즐겨 사용했다.

"……포위 전술을 펼쳐 오는군요. 정말 대단하네요."

클라우디아는 감탄을 담아 중얼거리고서 말 위에 앉아 아군 진영을 둘러보았다.

횡진을 이루어 적을 기다리는 병사들은 거듭된 도발로 긴장보다는 흥분 상태였다.

"이대로 충돌한다면 수적 차이로 틈이 생길 것 같지만……."

이쪽의 수는 5천, 상대의 제1진과 같으나— 그것은 부상자를 포함한 숫자라서 실제로는 4천 정도였다.

상대가 깨닫지 못하도록 가장하고 있지만 들키는 것은 시간문제이리라.

"남은 건 얼마나 상대를 분기시켜서 중앙에 중점을 두게 하는가……. 그리고 기마대를 움직일 시기를 판별해야겠죠."

주위 지형을 둘러본 클라우디아는 작게 신음했다. 히로에게 지시를 받았지만 성공할지 말지는 클라우디아에게 달려 있었기에 간단히 결단할 수 없었다.

"공주님! 적의 제1진 구성을 알아냈어!"

고민하는 클라우디아를 향해 후긴이 말을 몰아 다가왔다.

"좌우 기마대는 합쳐서 2천. 중앙 보병이 3천. 적의 제2진은 움직이지 않을 것 같아. 아마 제1진의 독단전행이려나?"

백성들을 상대로 압도적인 무(武)를 보여주면서 자기 실력을 착각했을 가능성— 혹은 약탈 등의 행동을 제한하지 않았기에 통제를 잃었거나, 3만이라는 숫자가 교만을 조장했을지도 몰랐다. 클라우디아는 갸름한 턱에 손을 대고 크게 웃었다.

상대는 대군이지만 결사적이지 않았고, 쉬운 싸움이라고 생각하는지 각오도 보이지 않았다. 클라우디아는 결단하고서 허리에 찬 마검 오토클레르를 뽑았다.

"깃발을 올리세요. 작전을 개시합니다!"

레벨링 왕국의 문장기가 본진에 차례차례 올라가며 뿔피리가 하늘 높이 울렸다.

좌우에 대기 중이던 기마대가 모래 먼지를 일으키면서 진격을 개시했다.

본진을 포함한 보병대는 적을 기다리는 모습이 되었다.

바람이 불어 깃발이 하늘을 헤엄치고, 숲이 조용한 음을 연주했으나 군화가 모든 소리를 뭉개 버렸다.

"옵니다! 밀리지 말아 주세요!"

클라우디아가 소리침과 동시에 전열이 우렁차게 외치며—적군과 충돌했다.

전선에서 검과 검이 맞부딪쳤다. 불꽃을 튀기고, 피 안개를 날리며, 창끝이 번뜩였다.

기마대도 앞에서 전투를 시작했는지 모래 먼지가 하늘 높이 올라갔다.

"공주님! 역시 중앙이 밀리고 있어!"

후긴이 말 위에서 시선을 집중하며 전황을 전달했다. 클라우디아도 똑같이 눈길을 주자 중앙이 크게 밀려서 후퇴하고 있었다. 그 틈을 타 적군이 중앙을 집중적으로 공격했다. 그러나 클라우디아에게 초조함은 없었다. 오히려 작게 웃었다.

"걱정할 필요 없겠죠. 저기엔 히로 님이 계시는걸요."

"히로 님이?!"

중앙은 일부러 무너지도록 민병으로 구성했다. 히로가 말하길, 전부 이기기 위한 책략이라고 했다. 요컨대 눈가림— 상대를 유인하기 위한, 아군의 피해를 최소화하기 위한 책략이었다.

“많은 병사들이 자신감을 잃어 가고 있었으니까요. 물러나는 데 익숙해져 버리면 향후 책략에 영향을 미쳐요. 그래서 히로 님은 연극을 벌이시기로 한 거예요. 민병을 사용하다니 대담한 것도 정도가 있지만…… 이걸로 병사들도 조금은 자신감을 되찾을지도 모르죠.”

간담도 서늘해졌겠지만요…… 라고 덧붙인 클라우디아는 전선에 눈길을 주었다.

“정말로 대단하시네요. 역시 『군신』의 후손이라고 해야 할까요.”

지금쯤 전선에서는 적병이 공포에 떨고 있을 것이다. 어둠에 먹히지 않으려고 필사적으로 저항하고 있을 것이 틀림없다. 그런 예감을 느끼며 클라우디아는 전선을 계속 바라보았다.

*

중앙이 무너졌다. 적이 안쪽으로 몰려오고 있었다. 병사들은 다시 밀어내고자 분투하고 있지만 탁류처럼 밀려드는 적의 공격은 격렬하여 막을 수 없었다.

중앙을 맡고 있는 것은 민병— 징병된 백성이었다.

자기 방식대로의 싸움만을 경험한 그들은 정규 전투라는

것을 몰랐다— 그리고 대부분이 전쟁을 경험한 적이 없었다. 그래서 무너지는 것이 빨랐다. 경험, 긴장, 숙련도— 커다란 격차는 여럿 있지만 그것이 현저하게 나타나는 것은 개전 직후였다.

'얼른 물리쳐야겠네. 사기는 바닥났어. 언제 도망칠지 모르는 상황이야.'

자신감을 가지게 하려면 이쯤에서 나서야 했다. 민병이 분투한다면 질 수 없다며 정규병도 힘을 발휘하기 시작할 것이다. 그렇게 되면 군대는 더욱 단결하여 강해지리라.

군의 사기를 올리기 위해서 히로는 그것을 한 가지 꾀로서 계략에 포함했다.

공포에 지배된 병사들의 의욕을 촉발하고, 민병의 미약함도 보강할 뿐만 아니라 적을 유인할 수도 있었다.

"비켜, 망할 애송이!"

"이렇게 큰 기회는 없어. 그러니 이용하지 않을 수 없지."

"으억?!"

히로는 육박하는 적병의 목을 베어 버렸다. 목 부분에서 피를 뿜어내며 시체가 쓰러졌다.

"향후 계획을 위해서라도 당신들은 민병의 양식이 되어 줘야겠어."

노기를 내뿜는 수많은 적이 시야를 가득 메우고— 사나운 외침이 대기를 진동시켰다. 히로가 귀찮다는 듯이 『천제』를 가볍게 휘두르자 잇따라 적병의 목이 날아가며 대지에 붉은 피가 내렸다.

“멋대로 날뛴 대가야. 진짜 공포라는 걸 깨닫도록 해.”

땅을 박차며 히로가 앞으로 나가니 그 압도적인 패기를 앞에 두고 적이 움직임을 멈췄다.

“으라아아!”

그런 적에게 민병이 검을 들고 돌격했다. 전장에서 망설이면 목숨을 잃는다.

적이 베여 쓰러지며 시체가 무참히 밟혀 갔다.

그러나 적군은 썩어도 마족(조로스터)이었다. 간혹 일개 병졸이라고는 생각할 수 없을 만큼 뛰어난 자도 존재했다.

“이 잡종들이! 마족에게 대들다니 건방지게!”

마족은 자기의 신장보다 큰 대검을 휘둘러 아군의 몸을 날려 버리고 내장을 흩뿌렸다.

모처럼 얻은 기세를 잃고 싶지 않았다. 히로는 가벼운 동작으로 대검을 막았다.

검이 아니라— 손가락만으로.

“가볍네. 순혈이었다면 내 손가락은 없어졌겠지.”

“뭐…… 뭐야— 너는?!”

마족의 얼굴은 격앙이 아니라 경악에 물들어 있었다.

“결국은 당신도 잡종이라는 말이야.”

히로가 손가락을 놓자 대검이 해방되며 거구가 비틀거렸다. 히로는 즉각 『천제』를 휘둘렀다.

부드러운 바람이 마족의 몸을 휘감았고—.

"……아, 으?"

아주 간단하게 몸통에서 분리된 목이 중력에 이끌려 둔탁한 소리를 내며 땅에 내던져졌다.

"자— 다음은 누가 내 상대를 해 줄 거지?"

『천제』 끝을 주위로 돌리자 적병들이 두려워하며 뒷걸음질쳤다.

히로는 그 광경을 재미없다는 얼굴로 일별하고서 대지를 박찼다.

적병들은 결사적으로 저항했으나 번뜩이는 칼날이 지나간 길에는 허무하게도 시체만이 남았다. 대지 위에 그려진 수많은 피의 길— 그것을 따라가며 민병은 우렁찬 외침과 함께 노도 같은 기세로 적들을 밀어내기 시작했다. 그것이 전파되며 전군을 고무시켜 갔다.

많은 시체로 산을 쌓았을 무렵, 히로는 마침내 발을 멈췄다.

"우선은 이쪽의 한 수를 끝내도록 하지. 당신의 죽음으로 말이야."

피로 젖은 길의 최후는 적의 지휘관— 삼마장(아수라) 갈리우스 반 사잔드였다.

그는 희희낙락대며 웃더니 말에서 몸을 날려 대지에 내려섰다.

"훌륭해…… 스스로 전선에 나와서 반격하다니. 그 무예는 참으로 굉장하군."

허리에서 검을 뽑아 상단자세로 겨눈 갈리우스는 조용히

숨을 토해 냈다.

“그래야 『군신』의 후손이지. 가슴이 설레는데!”

“두려움을 모르는 자는 사신을 불러들이지.”

“그럼 그것과 함께 네놈을 썰어서 내 무예를 세계에 알리겠다!”

다리를 벌리고 서서 임전 태세가 된 갈리우스가 히로를 노려보았다.

“그리고 네놈도 마찬가지 아닌가? 자기 힘을 과신하고 있기에 이렇게 전선까지 나온 거지. 내가 있으면 질 일은 없다는 생각, 그건 나와 다를 바 없어. 그것 또한 교만이다.”

갈리우스의 검이 탁해진 공기를 갈랐다. 그러나 그 공격은 히로에게 맞지 않았다.

“충고 고마워. 하지만 당신은 착각하고 있어. 나는 한 번도 교만한 적 없거든. 그러다 예전에 따끔한 맛을 본 적도 있고 말이야.”

“훗, 말은 잘하는군! 먼저 그 태연한 얼굴을 난도질해 주마!”

갈리우스는 땅을 힘껏 박차고 칼날에 노기를 실어 종횡무진 공격해 왔다.

“『싸울 수 있다면 그걸로 좋다』. 당신처럼 단순 명쾌하고 다루기 쉬운 자도 없을 거야. 보통은 그 멍청함을 보고 그냥 넘어가 줬겠지만 아쉽게도 이번에는 그럴 수 없어.”

머리를 뒤로 당기자 칼날이 코앞을 통과했다. 동체를 찔러 들어와서 몸을 틀어 회피했다. 하단에서 다가오는 칼날은 발로 차 궤도를 돌렸다. 그렇게 하니 사고에 여유가 생겨서 다음 공격을 보고 피해 갈 수 있었다.

성난 파도 같은 공격을— 히로는 그 자리에서 한 발자국도 움직이지 않으며 계속 피했다.

"……하아, 이건, 뭐, 지?"

갈리우스는 지치기 시작했는지 움직임이 둔해졌다.

"얼마나— 차이가 나는 거야!"

피로도 있겠지만 짜증을 다분히 포함한 갈리우스의 공격에서 힘이 빠져 갔다.

크게 휘둘린 대검이 땅에 박혔고, 히로는 그 칼끝을 밟고서 『천제』를 휘둘렀다.

"축하연에서는 멋대로 날뛰어 줘서 고마워. 삼마장이라고는 해도 일대일이 되니 이 모양이네."

비스듬히 검을 내려치자 칼날이 쇄골을 부수고 내장을 가르면서 대량의 피가 뿜어져 나왔다. 하지만 갈리우스는 쓰러지지 않고 대지를 밟으며 버텼다.

"악……! 이, 1합도 칼을 맞부딪치지, 않다니…… 완전히 바보 취급을!"

더는 버틸 수 없었는지 갈리우스는 대량의 혈액을 토하고서 땅으로 무너졌다.

"바, 바알은 이렇게, 안 될, 거다……."

갈리우스의 눈동자에서 빛이 사라져 갔다. 주위 아군에게서 환성이 터져 나왔다.

히로는 적군의 제2진으로 시선을 돌렸다. 그들은 이변을 감지했는지 움직임을 보이고 있었다.

"첫 전투는 승리했어. 이 뒤는—."

"히로 님! 적의 제2진, 제3진의 움직임을 확인! 이쪽을 향해 옵니다!"

후긴이 히로 곁으로 말을 달려 다가와 손을 내밀었다.

히로는 그녀의 손을 잡고 말 등에 올라탔다.

"그럼 천천히 후퇴할까? 깃발은 가져왔어?"

"예!"

후긴이 말에 달아 두었던 깃발— 레벨링 왕국의 깃발을 흔들자, 멀리 떨어진 본대에서 뿔피리와 함께 북이 울렸다. 각처에서 발생하던 칼싸움 소리가 조용히 수그러들어 갔다. 그러자 적군 제1진의 움직임에 변화가 일어났다. 갈리우스가 죽었기에 물러나기 시작한 것이다.

"이쪽도 후퇴하면서 대열을 정돈하자. 그리고 추격은 안 해도 된다고 각 부대에 전해야지."

적군 제2진과의 거리는 충분했다. 전공에 눈이 먼 부대가 추격에 나서지 않도록 조심한다면 여유롭게 후퇴할 수 있고, 다음 전투에 대비하는 것도 가능하리라.

게다가 살아남은 적의 수가 많으면 많을수록 이후 싸움에 영향을 줄 테고, 그것을 이용하여 새로운 책략을 시도할 기회도 생긴다.

"당장 이행하겠습니다!"

후긴이 쾌활하게 대답하고 즉각 말 머리를 돌렸다. 도중에 기분 좋아 보이는 무닌이 옆으로 말을 몰아 함께 달렸다. 전선에서 날뛰고 있었는지 피를 뒤집어써서 온몸이 새빨갰다.

"마족이라고 해도 인간과 다를 바 없군요. 다치면 피를 흘리고 간단히 쓰러져 버립니다."

믿음직스럽다고 내심 중얼거리며 히로는 감사를 말에 담았다.

"분명 가장 큰 공을 세운 건 무닌일 거야."

"정말입니까! 가더 대장한테 혼날 일은 없겠네요!"

무닌이 기뻐하며 창을 번쩍 치켜들고 우렁차게 외쳤다.

*

"반란군은 거리를 두고 야영을 구축한 뒤 쉬기 시작했습니다."

고개를 숙인 병사가 말했다. 본진으로 돌아온 히로는 보고서 한 장을 읽고 있었다.

듣고 있는지 확실하지 않았다. 병사는 불안한 표정을 지었지만 이어서 말했다.

"척후를 푼 것 같기는 합니다만…… 어떻게 하시겠습니까?"

히로는 보고서에서 눈을 떼고 병사를 바라보았다. 대지에 쌓인 눈이 석양을 받아 노을빛으로 물들었고, 병사의 갑옷은 잔불처럼 빛을 냈다.

그 색깔은 온전히 석양 때문에 만들어진 것이 아니라 피가 튀었기 때문이기도 했다.

"몇몇 부대를 주위에 매복시켜서 잡도록 하겠어. 7번부터 10번대 대장에게 그렇게 전해 줘."

첫 전투는 이것으로 끝이었다. 야간 전투를 준비하긴 했지만 상대에게 그럴 생각은 없을 것이다.

"예!"

병사가 오른쪽 가슴을 두드려 대답했다. 히로는 보고서를 정리한 뒤, 그를 향해 다시 한 번 말했다.

"아아……그리고 각 부대에는 주변 경계를 게을리하지 말라고 지시해 둬."

"알겠습니다!"

병사가 떠나는 것을 지켜본 히로는 군의가 열리는 곳으로 발걸음을 옮겼다.

"2천에서 3천은 더 줄이고 싶었는데……."

남부군이 야영을 구축한 장소는 서쪽과 동쪽이 숲으로 덮인 곳이었다.

반란군이 쫓아왔을 때를 대비해 이 장소를 지정했지만 괜한 일로 끝날 것 같았다.

홧김에 공격해 올 줄 알았더니 조금은 냉정한 부분이 남아 있는 모양이었다.

병사들에게 빨리 휴식을 줄 수 있었기에 그렇게 나쁘지도 않지만…….

"무엇보다 이쪽의 사기는 올랐어. 이제 상대가 흐름을 바꾸려 하기 전에 다음 수단을 써야겠지."

히로가 혼자 중얼거리며 막사 안으로 들어서자 클라우디아와 무닌, 후긴이 기다리고 있었다.

우선은 이 세 사람과 히로를 포함한 네 명이 군의를 열기로 되어 있었다.

그 뒤에 부대장들이 각 부대의 피해 상황을 보고하러 올 예정이었다.

"아아, 그대로 있어도 돼. 즉각 상황을 확인하기로 할까?"

예를 취하려 한 무닌과 후긴을 막고서 히로는 중앙에 준비된 책상으로 걸어갔다.

그곳에는 남부 지도가 펼쳐져 있었다. 여기저기 말이 놓여 있는 곳은 함정을 준비한 장소였다.

"먼저 상대의 대략적인 피해 수인데, 제1진은 2천 정도 줄었을 거예요. 경상자와 중상자를 포함하면 3천을 넘겠죠. 그에 반해 이쪽은 부상자를 포함해 1천쯤, 싸울 수 있을 만한 기력이 있는 자는 3천 정도예요."

클라우디아가 말을 하나 두었다— 히로 일행이 지금 있는 장소였다.

"간첩의 보고에 의하면 적의 본진은 개전 당초와 마찬가지로 움직이지 않았어요."

조금 떨어진 곳— 트인 장소에 말을 하나 추가했다. 프라우스 본진이 있는 곳이었다.

"요격 자세를 무너뜨리지 않네요. 제1진의 패퇴를 보고 신중해진 걸지도 몰라요."

"으음, 적군은 이곳에 도착한 뒤로 한 발자국도 움직이지 않았습니다. 약탈 부대를 각지에 보내고는 있지만……."

후긴의 말에 클라우디아가 고민스러운 얼굴로 끙 소리를 냈다.

"그렇군요…… 그럼 뭔가 의도가 있다는 건가요?"

"그렇게 생각하는 편이 좋을 겁니다…… 대군이면서 그 이점을 살리려 하지 않는 건 너무나도 부자연스럽고, 무언가 꾸미고 있다고 여기는 게 타당합니다."

"야습해 오려는 걸까요?"

클라우디아가 시선을 보내왔기에 히로는 작게 고개를 가로저었다.

"상대가 아직 움직임을 보이지 않았다면 지금부터 이동한다는 말이 돼. 하지만 그럼 들킬 테니까 대군을 움직일 수는 없어. 야습은 없을 거야."

무엇보다 적군은 제1진이 와해되어 재편해야만 하는 상황이라 야습할 시간이 남아 있지 않았다. 멀쩡한 제2진이나 제3진을 보낼 수도 있지만, 앞으로의 일을 상정하고 있다면 병사 수를 줄이는 어리석은 행동에 나서지는 않을 것이다.

"의표를 찔러 공격해 오더라도 야습 준비는 되어 있고, 함정도 몇 개 준비해 뒀어."

빈틈은 없었다. 일은 순조롭게 진행되고 있었다. 다음 수단을 쓸 단계였다.

"그러니 이쪽에서 야습하도록 할까?"

"상대는 대책을 세워 뒀을 텐데요?"

히로의 말에 클라우디아가 반응을 나타냈다.

수적 차이를 뒤집기 위해 기습을 가한다— 그 전술은 동서고금을 막론하고 사용된 수법이었다.

그러나 당연히 상대에게 들킨다면 의미가 없었다.

"이쪽도 병사 수를 줄일 수는 없지. 소리를 내서 상대의 동요를 유발하기만 하면 돼."

"그게 상대를 피폐하게 하는 목적이더라도— 이쪽 수는 적어요. 교대시킬 만한 여유는 없어요."

오히려 이쪽에 피로가 쌓여 전투에서 쓸모없게 된다고 말하고 싶은 것이리라.

그 의견은 타당했기에 히로는 고개를 끄덕이고서 이유를 말했다.

"상관없어. 내일은 싸울 필요가 없으니까. 밤중에 움직인 부대는 쉬게 할 거야."

"……안 싸운다고요?"

클라우디아가 의아해하며 눈썹을 찡그리니 후긴이 끼어들었다.

"저, 저기, 그건 무슨 뜻입니까?"

히로의 의도를 이해할 수 없어서 당황한 모습이었다.

답을 가르쳐 줘도 되지만, 그렇게 하면 스스로 생각하기를 그만두고 만다. 되도록 자기 힘으로 답을 찾았으면 했다.

어떻게 해야 할까, 히로가 고민하고 있자 낯선 병사가 막사 안으로 뛰어 들어왔다.

"……군의 중에 죄송합니다."

병사는 가쁘게 숨을 내쉬며 빠르게 말하더니 주춤거리면서도 품에서 편지 두 장을 꺼냈다.

히로는 그것을 인지하고 그의 오른팔을 보았다— 흰색 천이 감겨 있었다.

거기에는 『5』라는 숫자가 수놓여 있었다.

"제5황군의 전령인가?"

"예! 제5황군, 백랑기사단 직하 전령입니다."

백랑기사단의 지휘관은 제2황자였다. 즉, 그는 제2황자의 직속 전령이라는 말이었다. 고개를 숙이며 내민 편지 두 장은 그의 주인인 제2황자가 보낸 것이리라.

히로는 편지를 받았고— 그중 한 장을 펼치고서 쓰게 웃었다.

"당신의 이름만 적혀 있는데?"

편지에는 내용이 없었다. 전령이 진짜임을 나타내는 이름만이 적혀 있었다.

전령에게 내밀자 그는 얼굴이 파랗게 질리더니 땅에 이마를 박았다.

"이, 이야기는 만난 뒤에 하자고 하셨습니다."

황족인 히로를 속이게 된 탓인지 죽음의 선고를 기다리는 죄인처럼 목소리가 떨리고 있었다.

"아아, 신경 쓰지 않아도 돼. 기분이 상한 건 아니니까."

히로는 의자에 앉고서 탄식했다.

백지— 그것은 원군을 바라는지 묻는 의미였다.

"그래서, 제2황자는 지금 어디 있지?"

"레벨링 왕국과의 국경 부근에 군대를 집결시켜 두셨습니다. 히로 전하의 신호에 따라 언제든 움직일 준비가 되어 있습니다."

"만약 원군을 요청하면…… 여기 오는 데 얼마나 걸리지?"

"아마 여드레 안으로 합류할 수 있을 겁니다."

"그런가. 그럼 이렇게 전해 줘."

히로는 클라우디아에게 종이 한 장을 요구하고서 그것을 전령에게 건넸다.

"반란군은 괴멸했다— 고 말이야."

"예! ……예?"

전령뿐만 아니라 클라우디아와 후긴 남매도 어안이 벙벙해졌다.

히로는 전령에게 걸어가 그 어깨를 두드렸다.

"거짓말 아니야. 당신이 제2황자 곁에 도착했을 무렵에는 끝났을 거야."

"하, 하오나……."

믿을 수 없는지 전령이 곤혹스러운 표정을 짓고 있었다.

"지금 당장 출발할 필요는 없어. 식사라도 하고, 피로를 풀고서 돌아가도록 해."

히로는 그 말만 하고 밖에 있는 경비병을 불렀다.

"무슨 일이십니까?"

"이자에게 식사를, 그리고 건강한 말을 준비해 줘."

"예! 그럼 사자님, 이쪽으로 오십시오."

전령은 여전히 당황한 표정으로 경비병을 따라 막사 밖으로 나갔다.

히로가 남은 일행에게 몸을 돌리자 설명하라는 얼굴로 바라보고 있었다.

"질문이라면 받을게. 그런 고로— 일단은 상대의 반응을 볼까?"

책상에 펼쳐진 지도를 보고 히로는 짙게 웃었다.

## 제5장 상책과 하책

반란군 본진— 사령부는 정적에 지배되어 있었다.

주된 원인은 제1진이 괴멸했기 때문이지만, 열등종이라며 깔보았던 인간— 심지어 민병의 강함을 똑똑히 보게 되어 전전긍긍하고 있는 것이었다.

"서둘러 자세한 수를 파악 중이지만, 제1진의 반수 이상은 전투에 참가할 수 없을 거야."

"설마 그 정도 도발에 넘어갈 줄은 몰랐군."

"결국은 범죄자로 구성된 집단인 거지. 규율이라는 개념 따위 존재하지 않아. 제 욕망을 채울 생각뿐이야."

"하지만 어떻게 재편해야 하지? 여기서 제1진을 잃는 건 뼈아프다고 생각한다만?"

참모들이 이야기를 나누었으나 모두의 얼굴에 고뇌가 드러나 있었다. 제1진을 재편하려고 해도 지휘관 갈리우스를 포함해 부대장급 대부분이 전사해 버린 상태였다.

"임시로 계급을 올려서 하사관에게 맡길 수밖에 없어."

"그렇게 하더라도 제1진 지휘는 누구에게 맡기지?"

"경험이 적은 자밖에 없네. 그런 자에게 맡기면 다음에야말로 전멸할 걸세."

오랜 세월 그란츠 대제국의 보호 아래 있던 레벨링 왕국은 전쟁이라는 것을 몰랐다.

그래서 젊은 마족 대다수는 도적이나 괴물(몬스터) 토벌 경험밖에 없었다.

“그건 그렇고 바알 님은 어디 가신 건가? 우리만으로는 버거워.”

한 참모가 의문을 나타내자 노령의 마족이 입을 열었다.

“제1진이 열세에 몰린 뒤부터 모습을 감추셨네.”

“어디 가신 거지?”

“글쎄, 『군신』의 후손이 싸우는 모습을 보신 뒤로 모습이 이상하셨지.”

“『군신』의 후손인가…… 도망치지 않고 남부군과 합류하다니, 일이 귀찮아졌어. 무엇보다 그 가공할 궁술은 사람의 영역을 뛰어넘었어.”

“병사들 얘기로는 갈리우스 님의 목도 녀석이 벴다고 하던데…….”

“흥! 어차피 인간이야. 대책은 나중에 생각하기로 하고— 우선은 재편을 어떻게 할지가 문제지.”

그렇게 누군가가 말하자 침묵이 막사 안에 내려앉았다.

그때—.

“제1진은 예비로 후방에 이동시킨다. 그런 뒤 적당히 쓰고 없애면 돼. 다른 부대에 편입해도 되지만 다들 범죄자는 필요 없잖아?”

입구에 한 남자가 나타났다. 삼마장(아수라) 바알이었다.

참모들이 나란히 경례했다. 바알은 작게 고개를 끄덕이고 중앙으로 걸어가 지면에 펼쳐진 지도를 내려다보았다. 그 얼굴은 여전히 후드에 덮여 있어서 표정을 엿볼 수는 없었지만 의문스럽게 여기는 자는 이 자리에 한 명도 없었다.

"어디 가셨던 겁니까?"

"병으로 누워 계신 프라우스 왕태자께 보고를 드리러 갔다 왔다."

"그런 상황에서 말입니까?"

참모가 비난 어린 시선을 보내자 바알은 그늘 속에서 얼핏 보이는 입꼬리를 올렸다.

"군대를 긴장시키기 위해서도 첫 전투는 패배할 필요가 있었어. 제2진에 영향을 주지 않을 정도로 말이야. 그리고 그 자리에서 내 지휘가 필요해지는 일은 없지 않았나. 실제로 제군들의 판단으로 충분히 대응했어."

"상정했던 일이었다는 거군요."

"그래, 설마 갈리우스가 죽을 줄은 몰랐지만 영향은 미미하겠지. 그 녀석은 너무 호전적인 점 때문에 미움을 받았으니까."

"제1진도 범죄자로 편성되어 있어서 정규병은 그들을 골칫거리로 여겼었죠."

"한 가지 예상 밖이었던 건 『군신』의 후손이 도망치지 않고 남부군을 돕고 있다는 거지만…… 그것 말고는 이쪽의 의도대로 진행되고 있어."

노령의 참모가 흰색이 섞인 수염을 쓸어내리며 바알을 바라보았다.

"그럼 이제 어쩌실 겁니까?"

"앞으로 명령을 무시하고 돌격을 감행하는 어리석은 자는 없을 거다. 그럼 작전은 처음과 똑같아. 우선은 남부군을 쓰러뜨리는 것만 염두에 두면 돼."

"그럼 그렇게―."

참모가 말을 마치려 했을 때, 밖에서 북소리가 울렸다.

"적습인가?"

참모들은 안색이 바뀌어서 밖을 살피러 나가려고 했다.

"잠깐, 허둥지둥 밖으로 나가면 병사들이 불신감을 가질 거다. 상급 사관이라면 어떤 상황에서든 당황하지 마라."

그렇게 타이른 바알은 참모들 앞을 걸어갔다.

막사 밖으로 나가니 해는 완전히 떨어져 있었다. 사방에서 어둠이 몰려들고 있었으나 밤하늘에는 별이 반짝였고 화톳불도 많았기에 발밑이 보일 만큼 밝았다. 시야 안에서는 병사들이 분주하게 사방을 둘러보고 있었다.

그러나 본진 어디에서도 불길은 솟아오르지 않았고, 적습을 받은 모습은 보이지 않았다.

"흠, 그렇군. 이런 수단을 쓰는 건가……."

바알은 앞을 지나가던 한 부대장을 불러 세웠다.

"심각하게 받아들일 필요는 없다. 우선은 소란을 잠재우도록. 꼴사나운 것도 정도가 있어."

그는 냉정하게 상황을 판별하고 지시했다.

"그리고 방책을 삼중으로 치고 화톳불을 늘려라. 교대는 두 시간에 한 번씩. 또한 소리 나는 곳을 향해 시간을 두고 불화살을 쏘라고 각 부대에 통달하라. 그걸로 견제가 되겠지."

"당장 시행하겠습니다!"

병사가 떠나가자 노령의 참모가 바알에게 다가왔다.

"상대의 목적이 무엇이라고 생각하십니까?"

"글쎄, 생각보다 이쪽 경비가 엄중하여 피폐하게 만드는 전략으로 바꿨거나, 아니면 혼란을 틈타 진영에 밀정을 잠입시켰을 수도 있지. 지금 생각나는 건 그 정도군."

자신의 생각에 절대적인 자신감이 있는지 그 말은 확고했다.

"너희는 이만 쉬어라. 도발에만 넘어가지 않으면 야습이 벌어질 일은 없어."

바알은 후드 끝을 잡아당기고서 참모들에게 등을 돌렸다.

"어디 가시려는 겁니까?"

"프라우스 왕태자께 간다. 이 소란으로 불안해지셨을 테니 말이야."

질문에 답한 바알은 걷기 시작했다.

"몸에 휘감은 분위기는 판박이…… 무엇보다 **녀석**의 기척이 확실하게 느껴졌어. 『군신』의 피는 쇠하지 않았다는 건가."

큭큭 하고 목을 울린 바알은 과거 기억을 끄집어냈다.

"심지어 그 도발 방법도 닮았어. 슈바르츠를 방불케 했지. 마침내 1000년의 원한을 풀 때가 왔다. 우리 「왕」의 비원을 달성하기 위해서도 『군신』의 후손은 여기서 죽여 둬야 해."

병사들의 혼란이 수습될 무렵, 바알은 프라우스의 막사에

도착해 있었다.

내부는 암흑에 지배되어 섬뜩할 만큼 음침한 분위기가 흘렀다.

“몸 상태는 어떠십니까?”

바알이 어둠 속에서 꿈틀거리는 덩어리에게 말을 걸자—.

“나쁘진 않아.”

짧은 대답이 돌아와서 바알은 만족스럽게 고개를 끄덕였다.

“잘 견디셨습니다. 이것으로 프라우스 님은 『왕』의 『사병(死兵)』이 되셨습니다.”

“정말로 나는 죽은 건가?”

“예, 그리고…… 프라우스 님의 혼을 불러들이기 위해 1만3천 명이 희생되었습니다.”

인간입니다만…… 하고 덧붙이자 프라우스가 즐겁게 웃었다.

“크하하하! 동포가 아니라면 얼마든 죽어도 상관없어. 하지만 고작 그 정도 희생으로 『원초(原初)』의 힘을 받을 수 있을 줄은 몰랐군.”

바알은 그 말에 기분 나쁜 미소만 지으며 아무 대답도 하지 않았고, 어둠 속에서 몸을 천천히 흔들 뿐이었다.

“왜 그러지?”

프라우스가 의문을 입에 담자 어둠 속에서 바알이 고개를 가로저었다.

“아무것도 아닙니다. 그보다 보고드릴 것이 있습니다. 제2황자가 각지에서 국경 부근으로 병사를 불러 모으고 있는 것 같습니다. 대략적인 수입니다만 5만 정도일 겁니다. 제4황자가 도움을 구하면 여드레 안에 이쪽으로 올 듯합니다."

"……이쪽은 3만— 제1진이 피해를 보았으니 그 이하겠군."

"하지만 안심하십시오. 상대가 생각해 낼 책략은 전부 읽었습니다. 이제 상대가 어떻게 나오는지 느긋하게 살피기만 하면 됩니다."

그 말에 즐거운 웃음소리가 메아리쳤다. 그것은 공기를 삐걱거리게 하고 소용돌이치며 깊이 탁해져 갔다.

*

보석을 흩뿌린 것처럼 밤하늘에 별이 반짝였다.

뼈에 사무치는 찬바람과는 반대로 달빛은 부드러웠고, 그 빛을 의지해 히로는 편지 한 장을 읽고 있었다. 전령이 제2황자의 편지와 함께 가져온 것이었다.

발신인은 2만의 군세를 이끌고 페르젠 속주로 향하고 있는 제6황녀였다.

정비된 도로는 적의 침공 속도를 높이지만 그 반대도 마찬가지— 사흘 후에는 리즈도 아우라와 합류할 수 있을 것이다.

'페르젠 잔당군도 신경 쓰이지만…… 우선은 내 일을 정리하도록 할까.'

도저히 이해되지 않는 점이 많았다. 그것을 오늘 하루 만에 판별하기는 어려웠다.

가능하다면 내일, 늦어도 모레까지 상대의 의도를 전부 확인해야 했다.

'좀 더 술책을 부려 와도 될 텐데 말이지.'

히로는 막사로 돌아가 지면에 지도를 펼치고 앉았다.

'뭔가 움직임을 보여 줬으면 좋겠는데…… 어쩌면 좋을까.'

지도를 바라보던 히로는 국경에서 눈을 멈췄다. 제2황자가 이곳에 군대를 집결시키고 있었다.

그러나 이 수단은 너무나도 위험했다. 레벨링 왕국의 숨통을 끊어 버리는 수단이었다.

'하지만 머릿속에 슬쩍 떠오르게만 해도 상대의 빈틈을 유도할 수 있어.'

히로는 작게 신음하며 안대를 쓰다듬고 얕게 숨을 내쉬었다.

'흔들어 볼까……. 그럼 답은 나올 거야.'

술책에 걸려들어 준다면 적을 섬멸하기 쉬워진다.

히로는 더욱 깊이 의식을 가라앉혀 갔다.

그리고 지도상에 말을 몇 개 늘어세우며 많은 책략을 떠올리고 버려 갔다.

"히로 님."

부르는 소리에 얼굴을 들자 후긴이 한쪽 무릎을 꿇고 있었다.

언제 들어왔는지 히로가 의문스럽게 여기니—.

"겨우 반응해 주셨군요. 이걸로 다섯 번째입니다."

그렇게나 집중하고 있었나 싶어서 스스로도 깜짝 놀라자 후긴이 쓰게 웃었다.

"만약 암살자였다면 어쩌려고 그러십니까. 저희가 근처에 있다고는 하지만 당장 날아올 수는 없습니다."

아무리 그래도 살기는 눈치챈다. 살기를 지우고 있더라도 『흑춘희』가 반응할 테니 걱정되지 않았다.

"그보다 후긴이야말로 이런 밤중에 무슨 일이야?"

"아직 불이 켜져 있는 것 같길래 야식을 가져왔습니다."

후긴이 쉬는 장소는 히로의 막사에서 그리 멀지 않았다. 군대에 여성이 적다는 점 때문에 걱정이 된 히로가 근처에 막사를 펴게 한 것이다. 그곳에서 그녀의 오빠인 무닌도 함께 지내고 있는데, 그것 때문에 주위 남자들의 질투를 한 몸에 받고 있는 모양이었다.

"담백한 수프와 빵뿐입니다만."

"고마워, 잘 먹을게. 마침 출출했거든."

눈앞에 앉은 그녀는 할 일이 없어진 탓인지 지면에 펼쳐진 지도로 눈을 돌렸다.

"히로 님은 항상 전술을 생각하시는 겁니까?"

"그렇지도 않아. 아무 생각 없이 잘 때도 있어."

"오늘은 다른가요?"

"신경 쓰이는 점이 있으면 잠이 안 와서."

"그럼 제가 옆에서 같이 잘까요?"

뭐가 어떻게 되면 그런 결론이 나오는 것일까, 히로는 전혀 짐작도 가지 않았다.

"……아니, 괜찮아. 야식도 먹었으니 곧 졸리겠지."

"앗, 그럼 숙면하실 수 있게 자장가라도!"

그러니까 왜 그런 결론이 되는 걸까, 히로는 두통을 느끼고 이마에 손을 얹었다.

"병사에게 귀감이 되지 않으니 사양해 둘게."

어깨를 으쓱이며 거절했으나 후긴은 눈썹을 찌푸리고 히로를 노려보았다.

"거짓말입니다. 지휘관의 도량을 보이기 위해 여자를 곁에 두는 자도 있다고 대장이 그랬습니다."

쓸데없는 지혜를 알려 준 가더를 향해 속으로 푸념하면서도 히로는 고개를 끄덕였다. 확실히 그런 자도 있었다. 지휘관은 여유가 있다고 병사들이 생각하도록. 그러나 그것도 잘 가려서 써야 했다. 지금 상황에서는 받아들여질 수 없는 방식이었다.

"아무튼 오늘은 괜찮으니까 후긴도 막사로 돌아가 쉬도록 해."

"아뇨, 히로 님이 걱정되니 여기 있겠습니다!"

무슨 말을 해도 소용없어 보였다. 그녀는 여기 있고 싶은 것뿐일지도 모른다.

히로는 깊이 탄식하고서 한 가지 묘안을 떠올렸다.

"아, 그래. 그럼 같이 전술을 생각할까?"

다른 사람의 의견을 듣고 번뜩 떠오르는 전술도 있었다.

"그래도 되나요?!"

기뻐하며 눈을 반짝이는 그녀를 향해 고개를 끄덕이며 히로는 지도에 말을 놓아 갔다.

*

다음 날 아침— 히로가 이끄는 남부군은 반란군과 다시 대치했다.

남부군의 본진에 흐트러짐은 없었고, 수는 뒤떨어지지만 적을 두려워하는 자는 한 명도 없었다.

대치하는 적군 또한 활력이 넘치는지 이른 아침부터 우렁찬 외침을 이어갔다.

언제든 싸울 수 있다는 의사 표시, 그리고 이쪽의 의욕을 꺾을 생각일지도 모른다.

"……히로 님이라면 이럴 때 어떤 방법을 쓰실 건가요?"

강풍이 지나가는 가운데, 미성이 히로의 고막을 진동시켰다.

"……응?"

마차에 탄 히로가 고개를 갸우뚱하며 옆을 보자 클라우디아가 험악한 눈으로 적군을 바라보고 있었다. 히로도 따라서 같은 장소로 시선을 주니, 적군이 어제와 마찬가지로 횡진을 펴고 기다리는 모습이 보였다.

"상대방 입장이라면 히로 님은 어쩌실 건가요?"

히로는 재차 묻는 클라우디아를 향해 고개를 끄덕이고 입을 열었다.

"내가 저쪽 입장이라면 살짝 틈을 보여서 상대의 반응을 확인하려고 할 거야. 긁어 부스럼이 될 가능성도 있지만, 가만히 눈싸움 벌이는 것도 재미없으니까."

"그럼 그렇게 나오지 않는 이유는 뭐라고 생각하시나요?"

"모습을 살필 뿐일 수도 있고, 아니면 무언가 책략이 있을지도 모르지."

히로가 대답하자 클라우디아가 퍼뜩 떠올린 얼굴로 힘 있게 고개를 끄덕였다.

"기습— 저희의 배후를 차지하려는 걸지도 모르겠어요."

"그렇다면 좀 더 도발해 올 거야. 무엇보다 여긴 탁 트인 장소라서 기습에 적합하지 않아."

설원을 이동하는 수상한 부대가 있다면 곧장 이쪽 척후가 눈치챌 것이다. 그 점을 고려하면 기습 부대를 잠복시켜 둘 만한 장소는 숲밖에 없다. 하지만 그 경우엔 숲으로 유인해야 했다. 그렇게 판단한 히로는 다시 주위를 둘러보았다.

"어딘가에 부대를 잠복시킨 것 같지도 않고. 십중팔구 상대는 움직일 생각이 없는 거겠지."

"하지만 서로 노려보기만 해서는 이길 수 없어요."

클라우디아가 수상하다는 눈으로 적진을 노려보았다.

히로는 어깨를 으쓱였다.

"우리와는 상관없는 얘기야. 우리는 우리 생각대로 움직이면 돼."

그렇게 말하고서 근처에 있던 전령을 불렀다.

"부르셨습니까?"

"선봉에 전진하라고 전해 줘. 다른 부대는 작전대로 움직이라고 하고."

"예!"

예를 취한 전령이 떠나갔다. 히로는 이어서 무닌을 불렀다.

다가온 무닌과 두세 마디 나눈 뒤, 어떤 취지가 적힌 서신을 넘겼다.

무닌은 소중하게 서신을 품에 숨기고 히로를 향해 머리를 숙였다.

"무모한 짓은 하지 마."

"이래 봬도 실력뿐만 아니라 도망치는 것에도 자신 있습니다."

"그래도 무슨 일이 생겼을 때는 작전을 고집하지 말고 도망쳐. 그렇게 중요한 것도 아니니까."

"알겠습니다. 그럼 이만."

무닌도 예를 올리고 떠나갔다.

동시에 선봉이 움직이며 대량의 모래 먼지가 일어났다.

그런 와중에 클라우디아가 말로 갈아타고 히로에게 다가왔다.

"그럼 저도 움직이도록 할게요. 정말로 이쪽은 괜찮은 건가요?"

걱정하며 재차 확인하는 클라우디아에 히로는 어깨를 으쓱였다.

"괜찮아. 나보다 그쪽이 중요하니까."

"그렇긴 하지만…… 상대에게 들키면 끝이에요."

"그때는 냉큼 돌격이라도 해서 화려하게 사라지기로 할게."

"그것참 유쾌한 모습이겠네요."

우스웠는지 작게 웃은 클라우디아는 말 머리를 돌렸다.

"그럼 시간도 됐으니 작전대로 움직일게요."

부대와 합류한 그녀의 모습이 보이지 않게 되자 히로는 강설이 휘몰아치는 전방을 응시했다.

"이걸로 제1단계는 종료려나. 그럼 이제 도망치기로 할까?"

히로는 즐겁게 중얼거리고서 기수에게 신호를 보내 레벨링 왕국의 깃발을 들게 했다.

그러자 전군이 움직이기 시작했다.

전진하지도, 좌우로 흩어지지도 않고, 천천히 후퇴를 개시했다.

그때, 전장을 뒤덮은 눈보라를 뚫고 한 전령이 마차로 다가왔다.

"히로 전하, 역시 적군은 움직이지 않을 것 같습니다. 그리고 전진한 선봉은 제1진과 합류하고자 좌우로 전개를 끝냈습니다."

"그럼 물러나라고 지시해. 거리를 벌리면 야영을 구축하고 오늘은 쉬겠어."

쓸데없이 체력을 소모할 필요는 없다. 이쪽이 지쳐 버리면 본전도 못 찾는다.

점차 멀어지는 남부군을 보고 이 이상은 위험하다고 생각했는지 적군이 거리를 좁혀 왔다. 그러나 공격으로 전환하는 일 없이 철저히 수비 태세였다.

물론 위협이나 도발은 있었으나 히로는 거기에 넘어가지 않고 담담히 거리를 계속 벌렸다.

그대로 양군은 어중간한 거리를 유지하다가 해가 저물어 밤을 맞이하게 되었다.

*

"오늘도 상대는 요란한 야습을 가해 왔군."

반란군의 참모, 바알이 그렇게 말했다.

"어제와 마찬가지로 소리뿐이지만."

그는 현재 야영지 중앙에 쳐진 천막에 있었다.

그 주변에는 군의가 끝났는데도 참모들이 불안한 표정을 지은 채 남아 있었다. 그들은 적의 공격에 겁을 먹고 자신들의 막사로 돌아가길 극도로 두려워했다.

"바알 님, 이 소리를 어떻게 할 수 없습니까? 이래서는 피로도 풀 수 없습니다. 무엇보다 병사들도 불안해하고 있습니다."

참모가 불평하는 것도 이해가 갔다.

상대는 북과 뿔피리로 요란한 소리를 연주하기만 할 뿐, 야습을 가하려는 모습은 전혀 보이지 않았다. 이래서야 정신만 마모되고 피로를 풀 수 없었다.

"대책은 세워 뒀어. 그 이상은 필요 없다. 안심하고 막사로 돌아가도록."

상대의 의도에 넘어가 공격에 나서 봤자 적은 도망칠 것이다. 자칫 잘못하면 반격당해 병사 수만 줄어들리라.

"그리고 쫓아가서 괜히 체력을 소모할 필요도 없어. 우리는 느긋하게 지켜보면 돼."

"하지만……."

이해는 하지만 납득할 수는 없다. 참모들의 표정은 그렇게 이야기하고 있었다.

안심하라고 해도 이런 상황에서는 간단히 쉴 수 없을 것이다.

그러나 귀마개를 하는 것 말고는 대처법도 없었다.

"이쪽에 야습을 가할 만한 틈은 없어. 이 이상 문답하겠다면 내가 직접 그 귀에 솜을 처넣고 재워 주겠다."

바알은 질렸다는 목소리로 말한 뒤 책상에 펼쳐진 지도를 내려다보았다.

오늘은 상대의 움직임에 부자연스러운 점이 많았다.

선봉이 모래 먼지를 크게 일으킴과 동시에 1천 이상의 남부군이 모습을 감췄다.

물론 바알은 주변 숲에 척후를 풀어서 복병이 없는지 조사하게 했다.

그러나 어디에도 적의 모습은 보이지 않았고 거리가 벌어질 뿐이었기에, 주위를 경계하면서 상대를 쫓아 전진했으나 맥이 빠질 만큼 아무 일도 일어나지 않았다.

아무런 계획이 없지는 않을 터…… 목적이 없다면 반드시 빈틈이 생기기 때문이다.

하지만 오늘 아침에 본 적의 후퇴는 일사불란해서 공격할 틈조차 없었다.

"만약 국경 부근의 제5황군과 합류할 생각으로 시간을 벌고 있는 거라면 이쪽도 움직이기 쉽긴 한데……."

제2황자가 이끄는 군대와 남부군이 합류한다면 이쪽의 수를 웃돈다.

그 목적으로 시간을 벌고 있을 뿐이라면 다소 얄팍한 생각이었다.

"합류할 거라면 그 전에 때려눕혀 주겠다만."

『군신』의 후손이 어느 정도 역량을 가졌는지 여전히 헤아리지 못한 상태지만 대군을 이끌도록 놔두면 귀찮아질 것이다. 그렇게 바알은 궁리하다가 문득 지도를 바라보던 눈을 가늘게 좁혔다.

"……흠, 이대로 남하하면 슈네 요새인가."

이곳에 틀어박혀 시간을 벌다가 제5황군과 협공을 꾀할 생각일지도 모른다.

그 방법 말고는 상대가 이길 가망이 없었다. 무엇보다 상대가 생각해 낼 「상책」은 전부 이쪽 손안에 있었고, 주도권은 바알이 항상 쥐고 있었다.

"바알 님. 척후가 이것을 발견했습니다."

참모가 내민 것은 편지 한 장이었다. 바알은 사고를 중단하고 참모에게 그 내용을 확인시켰다. 편지에는 제5황군에 원군을 요청하는 취지가 적혀 있었다.

"흠, 어떤 상황에서 손에 넣었지?"

"수상한 인물을 발견하여 붙잡으려 했더니 도망쳤고, 그때 이것을 떨어뜨렸다고 합니다."

"흥! 이런 중요한 편지를 때마침 떨어뜨렸단 말이지."

바알은 짙게 웃었다. 이것은 위협, 요컨대 하책— 이보다 더 한 실수는 없을 것이다.

스스로 실책을 범하다니…… 북받치는 희열에 바알은 웃음을 참을 수가 없었다.

"어리석군. 보험을 들고 싶었던 거겠지만 이건 역효과야."

편지를 일부러 이쪽에 건네서 제5황군으로 주의를 돌리려는 계획이었을지도 모른다. 아니면 표적을 제5황군으로 바꾸려고 했거나…….

"하지만 덕분에 제5황군은 기우라는 걸 알았다."

이런 수를 쓰지 않아도 바알은 항상 제5황군을 염두에 두고 있었다.

스스로 무덤을 파다니, 어지간히 초조한 모양이었다.

"상당한 교만이야. 고작 3천으로 이길 수 있을 줄 알았나? 흥! 그런 오만한 자를 처리하는 거야 쉽지."

바알은 생각해 두었던 책략을 좁혀 갔다. 어느 것이 효과적으로 상대를 궁지에 몰아넣을 수 있을까.

"……슈네 요새에서 결전을 벌이려는 거라면."

그곳에 틀어박혀 시선을 잡아 두고 별동대가 배후에서 기습을 가하는 작전이리라.

그리고 수가 적다는 점을 고려하면 상대가 밤에 공격할 것은 확실했다.

"지금도 벌어지고 있는 이 야습을 암시하는 행동은 주의력을 산만하게 만들기 위함인가."

바알은 완전히 읽어 냈다. 남은 것은 도망칠 길을 잃은 『군신』의 후손을 말살하고 제2황자를 요격하여 북방을 유린하는 일뿐— 그럼 그란츠 대제국의 붕괴는 금방이었다.

"이제 곧…… 지난날의 패배를 설욕하고 마족이 다시 중앙 대륙의 패자가 되는 거다."

그때까지는 어울려 주지. 얄팍한 술수를 부린 후손의 얼굴이 절망으로 물들 때까지.

*

제국력 1023년 10월 25일— 이날도 양군은 그저 대치만 했다.

본진에 있는 히로는 하품을 한 번 하고서 전방에 전개된 반란군을 바라보았다.

"오늘도 움직일 기미는 없나……. 이쪽도 편하긴 하지만 심심하긴 하네."

전장인데 피가 날리지도 않았고 칼부림 소리 하나 들리지 않았다. 있는 것은 양군의 병사가 상대를 욕하는 여흥뿐이었다. 이 호통도 머지않아 전쟁의 함성으로 변모할 것이다. 그렇게 생각에 잠긴 히로 곁으로 참모 한 사람이 다가왔다.

"히로 전하, 시간이 다 됐습니다만 어떻게 하시겠습니까?"

"어제와 마찬가지로 후퇴하겠어. 적이 추격해 온다면 화살을 쏜 뒤 군대를 반전시켜 요격해."

이럴 때 수가 적다는 이점을 살릴 수 있었다. 자신보다 약한 사냥감이 일전하여 공격을 가해 오면 상대는 전율하며 대열이 흐트러지게 된다.

그것은 파문을 만들며 각 부대로 전파되리라. 그렇게 되면 피해는 막대해지고, 부대를 재편했을 때는 얼굴이 파랗게 질려 있을 것이다.

"수가 많으면 역시 거만해지게 돼. 상층부가 아무리 주의해도 말단까지 통제하긴 어렵지. 저들처럼 군율이 문란한 상태라면 특히 말이야."

무고한 백성을 죽이고 촌락을 불태우는 것이 승리라고 믿고 있다면 더더욱 오만해져 있을 것이다.

"그러니 예정대로 후퇴할까."

히로는 부대장에게 그렇게 알리고 기수에게 신호를 보내 어제와 똑같이 후퇴를 명했다.

반란군이 추격해 올 기미는 없었고, 남부군은 여유롭게 거리를 벌려 갔다.

이날도 눈싸움만 벌이다가 칼을 맞부딪치는 일 없이 날이 저물었다.

해가 떨어지면 달이 떠올라 밤이 되는 것이 자연의 섭리.

야영을 구축한 남부군은 주변 경계를 늦추지 않으며 휴식하게 되었다.

미량의 술도 허락되어 야영지에는 쾌활한 분위기가 흘렀고,

담소하는 병사들의 모습이 간간이 보였다.

히로는 그 중심, 본영이라고 불리는 곳으로 부대장들을 호출했다.

간이식 책상 주변을 전사들이 에워쌌다. 모두 긴장한 얼굴로 상석에 앉은 히로를 바라보았다.

"오늘 하루 상대가 어떻게 나오는지 살피면서 어느 정도 예측할 수 있었어요."

히로가 잡담이라도 하듯 가볍게 말하자 부대장들이 깜짝 놀란 모습을 보였다.

"그 말씀은…… 상대의 전략을 읽어 내셨다는 겁니까?"

부대장 한 사람이 말했다. 히로는 자신만만하게 웃으며 고개를 끄덕였다.

"단정할 수는 없지만 거의 틀림없을 거예요."

"그럼 이쪽의 전술을 바꾸실 겁니까?"

"아뇨, 처음 예정대로 모두의 전술을 채용하여 일을 진행하겠어요."

약속은 깨지 않는다. 모처럼 모두가 내놓은 방안이었다. 빛을 보게 하고 싶었다.

그러나 부대장 중 한 사람은 얼굴에 그늘을 드리우고서 불안한 표정으로 입을 열었다.

"……하지만 고집하다가 이쪽이 전멸당할 가능성도 있습니다."

"그렇게 되지 않도록 제가 여기 있는 겁니다. 반드시 승리로 이끌어 보이겠어요."

히로는 책상에 준비된 지도 위로 손을 올려 한쪽 구석에 놓인 말 하나를 집었다.

"내일 슈네 요새로 후퇴합니다. 함정을 쫙 깔아 뒀다는 기색을 보이면서 말이죠."

히로의 손에 이끌려 말이 서쪽으로 향했다. 이윽고 도달한 곳은 한 요새였다.

"그리고 이곳을 결전 장소로 삼아 모든 책략을 개화시키겠어요."

그때 대지는 붉게 물들 것이다. 그야말로 큼직한 꽃이 피어나듯 선명하게 색칠되리라.

"그때까지 쓸데없는 싸움은 계속 피할 겁니다. 하지만 그저 도망치기만 하면 재미없죠. 어제와 마찬가지로 몇몇 부대를 풀어서 야습을 암시하며 상대를 피폐하게 만들고, 방심을 조장하여 단숨에 때려잡을 겁니다."

반론을 허락하지 않는 히로의 기백에 눌려 누군가가 침을 꼴깍 삼켰다.

"아, 알겠습니다. 전부 히로 님의 지시를 따르겠습니다."

"질문이 있다면 받을게요. 이 자리에서 말하기 어렵다면 나중에 제 막사로 와 주세요. 아무것도 숨기지 않고 전부 말할 테니 안심하시길."

막사 안에 있는 부대장들의 얼굴을 찬찬히 바라본 히로는 작게 숨을 들이쉬고서 말을 이었다.

"그럼 군의는 이걸로 끝내도록 할까요."

그 말을 들은 부대장들이 나란히 경례하더니 자세를 바로 잡고 막사 밖으로 나갔다.

사람이 줄어듦과 동시에 내부 기온이 급격히 내려가기 시작했다.

히로는 의자에 앉아 책상에 팔꿈치를 대고 깍지 낀 뒤, 그 위에 턱을 올리고서 시선을 돌려 지도를 내려다보았다.

"이겼다고 믿고 있다면 그게 틀렸다는 걸 증명해 주겠어."

히로는 작게 웃으며 안대를 쓰다듬고 말 몇 개를 지도 위에 늘어세워 갔다.

여러 책략이 머릿속에 떠올랐다. 시도해 보고 싶다며 왼쪽 눈이 맥박 쳤다.

"여기가 끝나면 페르젠 속주, 드랄 대공국, 슈타이센 공화국. 더욱 서쪽으로 가면 많은 나라가 기다리고 있어. 전부 적이 되지는 않겠지만……."

중앙 대륙에서 싸울 상대가 없어지면 바다 너머에 있는 북쪽 대륙, 혹은 서쪽 대륙에 진출하게 된다. 그전에 틀림없이 저쪽에서 침략해 오겠지만 말이다.

"아아…… 동제도도 있었지."

수족(獸族)(앤스로)이 사는 땅으로 괴물(몬스터)이 판치는 마경(魔境)이었다.

수족은 호전적인 종족이지만 어떤 이유 때문에 움직이지 못하고 있었다.

그래서 이쪽이 자극하지 않는 한 표면적으로 움직이는 일은 없을 터였다.

"지금은 어떻게 됐을지 모르니 불안하긴 한데……."

그래도 고를 수 있는 선택지는 많았고, 자신의 역량을 시험할 기회는 계속 늘어날 것이다.

히로는 다 늘어놓은 말을 쓰러뜨려 가다가 손을 멈추고 딱 하나 남은 말을 바라보았다.

"……그란츠 대제국."

1000년의 세월은 나라를 거대하게 만들었다. 히로도 상상하지 못했을 만큼 강대한 힘으로 중앙 대륙에 패권을 떨치고 있었다. 주변 나라들이 일치단결이라도 하지 않는 한, 그란츠 대제국과 정면으로 싸울 수 있는 나라는 존재하지 않을 것이다. 그러나 불안 요소가 없지는 않았다.

"황제에게 힘이 없는 건 아니지만— 그 이상으로 귀족 제후의 힘이 너무 커진 상태야."

적당한 시점에 내부로 눈을 돌리지 않으면 손쓸 수 없게 될지도 모른다. 조만간 5대 귀족의 균형을 맞출 필요가 있었다.

"중앙 귀족을 누르기 위해 무파벌에서 신세력을 만들어 맞붙여도 좋겠지만, 그럼 1강 시대를 구축하게 될지도 모르니 말이지."

신흥 세력의 기세란 무섭다. 눈 깜짝할 사이에 적대 세력을 삼켜 버릴 것이다.

잘못 움직인다면 나라는 단숨에 와해되리라. 그런 일을 피하기 위해서라도 착실하게 한 걸음씩 나아갈 수밖에 없었다. 그러려면 동방 귀족의 권력을 적당히 강화해 둬야 했다.

"할 일은 많아. 이런 데서 시간 낭비하고 있을 순 없어."

히로는 말을 전부 쓰러뜨리고 일어나 흑의 자락을 펄럭이며 밖을 향해 걷기 시작했다.

"우선은 이 무의미한 싸움을 끝내자. 과거의 인과에 붙잡혀 있을 생각은 없으니까."

한층 큰 발소리를 내며 히로는 안대를 쓰다듬고 밖으로 나갔다.

아무도 없게 된 막사 안에 바람 소리만이 남았다.

그때— 네 귀퉁이에 맺힌 그림자가 기분 나쁘게 꿈틀거렸다.

그것은 이윽고 사람 형태를 만들더니 섬뜩하게 웃고서 즐거운 듯 춤췄다.

누구에게도 들키지 않고, 솜에 물이 스며드는 것처럼 조용히, 어둠은 계속해서 퍼졌다.

*

제국력 1023년 10월 26일.

저녁 무렵, 남부군은 지금까지와 다른 움직임을 보였다.

"호오…… 눈속임인가."

반란군의 본진— 그 중앙에 지붕 없는 마차가 있었다. 거기 탄 사람은 바알이었다.

그의 시선 끝에서 눈가루가 대량으로 날렸다. 남부군 전체를 덮을 만한 양이었다.

"정말이지 눈놀이를 좋아하는 녀석들이군. 그런 빤히 보이는 함정에 내가 걸릴 것 같나."

바알은 지도를 가까이 가져왔다. 그리고 양손으로 말을 가지고 놀면서 노려보았다.

슈네 요새는 바로 눈앞에 있다. 척후를 풀어 조사했으나 견고하지는 않았다.

"공성 망치를 몇 개 만들어 뒀으니 취약한 문 따위 쉽게 파괴할 수 있겠지."

상대가 예상대로 움직여 준다면 유용하게 쓰이리라.

바알이 추측하기에 앞으로 상대는 눈보라 속에 숨어 전속력으로 거리를 둘 터였다.

이쪽이 쫓아가려고 하면 반전해서 공격해 올 것이다.

거기서 처리해 버려도 상관없지만, 지금은 3천밖에 안 되는 군대랑 놀고 있을 때가 아니었다.

이 뒤에 제2황자군과의 전투가 기다리고 있기 때문이다.

"바알 님! 적이 전속력으로 거리를 벌리기 시작했습니다!"

전령이 그렇게 말했다. 바알은 짙게 웃었다.

이후 녀석들은 슈네 요새로 도망쳐서 거북이처럼 틀어박힐 것이다.

"그리고 허둥지둥 뒤쫓는다면 별동대가 배후에서 기습해 오겠지."

처음 조우했을 때 1천 정도가 이탈했을 터였다. 아마 어딘가에 숨죽이고 있을 것이 틀림없다. 슈네 요새를 공격할 때

배후에서 적이 기습해 온다면 버틸 수 없으리라.

"요격 부대를 남겨 둬도 되지만……."

그 수가 읽혔을 경우— 요격 부대가 협공당하는 건 불가피하다.

엄청나게 시간을 벌 수 있는 것도 아니고, 쓸데없이 병사를 잃을 뿐이었다.

"그렇다면 그 책략은 버리도록 하지. 일부러 넘어가 줄 필요도 없어. 오늘은 여기까지 해 두도록 할까."

바알은 전령을 손짓으로 불렀다.

"슈네 요새를 포위한 뒤, 배후에 주의를 기울이라고 전군에게 통달하라."

"예! 알겠습니다!"

슈네 요새를 향해 물러나는 적군을 바라보며 바알은 머릿속으로 궁리했다.

'이제 상대에게 남은 책략은 야습밖에 없어.'

그걸 위한 포석은 여럿 깔아 두었다. 몇 번이나 야습을 암시하며 필사적으로 이쪽의 방심을 유도했다. 말단 병사들은 경계심이 희박해진 상태였다.

그럴 때 야습을 가한다면 이쪽은 간단히 와해될 것이다.

'내가 읽어 내지 못했을 때의 얘기지만 말이지. 반격해 주겠어.'

상대는 어떤 상황에 빠지더라도 괜찮도록 다양한 수를 쓰고 있었다.

교과서를 보는 것처럼 훌륭한 솜씨였다. 반대로 그것은 알기 쉽다고도 할 수 있지만…….

'재미없군. 결국은 후손인가. 『군신』을 뛰어넘지는 못한 모양이야.'

야습을 실패하게 해서 상대의 사기를 낮추고, 요새에 도망친 적을 공격한다.

오늘 밤이 결전임을 확신한 바알은 보고를 위해 프라우스가 탄 마차로 향했다.

"남부군은 슈네 요새로 도망친 것 같군. 전부 그대의 의도대로 움직이고 있다고 봐도 되는 건가?"

바알의 기척을 눈치챘는지 프라우스가 말을 걸어왔다.

"상관없습니다. 『군신』의 후손이라고는 해도 결국은 인간의 잔꾀였습니다."

"그럼 됐다만. 그래서, 나는 언제 모습을 나타내면 좋지? 슬슬 사기도 낮아지기 시작하지 않았나?"

프라우스가 지적한 대로 반란군의 사기는 계속 낮아지고 있었다.

상대편의 수가 더 적다— 그런데 공격하지 않는다. 게다가 야습을 암시하는 소리 등 지독한 꼴을 당하고 있으면서도 저자세로 나가는 것이 사기 저하의 한 요인이 되고 있었다.

"사기는 저절로 올라갈 겁니다. 그리고 등장하실 때는 반드시 올 테니 그때까지 기다려 주시기 바랍니다."

야습해 온 적을 역공하여 슈네 요새로 쫓아낸 뒤에는 마음대로 요리하기만 하면 된다. 그때 가장 성가신 존재인 검은

옷을 입은 남자의 상대를 프라우스에게 시킬 생각이었다.

여기서 실험의 성과를 알 수 있을 것이다.

실패한다면 어쩔 수 없는 일. 냉큼 이 나라를 버리고 본국으로 귀환한다.

운 좋게 왕태자가 살아남는다면 계획을 속행, 동지들도 바알의 생각에 찬동할 것이 틀림없다.

"다시 마족이 중앙 대륙을 석권하는 겁니다. 반드시 그렇게 될 겁니다."

낮게 웃는 바알을 보고 프라우스도 즐겁게 목을 울렸다.

"그렇지. 그란츠 대제국에 지지 않는 거대한 국가를 만들어 주겠어!"

희희낙락대며 말하는 프라우스를 내심 비웃으며 바알은 마차에서 멀어졌다.

그리고 찬바람을 맞으며 걷다가 걸음을 멈추고 딱 한 번 마차를 돌아보았다.

'우리— 마족 안에 네놈들이 있을 곳은 없지만 말이야.'

레벨링 왕국은 마족의 나라라고 하면서도 순혈종이 존재하지 않았다.

피가 짙은 자도 있기는 하지만, 전부 다른 종족의 피가 섞여 있었다.

'마족에게 잡종은 필요 없어. 네놈들은 노예다— 일찍이 인족이 그랬던 것처럼.'

아무런 힘도 없는 인족이 이 대륙에 만연하게 된 뒤로

1000년의 세월이 흘렀다.

중앙 대륙을 좀먹기만 하고, 인족이 가져온 혜택은 아무것도 없었다. 이 세계에 유해한 존재일 뿐이었다.

—암흑기.

'인족이 지배하고 있는 현대가 바로 그 시기지.'

바알은 증오를 짓씹으며 입을 일그러뜨리고서 땅을 박차고 다시 걷기 시작했다.

*

슈네 요새— 일찍이 레벨링 왕국이 남부 지배력을 강화하기 위해 세운 성채 중 하나다. 남부 지배를 확립한 뒤로는 그다지 중요한 장소도 아니게 되어 지금은 뼈대만 남아 있었다.

히로는 바쁘게 움직이는 병사들 사이를 누비며 중앙에 세워진 사령실로 향했다.

'요새라는 건 이름뿐이네. 이런 취약한 성채가 하루는 버틸 수 있으려나…….'

역사 속에서 슈네 요새가 전장이 된 적은 딱 한 번— 인근 귀족이 당시 왕에게 불만을 품고 거병했을 때뿐이었는데, 그것도 200년은 더 된 이야기였다. 그 후 전쟁에 휘말리는 일 없이 스러진 부분을 정기적으로 수복하기만 했고, 외적 대비는 전혀 되어 있지 않았다.

사령실에 발을 들인 히로는 앉아 있는 이들을 순서대로 바라보았다.

그들은 곧장 일어나 경례했다. 히로도 답례하고서 착석하길 권했다.

히로는 책상으로 걸어가 상석에 앉았다.

"시작하세요."

부대장 한 사람이 긴장한 얼굴로 일어났다. 손에는 자료 몇 가지가 들려 있었다.

"예상대로 적은 슈네 요새를 포위했습니다. 또한 후방으로 우회한 클라우디아 왕녀로부터 연락이 왔습니다. 이쪽은 준비 완료, 신호가 오면 언제든 야습을 가한다고 합니다."

3천 중 1천이 적의 후방으로 돌아들었다. 적의 본진에 총공격을 가하기 위해서였다.

본진이 함락되면 대군이더라도 지휘 계통이 흐트러져서 달아날 수밖에 없다.

그리고 적의 제1진을 격파했을 때 장비를 300개쯤 빼앗았다. 그것을 이용해 적군으로 변장한 병사가 반란군끼리의 싸움을 유도할 예정이었다. 빈틈은 없다. 전부 의도대로 진행되고 있었다.

히로는 만족스럽게 고개를 끄덕이고 부대장에게 지시하여 책상에 지도를 펼치게 했다.

말이 늘어서 갔다. 클라우디아의 현재 위치, 반란군의 본진, 제2황자가 이끄는 군대의 위치였다.

"제5황군은 움직이지 않은 것 같습니다. 이쪽의 승패가 결정될 때까지 지켜볼 생각이겠지요. 그리고 무닌 공은 무사히 클라우디아 왕녀와 합류했다고 합니다."

"알겠습니다. 순조로운 것 같네요."

히로는 미소를 지으며 부대장에게 착석하라 이른 뒤에 의자에서 일어났다.

"그럼 작전대로, 앞으로 두 시간쯤 뒤에 클라우디아 왕녀에게 신호를 보내 반란군에 야습을 가하도록 하겠습니다."

"보고에 의하면 적은 야습을 경계해 배후를 엄중히 지키고 있다고 합니다. 그다지 성과가 없을 가능성이……. 먼저 간첩을 보내 조사시킨 뒤에 공격해도 되지 않습니까?"

"필요 없어요. 이미 적진에는 많은 간첩을 잠입시켜 뒀습니다. 무엇보다 상대에게 수가 읽혔든 안 읽혔든, 야습은 반드시 성공합니다."

히로는 대담하게 미소를 지으며 반란군 말을 쓰러뜨렸다.

모두가 입을 다문 정적 속에서 탁, 하고 작은 소리가 울렸다.

*

두터운 구름이 밤하늘을 덮고 별빛을 가두어 세계는 어둠에 휩싸였다.

보통 때였다면 땅에 떨어진 커다란 돌조차 보이지 않았을 것이다.

그러나 반란군의 망루— 그곳에 선 바알은 본진의 후방을

바라보고 있었다.

눈 아래에서 대량의 화톳불이 타오르며 발밑이 보일 만큼 환하게 주변을 밝혔다.

그곳에는 많은 병사들이 배치되어 있었고, 그들의 눈은 불빛을 받아 섬뜩한 빛을 띠었다.

단 한 점, 빛이 닿지 않는 어둠을 응시하며 적의 습격을 기다리고 있는 모습이었다.

"슬슬 시작할 시간인데……."

"정말로 오는 건가? 이렇게 경계하고 있으니 공격하지 않을 것 같다만."

"프라우스 왕태자는 걱정이 많으시군요. 적은 반드시 옵니다. 자, 보십시오."

바알은 옆에 있는 남자— 프라우스를 향해 말했다. 바알의 손이 가리킨 곳으로 프라우스의 시선이 향했다. 그 파란 눈이 내려다본 곳에서는 병사들 일부가 담소를 나누고 있었다.

"앞으로 적의 야습이 있을지도 모르는데 아주 온화한 분위기로 가득하군. 저 녀석들뿐만이 아니야…… 그 밖에도 경계심이 희박한 무리가 많아."

프라우스가 쓴소리를 하자 바알은 뜻밖에도 즐겁게 웃기만 했다.

"그렇습니다. 이게 상대의 책략입니다. 몇 번이나 야습을 암시하여 이쪽 병사들을 피폐하게 만들었고, 그뿐만 아니라 경계심을 버리게 해서 방심시키는 게 목적이었습니다. 그리고 오늘 밤이 그 절정인 거지요."

야습하겠다는 분위기만 풍기며 이쪽을 경계시키고 피폐하게 만들었다.

상대는 그것을 몇 번이나 되풀이하며 이쪽의 경계가 허술해지도록 했다.

그 밖에도 중소 수준의 하찮고 쓸모없는 책략까지 헤아리면 여덟 개는 넘었다.

전부 합산해 반란군의 사기를 낮출 수 있었으니 그럭저럭 성공했다고 봐도 좋았다. 그리고 마지막 책략이 남아 있었다.

앞으로 일어날 일— 우선은 소리뿐인 야습을 가해 올 터…….

"상대는 전방에서 요란한 소리를 연주해 올 겁니다."

"호오…… 무슨 뜻이지?"

프라우스가 그렇게 물었을 때, 전방에서 우레와 같은 말발굽 소리가 울렸다.

적들의 공격이다! 하고 병사의 다급한 목소리가 망루까지 들렸다.

그러나 바알은 조용히 웃으며 미리 준비해 두었던 전령 부대를 각처로 보내라고 지시했다.

"유도입니다. 빤히 보이는 함정이죠. 놀아날 필요는 없습니다."

"그럼 이 소리는 신경 쓰지 않아도 된다는 건가?"

"아뇨, 이것 또한 세심하게 고안된 작전 중 일부입니다. 다음 단계에 활용하기 위한 포석이겠죠."

그리고 다음 수단은 이 소리를 신호로 미끼를 써서 후방을 공격하는 것.

그 미끼는 아마 멋대로 날뛴 범죄자들— 즉, 언젠가는 레벨링 왕국의 법에 따라 사형될 무리일 것이다.

"몇몇 약탈 부대로부터 연락이 끊겼습니다. 남부군에 붙잡혔을 가능성이 큽니다."

그들이 남부에서 저지른 비정한 행동을 돌이켜 보면 동정의 여지도 없었다.

상대는 망설임 없이 미끼로 사용하리라.

"—후방에서 적이 나타났다!"

"보십시오, 말한 대로 되지 않았습니까?"

"굉장하군. 이렇게까지 상대의 움직임을 읽을 수 있는 건가?"

그들은 대량의 화톳불을 피운 덕분에 간단히 적을 발견할 수 있었다.

"화살을 쏴라! 상대의 책략에 넘어가지 마라! 냉정하게 대처하면 문제없다!"

바알의 지시에 따라 궁병이 화살을 쏘았다. 그것들은 차례차례 명중해 갔지만, 개중에는 쏟아지는 화살비를 피한 말도 있던 모양인지 그것들이 방책에 돌격하여 침입하는 것은 막을 수 없었다. 바알은 곧장 기수의 정체를 확인하기 위해 한 부대를 보냈다.

그사이에 바알은 프라우스와 함께 망루에서 내려왔다.

"다음은 전방에서 강력한 공격이 올 겁니다."

"요컨대 전방이라 생각하게 만들고서 후방, 하지만 그것조차 가짜고, 진짜 목적은 처음부터 정면이라는 건가?"

프라우스의 말에 바알은 득의양양하게 웃었다.

"그렇습니다. 즉, 파상 공격이죠. 무엇보다 경비가 엄중한 후방을 공격하는 건 하책. 병법을 모르는 자도 그런 실수를 저지르진 않습니다."

"어린애도 알 만한 일이군. 이해할 수 없는 건 왜 상대가 그런 짓을 했는가, 다."

"조금이라도 전력을 분산시키려고 한 거겠죠. 하지만 상대의 의도를 읽어 내기만 한다면 쉽게 대응할 수 있습니다."

그때, 말에 탄 바알과 프라우스 곁으로 전령이 달려왔다.

"바알 님, 후방에 나타난 적의 시체를 조사한 결과, 어깨에 범죄자 낙인이 있었습니다. 밧줄로 몸을 묶었을 뿐만 아니라 말에 동여매서 움직일 수 없게 했던 모양입니다."

"훗, 예상 범주를 벗어나지 않는 것 같군. 그럼 예정대로 뿔피리를 울려라! 정면에서 쳐들어오는 적들을 때려눕힌다!"

전령에게 그렇게 전하자 머지않아 주변에서 뿔피리가 울렸다.

동시에 전방에서 들려오는 소리가 격렬해졌다. 본격적인 전투가 시작됐을 것이다. 역시 진짜 목적은 정면, 바알은 그렇게 판단하고 다음 행동에 옮기고자 명령을 내리려고 했다.

"자, 학살하라! 인족은 한 명도 남김없이 목을 쳐서— 읏?!"

그 대사는 도중에 끊어졌다. 동시에 불빛이 바알의 얼굴을 밝게 비췄다.

어찌된 일인지 주위에서 수많은 불길이 하늘을 향해 세차게 솟아올랐기 때문이다.

동시에 「적이다! 적들이 공격해 온다!」 하고 초조함이 배인 목소리가 울려 퍼졌다.

"공성 망치가 불타고 있는 것 같습니다!"

바알은 허둥대는 측근을 노려본 뒤, 갈팡질팡하는 병사들을 진정시키기 위해 크게 외쳤다.

"동요하지 마라! 이것도 전력을 분산시키려는 적의 책략이다! 공성 병기는 이제 필요 없다! 불은 그대로 두고 전선으로 향하라! 정면에 병사들을 집중시키는 거다!"

용의주도하게도— 이쪽을 교란시켜 조금이라도 많은 전력을 분산시키려 하고 있었다.

아마 첫날 야습 분위기를 풍길 때, 이쪽이 동요한 틈을 타 잠복한 공작원의 짓이리라. 훌륭하긴 하지만 어차피 발악에 불과했다.

이미 승패는 정해졌다. 확고한 승리가 바알의 손에 있었다.

"농성하며 잔재주를 부렸다면 조금은 오래 살았을 텐데."

질렸다는 표정을 짓는 바알을 보고 프라우스가 언짢은 얼굴로 입을 열었다.

"여기서도 내가 나설 일은 없을 것 같군. 이 힘은 대체 언제 시험해 볼 수 있는 거지?"

"아직 싸움은 더 남아 있으니 아쉬워하실 필요 없습니다."

어깨를 으쓱인 바알은 말의 배를 발로 차 앞으로 나아가기 시작했다.

전선의 후방 부대와 합류했을 때에는 적이 억지로 중앙 돌파를 시도하고 있는지 격렬한 공방이 펼쳐지고 있었다. 그러나 야습에 단단히 대비해 뒀고, 무엇보다 병사 수도 이쪽이 유리했기에 남부군을 밀어내는 것은 쉬운 일이었다.

이쪽의 지휘 계통은 확실히 잡혀 있었고 각 부대도 잘 연계되어서, 우세를 놓치지 않겠다며 남부군을 향해 용맹무쌍하게 달려들고 있었다.

그 기세에 밀려 남부군은 후퇴해 갔다. 곧 슈네 요새로 도망칠 것이다.

"무슨 일이 있어도 성공시키고 싶었겠지만 여기까지야…… 이대로 끝내 주지."

곧 적의 전선은 붕괴될 것이다. 남은 것은 허둥지둥 도망치는 적병을 확실하게 도륙해 가는 일뿐이었다.

"전군에게 알린다. 적군을 분쇄하라!"

곁에서 대기하던 측근에게 명령하자 북소리와 뿔피리가 요란하게 울렸다.

옆에 있는 프라우스는 시체 냄새가 감도는 전선을 만족스럽게 바라보고 있었다.

"이걸로 끝인가…… 『군신』의 후손을 격파한다면 마족의 부활을 세계에 알릴 수 있겠지."

"그렇—."

바알이 대답을 위해 입을 연 순간, 그의 몸이 앞으로 떨구어졌다.

갑작스러운 일에 반응하지 못한 바알이 상황을 이해하지 못한 채 일어났을 때에는 사방에서 절규하는 소리가 울리고 있었다.

"무슨 일이냐— 윽?!"

바알은 큰 소리로 외쳤다가 평형감각을 잃고 한쪽 무릎을 꿇었다. 시선을 내리니 등을 노린 화살이 옆구리를 관통한 것이 보였다.

"어디서 이런 게……."

화살촉을 타고 떨어진 피가 지면에 흡수되어 갔다. 통증보다도 당혹감이 바알의 얼굴을 차지하고 있었다. 그런 그의 곁으로 프라우스가 깜짝 놀라 달려왔다.

"비테니아 경, 무사한가?!"

"예, 이 정도는 찰과상이나 다름없습니다. 그보다도 상황 확인을— 이라고 말하고 싶지만, 그럴 필요는 없겠군요."

정신 차리고 보니 주위 병사들도 똑같이 화살을 맞고 부상당한 상태였다. 개중에는 죽었는지 꿈쩍도 안 하는 자도 있었다.

바알은 이를 갈며 일어나 등 뒤로 팔을 돌려 화살을 뽑았다.

그리고 천천히 뒤로 돌더니 북받치는 웃음을 참지 못하고 소리를 냈다.

"후훗, 하하하하하! 그렇군…… 진짜 목적은 후방이었나!"

많은 수의 기마군이 후방에서 밀어닥치고 있었다.

방비가 허술해진 후방 병사들로는 그 탁류 같은 기세를 막을 수 없었다.

맨 처음 미끼로 많은 방책이 쓸모없어졌다. 적병은 그 부서진 곳을 통해 본진에 돌입하고 있었다. 그리고 대량의 화톳불이 적의 손에 넘어가 막사를 불태우는 중이었다.

허둥지둥 도망치는 보병들은 적의 기마에 무참히 밟혀 갔다.

"……설마 하책을 택한 건가! 대담한 것도 정도가 있지."

"바알 님! 적은 배후에서 공격해 왔을 뿐만 아니라—."

전령이 초조한 표정으로 달려왔으나—.

"으악!"

후방에서 쳐들어 온 남부군 기병의 창에 꿰뚫려 바닥에 몇 번 부딪히며 구르더니 바알의 시야에서 사라졌다. 동시에 좌우에서 아군의 절규와 함께 칼부림 소리가 연주되었다.

"여기서 측면을 공격하다니 훌륭해. 어둠 속에서는 정확한 수를 조사할 수 없지. 소수로도 그 효과는 지대할 거야."

포위의 완성. 이쪽은 정신없이 정면에 집중한 병사들뿐, 사방에서 가해 오는 공격에 대처할 여유 따위는 없었다.

아비규환이 된 전장을 방관자처럼 바라보는 바알에게 적의 기마가 쇄도했다.

"흥, 날 우습게 봤군."

바알은 마궁 페일노트를 들고 화살 셋을 잇달아 쏘았다.

그것은 정확하게 적병의 목을 꿰뚫어 절명시켰다.

"……나서실 차례가 온 것 같습니다."

바알은 동요하는 프라우스의 어깨를 잡았다.

"나설 차례라고? 이런 상황에서 말인가!"

"그렇습니다. 전황을 뒤집지는 못하겠지만 이탈할 수는 있을 겁니다."

육박하는 적들을 담담히 도륙하며 바알이 프라우스에게 고했다.

"일단 물러나죠. 여기서 승리를 고집하다가는 향후 차질이 생기니까요."

지금이라면 군을 재편할 시 적어도 1만 이상의 병사는 유지할 수 있을 것이다.

"무엇보다 야습은 성공했지만 상대도 피해가 없을 수는 없습니다. 이번 전투로 많은 병사를 잃겠죠. 그렇게 생각하면 아직 반격할 수 있습니다."

어딘가 남의 일처럼 말하는 바알을 보고 프라우스는 얼굴을 빨갛게 물들이며 노기를 팽창시켰다.

"네놈! 이길 수 있다고 하지 않았나!"

"진정하십시오. 지금은 한시라도 빨리 여기서 이탈해야 합니다."

바알의 말에 프라우스는 주위의 적병들을 베어 버리며 분노를 폭발시키고 포효했다.

"지금부터 본대는 이탈한다!"

"그러시면 됩니다."

이 이상 여기 있어 봤자 적의 기세를 죽일 수는 없다.

이 패전은 뼈아프지만 그래도 계획은 변함없고, 무엇보다 생각대로 진행되고 있었다.

"아직 책략은 있습니다. 마지막에 이기면 그만인 거죠."

늘 이길 필요는 없다. 계속 지더라도, 계속 책략을 간파당하더라도, 최후에 승리를 거머쥔다면 확고한 승자가 된다.

"그럼 서둘러 왕도로 돌아가 군대를 재편해 다시 시작하기로 할까요?"

바알은 그렇게 말한 뒤, 전장에서 이탈하고자 말을 가까이 끌어당겼다.

그 직후— 섬뜩한 소리가 울렸다.

아주아주 작은 소리였다. 이 전황 속에서 들릴 리 없는 음색이었다.

그것은 귓가에 들러붙어 떠나지 않는 기분 나쁜 감촉을 남겼다.

"수많은 수라장을 극복해 왔어. 수많은 시체를 밟아 왔어. 수많은 희망을 버려 왔어."

마치 영원한 어둠 속으로 끌어들이는 것처럼 그것은 조용히 다가왔다.

"절망을 모르는 자가 상책을 논하다니 역겹군."

그 목소리에 기복은 없었다. 그런데도 한없이 깊게 침투하는 무게가 있었다.

바알과 프라우스는 순간적으로 몸을 긴장시키며 목소리가 들린 방향으로 시선을 돌렸다.

얼굴의 절반을 덮는 안대를 찬 소년이 많은 시체에 둘러싸여 서 있었다.

"도망칠 생각 마."

온화한 얼굴이 순간 날카롭게 변했다.

"너희는 여기서 내 양식이 될 거야. 다시 싸울 기회 따위 주지 않는다."

소년은 백은빛 검을 여유롭게 움켜쥐었다.

"자— 절망을 알 때야."

주위에 감도는 어둠이 더욱 깊어지며 공간을 일그러뜨렸고, 살기가 흘러넘쳤다.

*

"『절망』을 알라고? 네놈도 『군신』과 비슷한 말을 하는군. 그 오만한 태도는 녀석과 똑같아서 아주 신경에 거슬려."

바알은 증오를 짓씹으며 입가를 일그러뜨렸지만 이내 그 입술이 희색으로 물들었다.

"하지만 이번 책략은 훌륭했다. 향후 참고하도록 하지."

바알의 여유로운 목소리가 짜증을 부추겼으나 히로는 코웃음으로 날려 버렸다.

"그럼 참고에 보태라고 조언 하나 해 줄게."

히로는 무기질적인 눈으로 바알을 바라보며 『천제』의 칼날을 어깨에 얹었다.

"상책에 기발함은 없고, 정도(正道)에 활로는 없어. 내버리는 하책은 기발하며 활로가 되지."

모두가 상책을 생각하며 하책을 버린다. 그렇기에 거기서 활로가 생겨난다.

어렵지 않은 일이었다. 상대의 사고를 어지럽힌 뒤, 단숨에 와해시켜 허를 찌르는 것이다.

그것이 전술이고 승리를 향한 철칙이었다.

"자기 생각대로 일이 진행되는 건 즐거웠겠지. 그 사실에 들떠서 몇 가지 중요한 부분을 못 본 것 같지만 말이야."

"내가 네놈의 손바닥 위에서 놀아났다고 말하고 싶은 건가?"

"아니, 이번만큼은 그렇게 말할 수도 없으려나? 나 또한 하나의 말이었으니까."

히로는 고개를 좌우로 흔들고서 칼끝으로 바알을 겨누었다.

"이 이상의 문답은 필요 없지. 각오해."

히로는『천제』를 들어 올리고 작게 숨을 들이마셨다.

그 순간— 히로의 모습이 사라졌다.

동시에 바알은 재빠르면서도 간단한 동작으로 화살을 잇달아 쏘았다.

불꽃이 튀었다가 사라지길 반복하며 날카로운 소리가 주위에 울렸다.

"호오…… 보이는구나?"

"기척을 감지하고 있을 뿐이다."

히로의 질문에 바알은 담담히 대답하고 화살을 쏘았다.

불꽃은 점차 두 사람 사이를 좁혀 갔지만—.

"날 잊으면 곤란해!"

프라우스가 히로의 진로를 막아섰다.

칼날과 칼날이 맞부딪치며 도검의 비명소리가 공기를 진동시켰다.

히로는 검이 튕겨진 충격으로 저릿저릿한 손을 내려다보고서 프라우스에게 시선을 옮겼다.

"……그 힘은, 혹시『타천(墮天)』한 거야?"

잘라 냈던 팔이 재생한 점도 그렇지만, 그 힘은 마족이라는 이유만으로 설명할 수 없었다. 지적받은 프라우스는 활시위를 당기듯이 미소를 지었다.

"그런 것과 똑같이 취급하지 마. 이건『원초』의 힘, 우리『왕』의 힘, 마족에게만 허락된 특권, 나약한 인족은 손에 넣을 수 없는 거니까!"

"그래……."

"네놈의 무용은 익히 들었지만 결국은 인족, 우리를 뛰어넘을 수는 없어."

프라우스가 열에 들뜬 것처럼 뭐라고 떠들었으나 히로는 전혀 듣고 있지 않았다.

그저 아득한 시선을 하늘 높이 보내고 있었다.

"그 이상은 아무 말도 안 하는 편이 좋아. 그 녀석의 이름을 입에 담으면 적당히 조절할 수 없게 되거든."

히로는 손가락으로 딱 소리를 내고서 고개를 기울이고, 심연의 눈동자에 프라우스를 담았다.

백은색 검『천제』가 한탄하듯 명멸하기 시작했다.『흑춘희』

자락이 바람에 크게 펄럭였다.

검은빛과 흰빛이 서로를 삼키며 히로 주위에 섬뜩한 공간을 만들어 갔다.

프라우스는 그제야 히로의 분위기가 바뀌었음을 깨달은 모양이었다.

"……네놈은 뭐냐?"

"그때를 떠올리면 지금도 분노로 가슴이 터질 것 같아. 한심하고, 울보에, 지독한 어리광쟁이였던 나는 구제할 길이 없는 바보였어."

독백— 누군가에게 들려주는 것이 아니라 그저 자신을 훈계하듯이 소년은 말을 자아냈다.

"안이함은 버려야 해. 치명적인 결과를 낳기 전에 없애야 해."

히로의 주위가 일그러지기 시작했다. 수많은 균열이 공간에 생겨나더니 정령 무기가 나타났다.

"전쟁은 먹거나 먹히거나, 강자이거나 약자이거나, 승리하거나 패배하거나, 백 아니면 흑밖에 없어."

그렇기에— 고고한 왕은 소망했다.

"그렇다면, 그녀가 바란 세계를 만들기 위해 나는 상승불패를 이어가겠어."

그것이 자신에게 남은 사명이었고, 1000년 전에 도달하지 못했던 정점이었다.

히로가 뿜어내는 압도적인 패기를 앞에 두고 프라우스는 뒷걸음질 쳤다.

"무서워할 것 없어— 안심하고 티끌이 되도록 해."

히로가 한 발자국 앞으로 내딛자 공기가 찢어지는 것 같은 요란한 소리가 났다.

리지그라차르트
—신광뇌화(神光雷火)

방대한 힘의 격류— 그 순발력에서 만들어진 폭발력이 땅을 도려냈다.

이어서 빛의 탁류가 어두운 밤을 밝히기 시작했다.

밤하늘에 떠오른 정령 무기가 유성처럼 수많은 빛줄기를 남기며 세계를 빛으로 채워 갔다.

눈으로는 좇을 수 없었다. 광속으로 쏟아지는 절대 참격, 그 파괴력은 지대했다.

"아악?!"

통증을 느끼고 등을 앞으로 구부렸을 때, 프라우스는 등이 꿰뚫렸음을 깨달았다.

하지만 대처하기도 전에 다음 검이 살을 가르고, 뼈를 자르고, 몸통에 깊숙이 박혔다.

너무나도 빨라서 멈출 수 없었고, 막을 수조차 없었다.

그랄 루치페르
이것이 바로 『천제』가 주는 『천혜(天惠)』— 『신속(神速)』이었다.

그러나 프라우스도 범상치는 않았다.

종횡무진 쏟아지는 공격을 받으면서도 그는 죽지 않고 반격해 왔다.

일반인과 비교하면 믿을 수 없는 생명력이었고 『타천』보다도 상처 수복이 빨랐다. 기술의 위력 또한 막대하여 스치기만 해도 머리 따위 흔적도 없이 날아갈 것이다.

"네놈! 정말로 인간인가?!"

프라우스가 호통에 경악을 섞으며 눈을 크게 떴다. 히로는 모든 공격을 간단히 피하고 있었다.

"젠장— 어윽?!"

생물이 자연을 거스를 수 없는 것처럼, 프라우스도 확연한 힘을 떨치는 히로 앞에서 어쩔 도리가 없었다. 팔이 사라졌다. 베였다기보다 총탄을 맞아서 날아간 듯한 모습이었다.

"웃기지 마아아아아! 나는 『왕』에게 선택된 마족(조로스터)이라고!"

"움직임이 둔해졌어. 끝내도록— 읏?!"

히로의 착지점으로 화살이 날아왔다. 거리를 벌린 바알의 짓이었다.

"기척을 감지하면 쉬운 일이야! 네놈의 숨통은 반드시 여기서 끊어 주겠다!"

그러나— 잔재를 쫓아 봤자 의미는 없었다.

"방해돼. 잠시 뻗어 있어."

바알의 눈앞에 나타난 히로는 노도 같은 기세로 그의 몸을 정령 무기로 꿰뚫었다.

한 자루가 아니었다. 두 자루, 세 자루, 다섯 자루— 바알의 비명 따위 개의치 않고 가차 없이 그의 사지에 찔러 넣고, 마지막으로 발로 차 쓰러뜨렸다. 그러고서 히로의 표적은 프라우스로 바뀌었다.

"아직…… 죽을 순 없어…… 나는 왕이 될 거야! 이딴 곳에서―!"

혈액이 쌓인 눈을 녹이며 늪을 만들었고, 프라우스는 그 늪 속에서 계속 싸우고자 발버둥 치고 있었다.

히로는 조용히 다가가 흑의의 가슴 부분을 두드리며 웃었다.

"『흑춘희』가 당신을 먹고 싶다나 봐. 그 집념이 인정받은 모양이네."

"무, 무슨?!"

"무서워할 것 없어. 어둠은 의외로 마음을 안정시켜 주거든."

조금 전까지 넘쳐흐르던 빛이 그 잔재까지 전부 검은색으로 물들어 갔다.

프라우스는 절망에 찬 표정으로 목구멍 안쪽에서 가느다란 비명을 토했다.

"먹어―『흑춘희』."

그 목소리를 신호로― 세계의 색채가 튀었다.

심연(深淵)이 주위의 빛을 잘게 씹어 갔다. 흉포한 턱은 세계의 색을 삼키고도 부족하다는 듯, 절규하는 프라우스에게 달려들었다.

눈 깜짝할 사이에 벌어진 일로, 정신 차리고 보니 히로는 피로 물든 설원에 혼자 우두커니 서 있었다.

"후우……."

히로는 한숨 돌리고 주변 소리에 귀를 기울였다.

칼이 맞부딪치는 소리가 가슴의 고동을 억눌러 주었다. 노호가 이성을 되찾아 주었다.

전장을 둘러보던 히로는 포복 전진으로 도망치려 하는 바알을 발견했다.

"당신에게 질문이 있어."

히로는 도망치려던 바알의 앞쪽으로 유유히 돌아들었다.

"프라우스 왕태자에게 그 힘을 어떻게 준 거지?"

"……네놈에게만큼은 알려 줄 수 없다."

바알은 입꼬리를 올려 히죽 웃고서 후드를 벗어 던졌다.

"—?!"

히로는 숨을 삼켰다. 고문을 받았는지 그의 얼굴에는 지독한 열상이 남아 있었다.

양쪽 눈이 있어야 할 자리는 텅 비어 있었고, 이마에 있었을 터인 마석도 적출된 상태였다. 그리고 무엇보다— 히로는 이 얼굴을 본 적이 있었다.

"깜짝 놀랐나? 내 양쪽 눈은 예전에 『군신』에게 빼앗겼지. 덕분에 익숙해질 때까지 상당한 시간이 필요했어."

그랬다— 일찍이 그는 종마라고 불리던 자로, 히로가 타도한 마족을 지배하던 왕 중 한 명이었다.

"마력을 잃고 저 밑바닥에서 참고 견디며, 녀석에게 복수할 날만 생각하면서 연명해 왔어."

확실히 마력은 전성기에 크게 못 미쳤고, 몸도 수척하여 초라할 만큼 가늘었다.

"1000년 전에는 『군신』에게 나라를 빼앗기고, 이번에도 내 야망은 후손의 손에 무너졌지만 말이야!"

바알은 사지가 관통됐으면서도 마궁 페일노트를 들고 일어섰다.

"결판을 내자! 내 1000년의 원한을 토해 내겠다!"

그는 경이적인 속도로 화살을 쏘았으나, 매우 가까운 거리임에도 불구하고 히로는 손으로 쳐서 떨어뜨렸다.

그리고 고했다.

"시시해. 과거의 증오에만 매달리다니 한심한 것도 정도가 있어."

"네놈이 뭘 알아!"

바알은 포기하지 않고 과감하게 공격했다. 그에 히로는 그 멱살을 잡아 끌어당겼다.

"하지만 그게 내가 남긴 화근이라면 받아들일게."

그리고 그 기세를 몰아 『천제』로 바알의 몸을 꿰뚫었다.

"으아아……쿨럭— 윽!"

바알이 피를 토하며 히로의 어깨를 움켜잡았다.

"끄, 끝나지 않았다! 계획은 이제 시작됐어!"

"그럼 전부 먹어 치워서 내 양식으로 삼겠어."

히로는 바알을 밀쳐 내고 몸을 틀어 『천제』를 번쩍였다.

"내가 죽어도 멈추지 않―?!"

그의 목은 선혈을 흩뿌리며, 눈과 피가 뒤섞인 진창 속으로 가라앉았다.

"끝난 모양이네요."

그 목소리를 듣고 돌아보자 클라우디아가 서 있었다.

그녀는 히로에게 다가와 발밑에 떨어진 마궁 페일노트를 주워들었다.

"이걸로 세 마기(魔器)를 왕가가 되찾게 되었어요."

그녀는 마궁에서 마석을 떼어내 마검 오토클레르의 홈에 끼웠다.

로크스가 남긴 마석과 세 마석이 모여 마침내 완성형이 되었다.

클라우디아는 황홀한 표정으로 마검을 본 뒤, 히로를 곁눈질했다.

"이것도 전부 히로 님 덕분이에요. 왕가를 대표하여 감사드립니다."

히로는 어깨를 으쓱일 뿐 아무런 대답도 하지 않았다.

"그럼 이 쓸데없는 싸움을 끝내도록 할까요."

클라우디아는 마검 오토클레르를 들어 올렸다가 힘차게 지면에 내리꽂았다.

방대한 마력이 땅으로 방출되었다.

클라우디아를 중심으로 거미줄처럼 균열이 퍼져 갔다.

"왕을 살해한 반역자는 사라졌습니다!"

늠름한 목소리가 밤공기를 가르며 선명하게 울려 퍼졌다.

바람에 흩날리는 눈이 환상적인 광경을 만들어 냈고, 불타는 막사에서 솟구치는 불길이 그 모습을 아름답게 비추었다. 모두가 숨을 삼키며 손을 멈추고 클라우디아를 주시했다.

"이 이상의 싸움은 무익합니다. 양쪽 모두 무기를 거두세요!"

클라우디아는 마검 오토클레르를 뽑고 싸움을 이어가는 무리에게 칼끝을 겨눴다.

그들은 그 동작만으로 움직임을 멈췄다.

순간— 병사들이 술렁였다. 그들이 얼어붙었기 때문이다.

얼음 조각이 된 그들은 화톳불의 빛을 반사하며 아름답게 설원을 장식했다.

"그래도 싸움을 계속하겠다면 제가 상대하겠어요."

아침 해가 떠올랐다. 눈동자를 태울 듯한 광채가 그녀를 비추자 병사들이 무기를 버리고 땅에 무릎을 꿇었다. 일찍이 왕이라 불린 자들이 가졌던 소질— 절대적인 위광을, 클라우디아는 갖추고 있었다.

히로는 먼 과거를 떠올리며 눈부시다는 듯이 그녀를 바라본 뒤 등을 돌려 걷기 시작했다.

"히로 님!"

"히로 님~!"

전방에서 달려오는 남매의 모습에 무사함을 확인한 히로는 기쁨이 북받쳐 양팔을 벌렸다.

"두 사람 다 무사해서 다행이야. 다친 덴 없어?"

"공주님이 지켜 주셔서 다치진 않았습니다! 그보다 히로 님이야말로 괜찮으십니까?!"

"맞습니다. 이래 봬도 저희는 도망치는 데 자신 있거든요."

"무닌, 네 덕분에 반란군의 시선을 이쪽으로 끌 수 있었어."

그 공작이 없었다면 제5황군을 신경 쓴 바알이 적극적으로 움직이지 않았을 수도 있었다.

"아뇨, 아뇨. 그렇지 않습니다. 그저 편지를 떨어뜨렸을 뿐인걸요."

무닌이 쑥스러워하며 뒤통수를 긁적이자, 후긴은 그런 오빠를 질투의 눈길로 노려보았다.

"후긴도 잘했어. 위험한 임무였는데 확실하게 목적을 달성해 줬어."

이번 야습의 움직임을 클라우디아와 맞추기 위해 히로는 공작원을 적진에 잠입시켰는데, 그중 한 명이 후긴이었다. 공성병기를 불태우거나, 적들이 공격한다고 소리쳐서 혼란을 유도하는 중요한 역할을 해 주었다.

"너희 두 사람이 없었다면 지금쯤 패배한 건 이쪽이었을 거야."

돌아가면 상을 줘야 했다. 두 사람의 상관인 가더도 기뻐할 것이다.

그리고 무닌과 후긴은 부드럽게 미소를 짓는 히로를 보고 멍해져 있었다.

"자, 돌아갈 준비를 할까? 이제 여기서 할 일은 없어졌으니까."

"“네!”"

두 사람에게서 쾌활한 대답이 돌아오자, 히로는 쓰게 웃으며 머리 위를 올려다보았다.

'그녀가 어떤 왕이 될지는 모르지만, 레벨링 왕국은 새로운 역사를 새겨 나가겠지.'

구름 한 점 없는 맑은 하늘이 한없이 펼쳐져 있었다. 어제까지 몰아치던 눈보라가 거짓말처럼 개었다.

'로크스, 네가 바라던 나라를 그녀가 만들길 기도할게.'

옛 맹우들을 머릿속에 떠올리며, 히로는 조용히 미소를 지었다.

# 에필로그

제국력 1023년 10월 28일.

슈네 요새— 안뜰.

히로 일행은 돌아갈 준비를 하고 있었다. 무닌과 후긴이 마차에 식량과 물을 싣는 중이었다.

그들의 작업을 바라보며 히로는 안뜰에 앉아 하늘을 보고 있었다.

그때 눈을 밟는 소리가 들려오자 히로는 얼굴을 돌렸다.

바람에 날리는 머리카락을 추스르며 클라우디아가 서 있었다.

“조금 더 느긋하게 있다 가셔도 되는데요.”

“아냐, 신경 쓰이는 점이 잔뜩 있거든. 이만 실례하도록 할게.”

“그럼 무리하게 붙잡을 수는 없겠네요. 가시는 길이 평안하시길 기도할게요.”

“그건 그렇고, 아까 병사한테 얘기 들었어. 왕도를 되찾았나 보네.”

병사의 말에 의하면 그 소식이 전달된 것은 어제라고 한다. 클라우디아를 지지하는 일파가 붙잡혀 있던 귀족들을 해방하고 반란군을 왕도에서 몰아냈다는 모양이다.

완성된 마검을 소지하고 있다는 점도 있으니, 이것으로 그녀의 왕위는 확고해졌다.

“예, 전후 처리가 끝나면 개선할 거예요.”

"옛 맹우의 자손으로서, 네가 이 나라를 풍요롭게 만들길 기도할게."

"네, 반드시 풍족한 나라로 만들어서 그란츠 대제국과 어깨를 견줄 만한 대국으로 거듭나 보이겠어요."

"기대할게."

히로는 그녀에게 밝게 웃어 보였다.

"이걸로 전부 네 계획대로 진행됐는데, 만족했어?"

마치 잡담이라도 하는 것처럼 편하게 말했으나 그 음성은 날카로웠다.

클라우디아는 약간 뜻밖이지만 흥미롭다는 얼굴로 미소를 지었다.

"흐음……언제부터 눈치채셨나요?"

"처음부터 알았어. 만남부터가 부자연스러웠으니까— 하지만 확신한 건 프라우스 왕태자가 국왕을 살해했을 때야."

클라우디아와 처음 만났을 때, 그녀는 혼자서 도적단을 괴멸시켰다.

하지만 반란이 일어난 날에는 대단한 실력도 없는 프라우스에게 맞서기는커녕 부친의 시체를 보고 울부짖고 있었다. 누구든 부모를 잃으면 슬프겠지만 슬픔 뒤에 오는 것은 분노다.

그런데도 그녀는 그저 멍하니 움직이지 않은 채 히로가 도와주러 오기를 기다렸다.

"그뿐만이 아니야. 연기는 좀 더 능숙하게 하는 편이 좋아. 하니엘 씨의 시체를 봤을 때, 너는 웃고 있었으니까. 난 무심코 분노로 이성을 잃을 뻔했어."

"어머, 숨기려고 했는데 보였나요?"

"내 『눈』은 그렇게 간단히 속일 수 없거든."

"아아— 그렇군요. 확실히 『천정안(天精眼)』(우라노스)의 존재를 잊고 있었어요."

"그렇게 왕위를 차지하고 싶었어? 많은 중신들을 잃으면서까지 말이야."

"아바마마도 오라버니도 왕의 그릇은 아니었으니까요. 백성을 사랑한다면, 병사를 생각한다면, 나라를 숭상한다면, 다소의 희생이 필요한 법이에요. 무엇보다 이번 참극을 일으킨 제가 아무것도 잃지 않을 수는 없죠."

나라를 위해서라면 부모형제도 적이 된다. 아주 냉혹하고 무서운 여성이라고, 히로는 생각했다.

"만약 내가 특사로 파견되지 않았다면 어쩔 셈이었어?"

"그때는 제5황군을 이용했을 거예요. 지금 히로 님의 위치와 제2황자의 위치가 바뀔 뿐이죠."

"제2황자는 그리 간단히 이용되지 않아. 분명 레벨링 왕국은 멸망했을 거야."

"그럼 어쩔 수 없죠. 저 또한 왕의 그릇이 아니었다는 뜻이겠죠."

히로는 탄식했다. 씩씩한 여성이었다. 꺾이지 않는 심지를 가지고 있었다.

"이런 엄청난 계획을 혼자서 세운 거야?"

"그럼요. 우선은 질투심 많은 오라버니에게 제가 왕위를 이을 거라고 알렸어요. 그러자 예상했던 행동— 국왕을 살해한다는 폭거를 저지르고 반역자가 됐죠."

그 뒤는 간단했다고 말한 클라우디아는 자신만만하게 웃으며 양팔을 벌렸다.

"갈리우스는 옛날부터 보수적인 아바마마를 좋아하지 않았으니, 오라버니에게 협력할 것은 뻔히 보였어요. 바알 역시 오라버니의 교육 담당을 맡았었고, 옛날부터 나쁜 이야기를 불어넣었으니까요. 하니엘은 충성스러운 장수예요. 아바마마를 살해한 오라버니를 용서할 리가 없죠. 오라버니를 잘못 조종하지만 않는다면 일은 그렇게 어렵지 않았어요."

"하지만 아무리 질투심이 많다고는 해도, 그것만으로 반란을 계획할 만큼 프라우스 왕태자도 바보는 아니야. 분명 그 밖에도 뭔가 이유가 있었을 거야."

예를 들면— 하고 입을 뗀 히로는 눈을 가늘게 좁히고 클라우디아를 응시했다.

"네가 『요정화[알브](妖精化)』라는 걸 알았다거나."

그렇게 지적하자 클라우디아는 온화한 표정에서 싸늘한 표정으로 바꾸고 히로를 노려보았다.

"아시는 건가요?"

"1000년도 더 된 얘기지. 마족[조로스터]에게서 이단아가 태어났어. 피부는 눈처럼 희고, 마력은 막대하며, 본래 가지고 태어나지 않는 법력까지 쓸 수 있었기에 『요정화』라고 불리며 배척당했다고 하지."

이윽고 수가 늘어난 그들은 마족에게 박해받게 되었고, 그 위협으로부터 도망치기 위해 서쪽 대륙으로 건너가 새로운 종족인 『이장족(알브)』이라고 자신들을 밝히기 시작했다. 그러나 세대를 거듭할수록 마력은 사라져 갔고, 결국 『요정화』는 없어져 긴 역사 속에서 풍화되어 갔을 테지만—.

'격세 유전이겠지. 그래서 국왕은 프라우스 왕태자에게 왕위를 물려주는 걸 망설였어. 클라우디아는 그걸 이용해 오빠가 국왕을 살해하도록 한 거야.'

"후후, 제가 『요정화』라는 걸 알았을 때 오라버니의 얼굴은 정말로 무서웠어요. 오라버니가 「마족 지상주의」를 내세우게 된 건 그때부터였어요."

즐겁게 미소 지은 그녀는 살짝 고개를 기울이고서 말을 이었다.

"히로 님은 그걸 알았기에 절 이용하기로 하신 거죠. 틀렸나요?"

"왜 그렇게 생각했는지 물어봐도 될까?"

"옛 맹우의 자손이고, 국민들에게 인기도 있고, 왕으로 앉히는 데 아무런 문제도 없어요. 무엇보다 『요정화』예요. 무슨 일이 생겼을 때 장기말로 쓸 수 있죠. 그렇게 판단하신 거 아닌가요?"

그녀의 말대로 히로는 국왕을 알현한 날, 클라우디아가 왕위를 잇게 만들자고 생각했다. 가령 반란이 일어나지 않았더라도, 국왕이 살아 있더라도, 다양한 모략을 구사하여 실각시켰을 것이다.

“그래도 이런 비극을 낳는 수단을 쓰지는 않았을 거야. 그게 너와 나의 차이점이지. 무고한 백성을 희생하면서까지 네가 왕위를 잇게 만들 생각은 없었어.”

“하지만 수단은 달라도 목적은 같아요. 결과적으로 제가 왕위를 잇게 됐어요.”

그러니……, 하고 클라우디아는 마검 오토클레르의 칼자루를 쥐고서 말했다.

“그 점에 관해서는 히로 님께 무척 감사하고 있지만, 저는 당신의 꼭두각시가 될 생각은 없으니까요.”

“딱히 날 따를 필요는 없어. 네가 『역사(긍지)』를 더럽히지 않는 한 말이야.”

“어머, 당연히 실력 행사로 나오실 줄 알았는데, 그냥 넘어가 주시는 건가요?”

“너의 최종 목적이 뭐든 간에 아직 이해는 일치하고 있어. 그리고 날 방해하지 않는 정도라면 마음대로 해도 돼.”

히로는 조용히 『천제』의 칼자루에 손을 얹고 클라우디아를 응시했다.

“만약 서로의 목적이 반발한다면 그때, 그 이상(理想)을 전부 먹어 치울 뿐이야.”

“그럼 그때를 즐겁게 기다릴게요. 제 생각에 히로 님은 이쪽 편인 것 같지만요.”

"……무슨 뜻이지 모르겠네."

"히로 님은 **지금**의 그란츠 대제국이 마음에 드시나요?"

클라우디아가 손을 뻗더니 침묵하는 히로의 뺨을 건드렸다.

"그럴 리가 없죠. 당신의 먼 선조 『군신(마르스)』, 그 밑에 모였던 『흑천오장』의 자식들이 제2대 황제의 사후에 어떻게 됐는지 안다면 애정은 없어질 테니까요."

클라우디아의 말대로 『흑천오장』이라 불렸던 다섯 대장군 ― 로크스의 자손을 제외한 자들은 그 명성을 두려워한 제3대 황제에 의해 누명을 쓰고 일족과 관계자가 전부 참수되었다. 거기에 히로가 남긴 『아군』과 연관된 자들도 높은 전투력 때문에 위협으로 여겨져서 반란을 꾀했다며 기습받아 토벌되었다는 기록이 남아 있었다.

"그 명예가 회복된 건 제5대 황제가 정식으로 사죄했을 때. 하지만 그들이 원통해하며 죽어간 것은 변함없어요."

클라우디아는 한탄하듯 손으로 입가를 가리고서 도발적인 시선을 보내왔다.

"선조의 『역사(긍지)』를 더럽힌 것에 대한 복수를 하고 싶지 않으신가요?"

"그렇다고 해도, 네 목적과 내 목적은 교차할지언정 합쳐질 일은 없어."

"히로 님, 국가는 상냥함만으로 성립되지 않아요."

"그래도 나는 내 길을 나아갈 거야."

히로는 클라우디아의 손을 조용히 쳐 내고 일어났다.

“기회가 있으면 또 보자.”

“후후, 히로 님은 반드시 이쪽 편으로 오실 거예요. 그때 또 뵙기로 하죠.”

그 말을 마지막으로 클라우디아도 히로와는 반대 방향으로 걷기 시작했다.

히로는 후긴과 무닌 곁으로 발걸음을 옮겼다.

“준비는 다 됐어?”

“히로 님! 언제든 출발할 수 있습니다!”

후긴이 천진하게 대답해 주었을 때— 슈네 요새의 정문이 열렸다.

커다란 소리를 듣고 히로 일행의 시선은 나란히 그리로 향했다.

말 한 마리가 이쪽으로 달려오고 있었다. 말을 탄 사람은 낯익은 인물이었다.

“히로 전하! 급히 대제도로 귀환해 주십시오!”

제2황자에게 보냈던 도리쿠스 2급 무관이었다.

그는 말에서 뛰어내리더니 살짝 비틀거리며 히로 앞에서 무릎을 꿇었다.

“페르젠 속주에서 아우라 준장이 고립! 그를 도우러 간 세리아 에스트레야 전하 역시 드랄 대공국의 급습을 받고 패퇴했습니다!”

아우라가 왜 고립되었는지, 브루탈 제3황자는 어쨌는지, 왜 드랄 대공국이 페르젠 속주에 있는지, 여러 가지 묻고 싶은 점은 있었으나, 일단은 무엇보다도 두 사람의 안전이 중요했다. 히로는 필사적으로 마음을 달래며 말을 자아냈다.

"……두 사람은 무사합니까?"

"그것이— 두 분의 안부는 불명입니다!"

히로는 주먹을 움켜쥐고서 깊이 숨을 토한 뒤, 눈을 감았다.

"가더에게 파발을 보내겠어. 『아군』과 대제도에서 합류한 후…… 페르젠 속주로—."

아니야, 앞으로의 일을 생각한 히로는 우울하게 고개를 가로저었다.

"아니— 목표는 드랄 대공국이다."

모두가 그 말뜻을 이해하지 못하고 눈을 크게 뜨고 멍해졌다.

## ■작가 후기

『신화 전설이 된 영웅의 이세계담 3권』을 구매해 주셔서 감사합니다.

전권부터 읽어 주신 분은 석 달 만입니다(꽤 빠르다).

3권부터 읽어 주신 분은 처음 뵙겠습니다. 이렇게 뵙게 되어 영광입니다.

하고 싶은 말은 잔뜩 있습니다만…… 그게, 죄송하지만 쓸 공간이 부족해요!

그러니 즉각 감사 인사를 드리겠습니다.

미유키 루리아 님, 이번 권도 미려한 일러스트와 캐릭터를 매력적으로 그려 주셔서 정말로 감사합니다. 그 다정한 일러스트들은 제 치유제가 되고 있습니다.

담당 편집자 S님, 이번 권은 정말로 폐를 끼쳤습니다. 얼마나 감사한지 이루 말할 수 없습니다. 앞으로도 부디, 잘 부탁드립니다.

편집부 여러분, 교정자분, 디자이너분, 본 작품과 연관된 관계자 여러분, 정말로 고맙습니다.

그리고 전권부터 읽어 주고 계신 독자 여러분, 진심으로 감사드립니다.

앞으로도 더욱 멈추지 않는 중2를 발산해 갈 테니 잘 부탁드립니다.

그럼 또 뵐 수 있기를 기원합니다.

타테마츠리

# 신화 전설이 된 영웅의 이세계담 3

1판 1쇄 발행 2017년 9월 10일
1판 4쇄 발행 2019년 7월 30일

**지은이_** Tatematsuri
**일러스트_** Ruria Miyuki
**옮긴이_** 송재희

**발행인_** 신현호
**편집국장_** 김은주
**편집진행_** 최은진 · 김기준 · 김승신 · 원현선 · 권세라
**편집디자인_** 양우연
**국제업무_** 정아라 · 전은지
**관리 · 영업_** 김민원 · 조인희

**펴낸곳_** (주)디앤씨미디어
**등록_** 2002년 4월 25일 제20-260호
**주소_** 서울시 구로구 디지털로 26길 111 JnK디지털타워 503호
**전화_** 02-333-2513(대표)
**팩시밀리_** 02-333-2514
**이메일_** lnovelpiya@naver.com
**L노벨 공식 카페_** http://cafe.naver.com/lnovel11



ISBN 979-11-278-4240-6 04830
ISBN 979-11-278-4025-9 (세트)

**값 6,800원**